2022年“新时代中国法治文学精选”丛书

中国社会主义文艺学会法治文艺专业委员会 编

越过陷阱

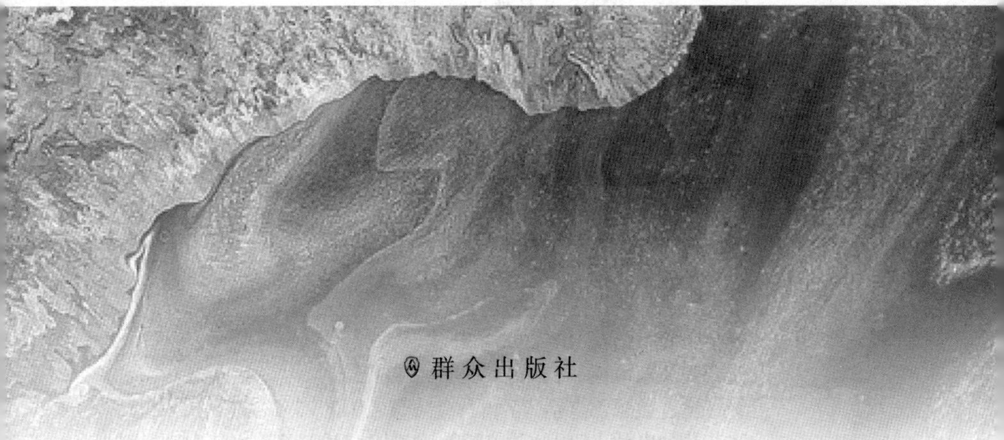

群众出版社

图书在版编目（CIP）数据

越过陷阱／中国社会主义文艺学会法治文艺专业委员会编．—北京：群众出版社，2023.5

（2022 年“新时代中国法治文学精选”丛书）

ISBN 978-7-5014-5939-1

Ⅰ.①越…　Ⅱ.①中…　Ⅲ.①长篇小说—中国—当代　Ⅳ.①I247.5

中国国家版本馆 CIP 数据核字（2023）第 055593 号

越过陷阱

中国社会主义文艺学会法治文艺专业委员会　编

出版发行：群众出版社

地　　址：北京市丰台区方庄芳星园三区 15 号楼

邮政编码：100078

经　　销：新华书店

印　　刷：天津盛辉印刷有限公司

版　　次：2023 年 5 月第 1 版

印　　次：2023 年 5 月第 1 次

印　　张：9.75

开　　本：880 毫米×1230 毫米　1/32

字　　数：215 千字

书　　号：ISBN 978-7-5014-5939-1

定　　价：49.00 元

网　　址：www.qzcbs.com

电子邮箱：qzcbs@sohu.com

营销中心电话：010-83903991

读者服务部电话（门市）：010-83903257

警官读者俱乐部电话（网购、邮购）：010-83901775

文艺分社电话：010-83901330　　010-83903973

2022年“新时代中国法治文学精选”丛书编委会

前言

为贯彻习近平新时代中国特色社会主义思想，弘扬社会主义核心价值观，讲好中国法治故事，以法治文学的力量，服务于社会主义现代化国家建设，经中国社会主义文艺学会批准，中国社会主义文艺学会法治文艺专业委员会决定自2021年起开展“新时代中国法治文学精选”丛书征稿编选工作。中宣部原副部长、原文化部部长贺敬之同志担任编委会总顾问。2021年入选的优秀作品，已收入群众出版社2021年“新时代中国法治文学精选”丛书出版发行。其中，收入长篇小说2部（《山重水复》《弹壳》）、中短篇小说集1部（《疑似命案》）、报告文学集1部（《微尘鉴罪》）。这是一年一度的法治文学精选的征稿编选工作，对于推动中国法治小说、报告文学原创作品的发展，促进法治文学人才脱颖而出，有着十分重要的积极作用。

2022年“新时代中国法治文学精选”丛书的征稿编选工作现已圆满结束。此次征稿，自2022年1月27日至7月31日，共收到作品73部（篇）。其中，长篇小说13部，中篇小说25篇，短篇小说17篇，报告文学18部（篇）。经中国社会主义文艺学会法治文艺专业委员会专家认真审读，最终确定25部（篇）作品入选2022年“新时代中国法治文学精选”丛书。凡入选作品的作者，均由中国社会主义文艺学会法治文艺专业委员会颁发“特约作家”证书，并在中国社会主义文艺学会网站公布。

2022年“新时代中国法治文学精选”丛书由群众出版社出版发行，共8部，收录了长篇小说6部，中短篇小说集1部，报告文学集1部；同时附录所有入选作品名单。

中国社会主义文艺学会法治文艺专业委员会

2023年3月30日

越过陷阱

裘永进

目录

第一章　两条项链

一、“402 专案”

清明时节雨纷纷，气温明显下降，又是一个倒春寒。

金波站在办公室窗前，望着窗外密密的细雨，神色凝重。

最近重大案件接连发生，说明社会治安严峻，人民的安居乐业得不到保障，该向局长专门报告一次，如何遏制刑事案件高发的势头，确保社会治安持续稳定，他寻思着。

金波 40 岁出头，一米八四的个子，国字脸。作为厦海市公安局刑侦支队支队长，近来在他的指挥下，市刑侦支队接连侦破多起大案要案，可谓风头正盛。他也刚刚被提拔为市公安局党委成员，进局党委班子，那是公安机关内多少人梦寐以求的事。而此刻，他不仅没有春风得意，反而显得心事重重。

这时，他办公室的电话突然响了。

“金支，刚刚 110 接到群众报警，市区滨海区兴新街 32 号发生一起凶杀案，两名女青年被杀……”市局 110 指挥中心副主任林国平报告道。

他还告诉金波，已通知分局刑侦大队、辖区富力派出所和市局刑侦支队赶赴现场，并报告了黄立山局长。黄局长指示，请金波统一指挥，全力破案。

“嗯，请你通知市级公安卡点增加力量，注意进出市区车辆和人员，查找可疑情况，并通知巡特警支队加强治安巡逻，严密社会管控。”金波迅速下达指令。

现场围了不少人。

金波跳下车，发现市局刑侦支队副支队长严新、重案大队副大队长余恒成、技术大队大队长赵玉江、大数据实战中心主任周杰、警犬大队大队长谢能龙及几名侦查、技术人员已经到达，滨海区公安分局副局长潘仁，刑侦大队大队长张威、教导员单标正，富力派出所所长翁建军等人也驾驶警车赶到。

富力派出所民警已在周围拉起了警戒线。六名巡特警持冲锋枪在现场警戒，七八辆警车警灯闪烁，现场气氛紧张。

兴新街位于滨海区东面，是个城乡接合部，原来叫兴新镇，现改为兴新街道。村民们多数将住房改建成三至五层楼房，除了自住外，其余都用于出租。

32 号是一座独立的三层小楼，前面有一个约 30 平方米的院子。出事的房间是 2 楼朝南靠西的一间房子，有两个姑娘租住。

“报警人在哪里?”金波问。

“她就是报警人，方萍萍。”翁建军所长领着一个穿戴时尚但脸色惊恐的姑娘走到金波面前。

方萍萍是金碧辉煌 KTV 员工。

“昨天我与郭玉雅和邵娟讲好，今天一起去南平市看一个小姐妹，顺便去那里玩。早上 7 点不到，我来到她俩的住处，发现大门没关实，虚掩着，走到二楼她俩的房间，房门留有一条缝。我以为她俩已起床，便叫她俩的名字，顺手推门进去，却推不动，里面有东西顶着。使劲一推，门开了，我看到邵娟躺在地上，边上都是血……”方萍萍心惊胆战地说。

房东魏长法听到方萍萍呼叫，跑到楼上一看，立马拿出手机报了警。

“侦查工作按以下分工开展。”金波开始下达指令，“第一，现场勘查小组由支队技术大队赵玉江负责，分局刑大张大配合。第二，现场访问小组由支队重案大队余恒成负责，盛力所翁所配合。第三，现场视频小组和信息小组由支队大数据实战中心周杰负责，分局刑大单教导配合。第四，现场追缉小组由支队警犬大队谢能龙负责。第五，受害人关系人访问由分局潘副局长统筹。”

“大家清楚了吗？”金波提高了声音。

“清楚。”众人答道。

按照公安机关命案责任制，杀死一人的由县市区公安机关负责侦破，杀死二人及以上的由市级公安机关负责侦查。省级公安机关负责指导和统筹。当天晚上8时许，案件第一次分析会在市局刑侦支队大会议室进行。

分析会由金波主持，市局分管刑侦的陈副局长和滨海区副区长、公安分局局长邓力众出席。到会的共有50余人，会场烟雾缭绕，气氛沉闷。

现场勘查情况，分别由赵玉江和痕迹技术员应天及法医胡来法介绍：楼房坐北朝南，三底三楼，一楼是房东厨房和吃饭间，中间是过道，二楼三间朝南房间全部出租，靠西面房间长6.2米、宽3.3米，中间隔开，分为两个房间。进门左面是灶具、洗菜盆、冰箱。右面放有一张餐桌和四张椅子，餐桌上有四只茶杯，正中间有一盆鲜花。邵娟倒在门边上，上身赤裸，下身只穿两只袜子，从里间一张床铺到房门有爬痕，留下一路血迹。里间放有两张单人床铺，中间是两个床头柜，床头柜上方是窗户，窗户是双开门，一扇窗户没关实，靠西墙有一只转角柜。郭玉雅躺在床上，全身赤裸，有一条被子盖在她身上。

郭玉雅的致命伤在胸口，有两刀捅中心脏部位，伤口宽约5厘米、深达4厘米。邵娟的致命伤主要是在头颈部位，有切割伤，还有勒痕。郭玉雅和邵娟的手都有被捆过的痕迹。郭玉雅阴道膜新鲜破裂，邵娟阴道膜陈旧性破裂。

根据胃内容分析，两人大概在晚饭后六小时，约晚11时至12时死亡。

在窗外，有半只前掌回力鞋印，鞋尖朝窗户，现场留有多种鞋印。靠西面落水管有攀爬痕迹，落水管靠近窗户，约有一米五距离。经细致检查房门锁，门锁内有细小的金属颗粒及划痕。

邵娟右手中指指甲内有微量绿色纤维。

经比对鞋印，除了两个死者、房东和报警人的，有一种旅行鞋印，号码为42码，应该是犯罪嫌疑人的；窗户外的鞋印是小半只，一时无法判断尺码大小。

现场没有发现精液、毛发及其他任何指纹、掌纹等有价值的痕迹物证。

两名被害人脖子上有戴过项链痕迹，但没有找到项链，被害人手机也不见了。

现场访问情况，由余恒成汇报：二楼中间一间住户是一个单身汉，当晚在单位上夜班，凌晨3时回来，没有发现可疑情况。靠东面一间住着一对夫妻，晚上早早上床睡觉，因当晚下雨，没有听到异常声音。

房东魏长法一家住在三楼，魏长法父母住东面，他 13 岁的儿子住中间，魏长法住西面，也就是死者房间的楼上，魏长法的妻子在一年前因病去世。

魏长法称，死者郭玉雅和邵娟是半年前来租房的，房租每月 2500 元，她们预付了九个月房租。他当晚 7 时在附近朋友家打麻将。但据他家西面邻居王立水反映，他在晚 8 时许，在魏长法家门口看到魏长法走进家门。

这时，盛力派出所所长翁建军插话说："约在一年前，派出所接到魏长法两名女租客报警称，她们在卫生间洗澡时，发现有红色的点在闪烁，怀疑是电子摄像头。经民警上门检查，确实是摄像头。魏长法对擅自在出租房卫生间安装摄像头，偷看女租客洗澡画面供认不讳。派出所对魏长法做出了治安拘留 15 天的处罚。"

魏长法家西面的邻居王立水的房子与现场只有三米之隔，他反映昨晚没有听到打架、呼救等异常声音。

魏长法家的东面、南面以及北面的邻居都没有反映有价值的线索和情况。

现场视频情况，由周杰介绍：由于现场环境所致，离现场最近的摄像头有 200 多米，条件较差，加之当晚下雨，人们不是打伞就是穿着雨衣，看不清人脸。要通过调看附近另外几只摄像头经过综合分析以及深入观看来研判。

周杰同时介绍了大数据信息情况：现场获取了几组数据，有五个手机号码轨迹可疑。大数据实战中心在进一步追踪和碰撞中。

现场追缉情况，由谢能龙汇报：警犬力力和警犬豆豆以鞋印为嗅源，沿兴新街向东追出 150 米后，向右沿兴城路到四叉路口，失去方向。

受害人关系人访问情况，由分局潘副局长介绍：死者郭玉雅，女，27岁，身高一米七一，四川省绵阳市人，四川省艺术职业技术学院毕业，在金碧辉煌KTV就业。两年前来厦海市，基本转置于娱乐行业，在金碧辉煌KTV工作一年有余。家中有父母和一个弟弟，父母均是四川省绵阳市普通工人，弟弟在江北大学读三年级。

另一死者，邵娟，女，25岁，身高一米六八，重庆市人，独生女，母亲已去世，父亲在重庆老家。一年前来厦海市，一直在金碧辉煌KTV当服务员。

案情分析会，在汇总情况、集中物证、吃透案情的基础上，重点是确定案件性质，刻画犯罪嫌疑人，明确侦查方向和范围。

“现场勘查和调查情况，刚才都说了，下面请大家分析案情。”金波把握着会议的节奏。

“严新，你先说一下。”金波接着开始点名。

“从杀人案件性质看，无非是仇杀、财杀、情杀三种，从本案看，情杀可能性最大。理由是两名死者年轻貌美，郭玉雅赤身裸体，阴道膜新鲜破裂；邵娟，上身半裸，阴道膜陈旧性破裂，说明犯罪嫌疑人在现场对两名被害人实施了性侵害。郭玉雅被侵犯前还是处女。当然，也不能排除财杀的可能性，原因是两名死者脖子上的金项链、钱包以及手机都不见了，银行卡也没有发现。仇杀因果不明细，甚至可以说不大可能。”严新分析道。

“从犯罪人数分析，两人作案可能性大。”技术大队大队长赵玉江说，“因为被害人是两人。如果一个人作案难度较大，现场桌子上有四只茶杯，除了两名被害人，是不是还有两人？更重要的是现场有两种鞋印，一种是尸体旁边的旅游鞋，另一种是窗台上的回力鞋。旅游鞋鞋印长度42码，据此分析，其中一名犯罪嫌疑人身高为一米八〇左右。”

“杀人凶器类似于杀猪刀，宽度五公分。”法医胡靖龙说。

……

“大家分析推理得很不错。”金波见时间已近晚12时许，晚上还要接着干，便接过了话头。

“这起案件，有几点令人疑惑。一是案件性质，情杀带财杀，或者是财杀带情杀；二是进出口，落水管通过窗户是进口，房门锁有划痕，也是进口；三是作案人数，两种鞋印，四只杯子，但只有一种凶器。这个案件显然不一般。”

金波继续说：“先说进出口，如果犯罪嫌疑人从落水管进入，范围就大了，但如果从门锁进入，范围就小多了。你们说是不是?”

不少人在点头。

“再说鞋印，如果确定两种鞋印是真实的，就是结伙作案，排查时要考虑两人作案；如果一种鞋印是伪造的，就是一人作案，同时说明这个犯罪嫌疑人十分狡猾，懂得反侦查。还有餐桌上的四只茶杯，如果是犯罪嫌疑人喝过的，表明来过两个人，且与被害者相当熟悉。如果是以前客人用过留下的，那就另当别论。所以这个案件，有几点可以明确：第一，案件性质以情杀为主，但不放过财杀；第二，犯罪人数暂定两人，但一人可以完成；第三，侦查范围从大的入手，同时兼顾小的；第四，犯罪嫌疑人身高放宽，一米七五以上，考虑到案犯的狡猾，身高不是认定和否定的唯一条件。”

金波说着，开始按照自己的侦查思路部署下一步工作：

一、现场勘查小组明天继续勘查，查漏补缺，重点解决进出口问题，注重发现细小的痕迹物证。

二、现场访问小组继续访问左右邻居和经常在附近走动的人员，抓紧弄清房东魏长法问题，确认他究竟有没有作案时间和作案动机。

三、对死者关系人立即开展工作，重点是死者生前密切接触人、主要社会关系，特别是金碧辉煌KTV工作场所。

四、到银行调查两名死者银行卡情况。

五、控制销赃场所，注意发现死者手机和金项链。

六、现场视频和大数据工作继续向前推进。

七、对宾馆饭店和出租私房开展一次突击检查。

八、注意串并案件，特别是爬落水管案件，以及流氓、强奸案件。

部署完侦查工作，明确任务和责任分工后，金波十分真诚谦逊地说：“下面请分局邓力众局长和市局陈富强副局长作指示，以他们两位领导的指示为准。”

单从领导职务来说，金波、邓力众、陈富强三人的职别是一样的，都是副局长级，考虑到从属关系，以及传统因素，三人的排位应该是陈富强、金波、邓力众。但金波历来低调，对同事谦虚，所以他平时都把自己的位置放得很低。

“金支谦虚了，金支职位比我高。”邓力众开口笑着说。金波是市局党委委员，也就是市局领导，这一点其实大家都清楚。

“刚才，金支已对下一步侦查工作布置得很全面了，分局的同志要坚决执行。案件发生在我们滨海区，当前侦破此案是我们分局的首要任务，刑侦大队、治安大队、巡特警大队和富力派出所要全力以赴，其他部门也要主动出击，全力配合。不破此案，决不收兵。”邓力众的讲话言简意赅，并很有鼓动性。

陈富强副局长最后总结道：“同志们，金支的侦查部署，我都同意。此案影响广、危害大，市委、市政府领导和全市人民都很关注，侦查破案是考验我们公安机关核心战斗力的硬标志，全体专案组同志一定要增强使命感和责任心，全身心投入破案中。任务明确后，关键是落实，线索和可疑情况不能在每个侦查员手里漏掉，如果是谁放过了，破案后要实行倒查。为了加强对专案组的领导，经请示黄局长，决定由金波支队长任专案组组长，分局副局长潘仁和支队副支队长严新任副组长。”

案情分析会结束时，已过凌晨 2 时。案件因发生在 4 月 2 日，故定名为“402 专案”。

专案指挥部设在市局刑侦支队小会议室。

支队后勤科的同志送来了方便面、蛋糕、面包和饼干，让大家可以填填肚子。

分局的同志立马回去了，他们要连夜开展对宾馆饭店和出租私房的清查。支队技术大队、大数据中心也连夜开展串并案工作。侦查工作迅速展开。

晚上，金波一直坚守在专案指挥部。凌晨 4 时许，他才在指挥部行军床上眯了一会儿。

二、疑犯露头

第二天一早，各种情况源源不断汇集到指挥部。

首先是余恒成来电说，房东魏长法说当晚在邻居毛靖龙家里打麻将，但到毛靖龙家核实时，毛靖龙和他的家人一致肯定，魏长法那天晚上没去过他家，是前一日晚上在他家打牌。

魏长法说谎。他身高一米七六，有流氓前科，又是单身汉，他的作案嫌疑上升。

“恒成，你们要把工作做扎实。”金波觉得事情没有这么简单，吩咐道。

“明白。我会加大对魏长法的调查力度。”余恒成认为，既然魏长法没说实话，对他的态度可以严厉些。

不一会儿，周杰报告，他们在市工商银行查到郭玉雅和邵娟的银行卡各一张，卡里分别有现金17万元和6万元，今天凌晨3时许，分别被人从海西区光明街工商银行自助银行取走现金5万元。他们赶到海西区光明街自助银行，经调取录像资料看，犯罪嫌疑人穿雨衣戴口罩来取钱，没有留下人脸资料。随后他们告诉银行保卫科吕科长，控制这两张银行卡，一旦有人来提款，立即扣留取款人，并迅速报告公安机关。

取钱人的身高和行走路线，还需要进一步开展工作。

财杀的比重在提高，案情越来越复杂了。但对搞刑侦的人来说，不怕情况复杂，就怕没有情况。

“走，我们一起去金碧辉煌KTV。”金波招呼昨晚一起在指挥部过夜的严新和潘仁。

金碧辉煌KTV是厦海市最高档的KTV，外观气派，内饰豪华，尤其是陪歌陪酒的姑娘十分漂亮。每位姑娘的小费八百元起步。

金碧辉煌KTV保安部经理俞怀宏已在门口等候。俞怀宏中等个儿，40 岁左右，平头，身材结实，眼睛不大，但很有神。他曾经是某部巡逻艇轮机长。

“欢迎金支、严支、潘局。”俞怀宏满脸堆笑。

因是早上还没有到营业时间，所以门口只有两个迎宾美女。若是营业时间，进门后二十几个姑娘一字排开，姑娘个个身高一米六八以上，或着统一的白色礼服，或穿鲜艳的红色套装，一个个美若仙女，客人从她们前面走过，“欢迎，欢迎”娇滴滴的声音此起彼伏，那可谓一个令人窒息和壮观的场面。

一楼是大厅，二至四楼是包厢，共有 60 个包厢。俞怀宏将金波等人带到五楼总经理室。

总经理夏文辉已在门口拱手相迎。做娱乐行业的，见到政法系统，特别是公安机关领导，哪怕是一般工作人员，都有一种天然的巴结心理。

夏文辉今年 36 岁，五官端正，高个儿，身材匀称，看上去温文儒雅，是一个很讨女孩子喜欢的男人。

“夏总，你们公司员工被杀，侦查破案是我们的职责，还希望得到你们的大力支持和配合。”金波公事公办说道。

“一定，一定。我们肯定全力配合。”夏文辉点头像鸡啄米。

“郭玉雅、邵娟这两个员工，你认识吗？”金波问。

“都认识。对郭玉雅印象深刻一些。”夏文辉认真地答。

“你们平时对员工是怎么管理的？”金波又问。

“我们公司有员工部、安保部、设备部、酒水食品部。员工部人最多，又分为男员工分部和女员工分部。女员工分部下属六个组，每个组 50 个人，设领班二人，具体由领班对员工进行管理和安排。员工每天上班都要打卡。郭玉雅和邵娟在女员工分部二组。”

“这样，你把郭玉雅和邵娟所在女员工分部二组的人都召集起来，我们座谈一下，了解一些情况。”

“好的，我马上安排。员工平时上午10时到公司，现在是9时45分。”夏文辉看了看手表。

“夏总，你安排好后，我们两人谈一谈。二组那边由严支和潘局去谈。”金波又道。同时他看了看严新和潘仁，他们两人会意地点了点头。

严新和潘仁跟着夏文辉、俞怀宏出去了。金波留在总经理室喝茶。乘这空档，他打量起四周来。

总经理室约六十平方米，硕大的老板桌和老板椅正对面是一张红木三人沙发，前面是一张玉石红木茶几，两旁各有两张红木单人沙发，中间是正方形红木茶几，转角是高大的红木花架。所有红木都是正宗的紫檀木。这一套沙发组合，没有四十万是拿不下来的。老板桌西北角有一扇门，里面应该是休息室。老板椅后面正上方，挂着一块牌匾，书写着“宁静致远”四个字。

夏文辉很快回来了。

金波和夏文辉在红木单人沙发上落座。

“夏总，请你介绍一下郭玉雅和邵娟在公司的情况，为什么说对郭玉雅印象深刻?”金波直奔主题。

“金支，是这样的。郭玉雅不仅人长得漂亮，而且能歌善舞，很受客人喜欢。我们日常共有300来个小姐，不能说她是头牌，但十强是稳稳的。她给我印象深刻是因为两件事。第一件事，是她刚来不久，有一次，包厢里一个五十多岁的秃头客人酒喝多了，摸了一下她的屁股和大腿，她不作声，走开了。客人见她好欺负，得寸进尺，待她下次来倒酒时，顺势一把抱住她，一只手伸进她的衣领，摸她的胸部。她气恼了，扬起手，给了秃头一个大巴掌，又一脚踢过去。秃头本来就酒喝多了，站不稳，踉踉跄跄倒在地上。这下秃头不干了，酒也醒了一半，要与郭玉雅拼命。郭玉雅也不害怕，拿起一个玻璃烟灰缸准备反击。秃头的朋友们怕出大事，把秃头拉开了，领班也把郭玉雅调到其他包厢，才算平息了事态。第二件事，有一个公子哥带一帮朋友到 KTV 潇洒，郭玉雅秀丽的面容、优雅的姿态、甜美的歌声、冰清玉洁的气质，把他深深地吸引和镇住了。临走之前，他拿出厚厚一沓钞票，放到郭玉雅面前，要郭玉雅晚上跟他走。郭玉雅轻轻地摇了摇头，毫不犹豫地拒绝了。

“自从我听说这两件事后，就对郭玉雅刮目相看，也对她产生了好感，就吩咐领班以后尽量把郭玉雅安排给一些素质相对高一点的客人。”夏文辉真诚地说。

“那么邵娟呢？给你留下了什么样的印象？”金波继续问。

“我对邵娟印象不深，毕竟有 400 多个员工，其中女员工基本保持在 300 人左右。”夏文辉努力回忆道。

“她们与谁有矛盾或是关系不好呢？”金波扬了扬眉头。

“不了解，也没有听说。”夏文辉干脆地回答。

二楼一间女员工休息室，50 多个二组姑娘坐在一起，她们神色紧张，坐立不安地等待民警的问话。

严新和潘仁走进休息室。

“今天把大家召集起来，主要是请大家提供情况和线索。郭玉雅和邵娟是你们的姐妹，她们死得惨、死得冤，你们要为她们申冤，要使她们死得明白，也要为她们报仇。当然，侦查破案，缉拿凶犯是我们公安机关的职能，但你们平时接触多，又在一起工作，比较了解，所以请你们提供与她俩有关的一切情况，特别是可疑线索和反常迹象，包括她俩与谁走得近，与谁有矛盾。同时，国家规定，公民有向公安机关提供与犯罪有关情况和线索的义务。所以，无论于公于私，你们都有责任和义务向我们公安机关反映情况。”严新循循善诱地做着工作。

潘仁在默默观察姑娘们的神色。她们大多惶恐不安，有的在窃窃私语，有的满脸悲伤，有的一脸无辜的样子。

“你们有事、有情况，可以直接找我们，这是我们的电话号码。”潘仁将几张自己和严新的名片交给领班蒋亚雄和舒捷。

姑娘们散去后，严新和潘仁将两个领班留了下来，分别进行谈话。

领班蒋亚雄是个男的，这在KTV行业不多见。他30来岁，瘦高个儿，精明能干，这也可能是他得以出任领班的原因。

“亚雄，请你谈谈吧。”严新摸出一支烟，拿到嘴边闻了闻。

“谈什么?”蒋亚雄小心翼翼地反问。

“你想谈什么就谈什么。”严新看了蒋亚雄一眼，把烟点着了。

“随便谈?”蒋亚雄还是不紧不慢地问。

“嗯。”这次严新连看也不看蒋亚雄。

蒋亚雄注意到了严新情绪上一掠而过的不快。他迅速调整自己说话的语气。

“郭玉雅是一个阳光女孩，每天把自己打扮得清清爽爽、漂漂亮亮的，脸上经常挂着笑容，一双黑眼睛充满友善。她的美是一种天生的美，是一种自然美。她不妖艳，不做作，把她比喻成一朵出淤泥而不染的荷花最恰当不过了。”蒋亚雄对郭玉雅赞不绝口。

“邵娟与郭玉雅相比就逊色多了，她是一个普通女孩，简简单单，虽然也漂亮，不过，在 KTV 上班的女孩没有一个是不漂亮的。邵娟平时话不多，比较内向。她与郭玉雅住在一起，在生活上大多听郭玉雅的，她是那种没有多少主意的女孩。她来公司一年多，最近半年来，她好像明显比过去忙多了，不知她在忙什么。人比刚来时也憔悴许多。”蒋亚雄一打开话匣子，就滔滔不绝了。

“听说过她们与谁有矛盾吗？”严新用低沉的声音问。

“这倒没有听说。”蒋亚雄又小心起来。

“她们与你们公司管理层中谁的关系比较好？”严新冷不防来了一句。

蒋亚雄愣了一下，但很快恢复正常。

“公司夏总对郭玉雅比较关心，他曾对我说把素质较高的客人安排给郭玉雅，这明显是在保护郭玉雅。自从郭玉雅殴打客人事件发生后，安保部经理俞怀宏也时常来女员工分部二组，对郭玉雅十分关注。”蒋亚雄对此并不遮掩。

“你觉得是谁杀了她俩？”严新沉下脸问。

“不知道，这不好说。”蒋亚雄小心翼翼地回答。

在隔壁一间包厢，潘仁与另一领班舒捷面对面地坐着。

舒捷，31 岁，身高一米六九，美人坯子，身穿黑色的职业套装，显得十分干练。

“郭玉雅和邵娟都是你这组的，现在她俩都被害了，希望你能为公安机关提供一些有用的情况。”潘仁诚恳地说。

“潘局长，她俩真可怜啊。郭玉雅大专毕业后，由于找不到理想的工作，就到 KTV 做服务员。确实干我们这一行的，鱼龙混杂，良莠不分，白天卖唱、晚上卖淫的不在少数。但郭玉雅一直是清清白白赚钱，认认真真做人，令我钦佩。邵娟开始也一样，后来听说她爸爸突发重病，急需用钱，郭玉雅给了她一些，不过杯水车薪，她没办法就出卖身体，走上了邪路。”舒捷眼圈红红的伤感地说。

“你能说得再具体些吗？”潘仁追问。

“邵娟有时坐台后被客人直接带走，听说有时在高档宾馆饭店接客。”舒捷似乎有些不好意思说。

“你认识她的那些客人吗？”潘仁盯着她问。

“不认识。”舒捷摇摇头。不知是她真的不认识，还是她的口风紧。

临近中午，金波、严新、潘仁回到市局破案指挥部。

这时，余恒成打来电话：“金支，房东魏长法的事情查清楚了。上午，我们把魏长法叫到派出所，叫他老实交代前天晚上到底在哪里。开始他仍坚持说在邻居毛靖龙家打麻将，我们告诉他，毛靖龙和他的家人否认他昨晚去过，他头上冒汗了。最后他承认，在同村寡妇李玉枝家过的夜，凌晨4时才回自己家。我们到李玉枝家核实过了，李玉枝和她的母亲证实确有其事。”余恒成有些气馁了。

“魏长法西面的邻居方立水在前晚8时看到魏长法走进家门是怎么回事？”金波问。

“噢，这件事是这样的。昨天下午，方立水听到民警问魏长法昨晚在哪里，魏长法说在毛靖龙家打麻将，而方立水当晚就在毛靖龙家，根本没见着魏长法，就想报复魏长法，因为他们两家三年前在造新房时产生了矛盾。魏长法家先上的梁，后来方立水家上梁时比魏长法家的梁高了十公分，按照当地风俗，西边后建房子的梁不能高于东边房子的梁，不然西边家的风水就盖过了东边家的。为此两家大打出手，经派出所调解才得以平息。”余恒成解释道。

4月5日，清明节。全体专案组民警放弃休息，顾不得给已故亲人扫墓，自觉投入侦破案件中。

凡发生大案，停止休假、停止休息，是刑侦民警们默认的习惯，不用领导动员和交代。

当晚，专案指挥部召开第二次案件分析会。省厅刑侦总队侦查支队汤效绩支队长出席会议并指导破案。

“三天过去了，大家都很辛苦，但现在是破案的关键时刻，我们要咬紧牙关，争取早日突破。”金波作了开场白。

搞刑侦的人都知道，案发七天至十天是破案的黄金时间。

支队技术大队大队长赵玉江是北方人，操着标准的普通话开始汇报：“通过昨天和今天连续对现场勘查和实验，我们认为难点主要有两个。首先是进出口问题。一是犯罪嫌疑人从落水管横移到窗台，推开窗户，进入房内，费不了多少周折，但反映出犯罪嫌疑人具有较高的攀登能力。二是房门锁心划痕，经反复观察，并利用光谱技术，认定是配制锁匙留下的痕迹。也就是说，犯罪嫌疑人是用配制锁匙开门入室。两个进出口，多此一举，犯罪嫌疑人为什么要这样做呢？我们认为有两种可能：一是案犯爬落水管到窗户进入后，为了转移视线，再用万能钥匙开锁。二是案犯用配制钥匙或万能钥匙开锁进入后，为了转移视线，再从落水管进入。犯罪嫌疑人虚虚实实、真真假假，给我们摆下迷阵和陷阱，十分狡猾。”

说到这里，赵玉江停顿一下，看大家聚精会神听他分析，精神一振，喝了一口水继续说：“其次是物证的问题。现场留下的血迹，经化验都是被害人的。现场留有的两种鞋印条件很差，没有比对条件，也就是不能直接认定是哪双鞋子的，但可以确定一种是回力鞋，一种是旅行鞋，旅行鞋长度 42 码。邵娟手指内的绿色纤维经微量元素检测是绵纶和棉布的混合物。”赵玉江显得胸有成竹。

“再次是作案经过。根据现场痕迹物证，我们初步分析，犯罪嫌疑人的作案过程是这样的：犯罪嫌疑人从窗户或者房门进入后，控制住两名被害人，搜出银行卡，逼迫两名被害人说出密码，摘下被害人身上的金项链，先用刀往郭玉雅胸部捅了两刀将其捅死，再用刀切邵娟脖子，将其切死。而后将两人奸污，拿起两人的手机，从房门逃走。凌晨 2 时许，犯罪嫌疑人拿着两名被害人的银行卡到自助银行取钱，不料被害人设置了每日只能取五万元现金，犯罪嫌疑人只拿走了十万元钱。”赵玉江一口气汇报完。

金波向赵玉江投去赞许的目光，认同他的分析。

“视频侦查小组通过视频追踪，找到了在自助银行取款的男子，虽然没有该男子的人脸资料，但根据他穿的雨衣和身像，经反复调看自助银行周边的视频监控，一路追踪，在解放路地下过道里找到该男子。经了解，该男子 63 岁，是一个流浪汉，长期活动在解放路一带。据他反映，当天凌晨，天下着雨，他走在街上，突然一辆汽车停在他身边，一个男人交给他两张银行卡和一张写有数字的纸条，叫他去取钱，并给了他五百元报酬。他照办了，取了钱后交给那男人就走了。”大数据侦查中心主任周杰汇报说。

“因天黑，流浪汉没看清该男人的模样，但听他讲普通话。”周杰接着说，“那辆车我们查了，是当晚在市区西郊附近被盗的，天亮后发现停在市区西南边。那一带是监控死角。”

“这两天，我们对郭玉雅和邵娟的手机通信及数据信息进行了分析，发现有八个号码与被害人联系较频繁。与郭玉雅最后联系的电话号码是135××××5669和153××××1238。前面一个号码没有机主，后面一个号码的机主是方萍萍，是郭玉雅的同事和闺蜜。与邵娟最后联系的电话号码是138××××6728和135××××2263。前一个号码的机主是胡东强，滨海人民医院副院长；后面一个号码的机主是方德海，滨海实验小学校长。”大数据侦查中心副主任毛东立汇报说。

见其他人不再说话，金波便说道：“根据刚才赵玉江、周杰和毛东立所说，以及这三天开展的工作，我讲三点看法。一是案件性质。财杀的比重在上升，案件的主攻方向暂时以财杀为主。二是对犯罪嫌疑人的刻画：男性，一米七五以上，穿42码旅行鞋和回力鞋，有较强的攀登能力，急需用钱，讲普通话，可能有犯罪前科。三是侦查范围和下一步工作措施：（1）围绕两名被害人的关系人；（2）围绕金碧辉煌KTV重点人；（3）围绕侵财案件，尤其是爬落水管案件；（4）围绕大数据侦查和视频工作。针对上述四点，开展深入侦查和并案侦查。同时也要关注强奸案件和流氓淫秽案件。”

说完，他对任务作了具体分工。

省厅刑侦总队侦查支队汤效绩支队长最后讲话：“金支对案件的分析和下一步侦查意见及工作安排，我完全同意。从省厅的角度，我们会做好以下工作：第一，在全省范围内开展对侵财特别是爬落水管案件的并案；第二，在省厅库已有的现场鞋印中查找同类同码鞋印，以缩小侦查范围；第三，需要外省配合的协查，由省厅来协调。”

汤支队长的讲话简短而又实在。

“谢谢汤支，十分感谢。”金波真诚地说。

由于连续三天三夜工作，许多同志的眼睛都带着血丝，非常疲惫。

金波决定晚上大家都回家睡觉。专案组的民警欢呼着回家去了。

金波仍睡在指挥部，案件不破，他回家也睡不踏实。

严新负责调查两名被害人的关系人。他兵分四路：一路找方萍萍谈话，一路找被害人父母了解情况，一路调查最后打电话给邵娟的胡东强和方德海，一路去四川调查郭玉雅的男朋友。

盛力派出所询问室。

严新看着方萍萍，单刀直入：“你是郭玉雅和邵娟的好姐妹，你看是谁害了她们?”

“不知道。”方萍萍痛苦地摇摇头。

“那么你看谁对她们好，谁在追求她们呢?”严新迅速换了一个角度问。

“郭玉雅在老家有一个男朋友，他们感情时好时坏，一直不稳定。郭玉雅性格开朗，为人随和，大家对她都不错。领班蒋亚雄是单身，平时对郭玉雅十分呵护，似乎在追求她。总经理夏文辉对郭玉雅也非常倾心，有意无意接近她，好像还要提拔她当领班。噢，这么说起来，我倒想起来郭玉雅曾经对我说过的两件事。”说到这里，方萍萍抬头，略带迟疑地看了一眼严新。

严新没说话，用眼神鼓励她说下去。

“有一次，下班后，郭玉雅神秘兮兮地对我说，‘今天，在没有人的时候，蒋亚雄把我拉到一边，从口袋里摸出一个精美的长方形盒子，说这是一条项链，送给你。我吓了一跳，连忙说我不要。他把项链往我手中一塞，又从上衣口袋里掏出一张纸条，说你回去看。我说这是什么，他说你回去看就知道了。我打开一看，是一封求爱信。我的妈呀，我把项链和纸条往他身上一掷，转身飞快地逃跑了。’她讲完哈哈大笑。”

“她说这事是在什么时候？”严新问。

“半年前。”方萍萍回答，顿了顿，又接着说：“还有一次，是三个月前，吃过中饭后，郭玉雅悄悄对我说：‘上午，夏文辉把我叫到总经理室，关上办公室门，问我近来怎么样。他是没话找话。我说很好。他又问，听说你有男朋友了？我说可以说有，也可以说没有。他说，怎么理解？我说我的男朋友在老家，已经很长时间没联系了。他点了点头，突然他压低声音问，听说你还是处女？真的吗？他眼睛直直地望着我。我既吃惊，又生气，哪有像他这种问话的？但我却鬼使神差地点了点头。他竟笑了，拿出一个信封，里面是厚厚一沓现金，推到我面前说，这是你的奖金。好好干，我不会亏待你的。我说谢谢夏总，又逃跑了。’她接着告诉我，夏总是有老婆的人，还想要处女，不知现在的男人都是怎么啦，她一脸的疑惑。”方萍萍低着头说。

“邵娟还与谁关系比较好？”严新执行既定策略。

“邵娟嘛……”方萍萍欲言又止。

“不要有顾虑，我们会对谈话内容保密的。”严新一脸严肃地说。

“滨海实验小学方校长与邵娟关系比较密切，好几次邀邵娟去玩。邵娟曾经对我说过，方校长知识渊博，知书达理，温文尔雅，关心人，体贴人，与他在一起很舒服。”方萍萍打消顾虑后说。

严新脑子一闪，滨海实验小学方校长，不就是那个最后打电话给邵娟的人吗？严新马上联想起这个人来。

当天下午，严新把方德海叫到滨海分局刑侦大队办公室。把方德海叫到哪里谈话，严新是有考虑的，把方德海直接叫进讯问室吧，没有证据，容易谈崩，事后有后遗症；把他叫到询问室吧，似乎力度不够，对他不能产生那种心理上的压迫感；还是到办公室相对灵活，进可攻，退可守。严新打定了主意。

“方校长，今天把你叫到刑侦大队来是有事要调查。”严新脸上没有任何表情。

“什么事啊？”方德海虽然是个文化人，见多识广，但平时与公安局很少打交道，特别是刑侦大队这种部门，因此他心里七上八下，忐忑不安。

“邵娟你认识吧？”严新开口就问。

“认识。”方德海心虚地回答。

“她死了，你知道吗？”严新盯着方德海的眼睛问道。

“听说了。很可惜。”方德海心里慢慢平静下来。

“你们关系不一般吧？”严新的眼神很犀利。

“谈不上吧，只是认识而已。”方德海到底是校长，他渐渐适应了谈话的环境。

方德海 40 多岁，身材较瘦，身高不到一米七零，是一个文弱书生。严新觉得方德海与刻画的犯罪嫌疑人差别较大，直接作案可能性不大，便决定吓吓他，套他的话。

“你不要不承认，你以为我们什么都不掌握？”严新突然笑了。

“你们掌握了什么？”方德海又明显不淡定了。

“你们在电话里说了些什么？在短信里聊了什么？你不会不记

得吧?”严新问道。

邵娟的手机被犯罪嫌疑人拿走了，但方德海不可能知道。即使邵娟的手机被公安机关拿到了，如果不知道开机密码，同样打不开手机。不过公安机关大多数是可以猜中密码的，因为多数人为了方便记忆，会将生日、电话号码、出生年月、身份证号码等设置成开机密码。当然如果手机厂家是国内的，厂家是可以开锁的。但这些一般的老百姓是不清楚的，有的是一知半解。

果然，方德海无语了。他不想承认，但又无可奈何。

“如果你主动承认，我们可以考虑为你保密。”严新承诺道。

方德海头上冒汗了，但他仍不作声。

“如果你一意孤行，我们就交给你们上级单位处理。”严新步步紧逼。

“别告诉上级单位。我说我说。”听说要交给上级单位，那他必将身败名裂，方德海再也坚持不住。

“我是在一次饭局上认识邵娟的。那次她很少说话，只是静静地听大家说笑。对大家的问话，她总是先淡淡一笑，然后声音轻轻地回答，显得很文静。我对她印象不错。后来又吃了几次饭，慢慢地我们就好上了。她虽然在 KTV 上班，但她从来不要我给她的钱。两个月前，她忽然闷闷不乐，我一问才知道，她父亲生了重病，需要十万元钱住院动手术，她的钱不够。我硬给了她十万元。”方德海断断续续地说。

“案发当天你给邵娟打过电话吗?”严新转移了话题。

“打过。”方德海回答干脆。

“什么事?”严新问。

“那天傍晚，我没事无聊，就打电话问她在干吗。她说在公司。我说一起吃晚饭吧，她答应了。晚上我们在映月海鲜楼吃的饭。吃完约 8 时，我本来想和她亲热一下，但她说身体不大舒服，我们就各自回去了。”方德海说得很自然。

“那以后你去哪里了?”严新问。

“我就直接回家了，我老婆和女儿可以证明。”方德海坚定地说。

见方海德说得这么肯定，严新就叫他先回去了。方海德到底有没有说谎，核实一下就能见分晓。

晚上 7 点，滨海人民医院副院长胡东强走进刑侦大队办公室。

严新从座位上站起来与胡东强握了一下手。严新认识胡东强，以往刑侦支队民警受伤和生病，支队民警家属生病，少不了麻烦胡东强。胡东强无论是安排医生，还是调剂病房，都予以照顾和方便。支队上下对胡东强的反映都很好。

“胡院长，不好意思，还要你亲自跑一趟。”严新客气地说。

“你们也是职责所在，理解理解。”胡东强善解人意地说。

“胡院长，金碧辉煌 KTV 服务员邵娟被人杀害，你听说了吧?”严新进入了工作节奏。

“这么大的事，听说了。”胡东强点了点头。

“案发当天下午，也就是 4 月 2 日，你与邵娟曾经通过电话，你们说了什么?”严新直白地问。他不想为难胡东强。

“她上午打电话给我，说她想看一下皮肤科，问我能不能给介绍一个医生，我答应她了。下午我联系好后，打电话叫她去找皮肤科的张冶生主任医生。她说谢谢。通话内容大致就是这个意思。”胡东强不想隐瞒，这个电话其实也没有什么好隐瞒的。

“你们是怎么认识的?”虽然是熟人，但该问的还得问。

严新作为刑侦支队领导，对职责不敢有丝毫放松。公安工作，特别是刑侦工作，可不像医院院长安排医生和调剂病房可以讲关系，开后门。在刑事侦查中开后门，讲关系，也就是所谓办关系案、人情案、油水案，那轻则违纪，重则犯罪。

“我是通过分局东胜派出所所长王进平认识她的，邵娟与王进平和滨海财政局副局长吴天有以及滨海实验小学校长方德海都比较熟悉。”胡东强实话实说。

严新知道这些人与邵娟打得火热并不是什么好事，但他懒得管这种事，也没有时间和精力，这些生活作风问题是纪委管理的范畴。

“胡院长，你那天晚上在干什么？谁能证明？”严新想早点儿结束这次谈话。从胡东强的回答中，他感到他与这起案件关系不大，刑警有时候很相信第六感觉。

“那天晚上我与吴天有等人在打麻将，11 时回到家里，我家人可以作证。”胡东强回答。

既然胡东强对当晚时间说得很清楚，查证一下就可以了。这样，严新就让胡东强回去了。

刑侦支队政委施章法这几天主要是接待并安慰两名死者家属。施章法已过 55 岁，是一个老刑侦，当过刑侦大队长，分管刑侦的副局长，后来当了分局政委。在分局一级，55 岁就要退居二线，组织上为了照顾他，把他调到市局刑侦支队当政委，副局职支队的政委和副局长一样可以干到 57 岁再退居二线。

老刑侦就是不一样，通过几天的闲聊，施章法与郭玉雅父母和邵娟的父亲都混熟了，基本掌握了他们两家的情况。

郭玉雅父母是绵阳市棉纺厂的普通工人，临近退休。他们对女儿在老家的男朋友不甚满意。那男朋友叫程鑫行，是郭玉雅高中同学，现在绵阳市市场监督管理局工作。两位老人还算开明，基本不管女儿恋爱，由女儿自主决定，但对她男朋友主要有两点颇有微词：一是性格比较暴躁，有时情绪控制不了，与人争吵言辞偏激，容易发飙。二是心胸狭窄，对他们的女儿看得很牢，尤其是不许郭玉雅接触其他男人。哪怕她与男同学交谈几句，或在网上聊天、打打游戏，他都不高兴。是因郭玉雅太漂亮了，还是他自己缺乏自信，这不得而知。特别是郭玉雅在 KTV 工作后，他的心神更不定了。这是两位老人担心的。

邵娟的父亲身体不太好，不大说话，他只要求公安机关尽快破案，为他女儿报仇。

三、持枪抢劫

技术大队这几天工作十分紧张，每天晚上办公区都灯火通明。

赵玉江带领一帮子技术员白天黑夜连续工作，串并案件取得了进展。厦海市近半年来，在全市范围内发生爬落水管案件 11 起，大多发生在城郊接合部的居民小区和出租房。这些案件的共同点是以偷盗为主，如果事主惊醒，即转为公开抢劫；遇到单身女青年则予以轮奸。犯罪嫌疑人四至五人，时分时合，作案时戴手套，其中五起现场遗留回力鞋印和旅游鞋印，但鞋印尺码明显小于“402 专案”的现场鞋印。

这时，省公安厅刑侦总队侦查支队汤效绩支队长来电说，经省厅技术串并，在厦海市临近的南平市、厦江市发现三起爬落水管案件，与厦海市接连发生的爬落水管盗窃案件认定同一，可以实现并案侦查。犯罪嫌疑人作案时可能开一辆丰田卡罗拉轿车。

专案组民警经过调查摸底，循线追查，数据碰撞，车辆轨迹梳理，终于在滨海益民旅馆发现了犯罪嫌疑人的落脚点。

傍晚时分，接到报告的金波带着严新、潘仁等人赶到益民旅馆。

他们来到服务台，金波拿出工作证递给总台服务小姐。

“这几天有没有四五个年纪较轻的外来人员来住宿?”金波压低声音问。

“有。他们已经住了三天了，白天在房间里，晚上出去。我们也感到奇怪。”服务小姐回答。

“住几号房间?”金波沉声问道。

“303 和 304 房间。”服务小姐回答的声音已有些颤抖。

“他们现在在房间吗?”金波又问。

“应该在。”服务小姐不敢确定。

“走，你帮我们去开门。如果里面有人问，你就说服务员送水。”金波教服务小姐应对方法。

服务小姐一边点头，一边拿起一只热水瓶朝三楼走去。金波等人跟在后面。

303 和 304 房间紧邻着。金波和潘仁会同另外两个民警来到 303 房间门前，严新和三个民警守住 304 房间。

女服务员开始敲门:“服务员送水。”

房间内没有动静。

“服务员送水。”女服务员提高了喊声和敲门声。

依然没有响动。

“开门。”金波命令道。

女服务员刚打开房门，民警们迅速冲进房间，然而房内空无一人，只有几包吃空了的方便面盒。

304房间同样没人，显然犯罪嫌疑人已如惊弓之鸟逃跑了。

夜，漆黑漆黑。与厦海市毗邻的厦星市龙昆区一幢普通的三层楼房。

这是一个当地比较有名气的私人博物馆。

两个黑影爬落水管到三楼，又从三楼走到二楼。他们熟练地打开防盗门，黑暗中有几个红点在闪烁，那是红外线报警装置，他们娴熟地避开，用金刚钻钻开密封的玻璃器，贪婪地拿起价值连城的田黄石、鸡血石装进随身带来的旅行包。

“谁？不准动，把东西放下！”黑暗中突然传来严厉的吆喝声。

博物馆巡查的保安发现了盗贼，发出警告命令。

两个黑影大吃一惊，他们顺从地放下手中的旅行包，突然从怀中摸出枪支，朝保安扣动扳机。

“呯，呯。”黑夜里枪声格外刺耳，两名保安应声倒下。两个黑影拿起赃物仓皇出逃，很快消失在茫茫夜色中。

“4月10日，厦星市龙昆区发生一起持枪抢劫案，犯罪嫌疑人持自制手枪开枪打死两名保安，劫走田黄石、鸡血石等馆中珍宝后出逃，物品价值960余万元。请全省公安机关特别是与厦星市毗邻的市地公安机关，迅速组织力量开展设卡堵截，治安清查。一旦发现可疑情况，请立即报告省厅。”省公安厅迅速向全省公安机关发出了警情通报。

与厦星市邻近的厦海市公安机关接到省公安厅通报后，当即作出反应。

晚11时许，滨海区林街派出所民警管竞生、蒋龙带领辅警尚斌和戴达伟来到碧湘楼民宿进行治安检查，这是一个小型精致二层楼民宿。一楼和二楼各八间客房，呈L形。

管竞生见尚斌脚有点儿不舒服，就对两个辅警说："你们不要上去了，就在一楼守住大门。"

尚斌和戴达伟感激地笑了笑。

管竞生和蒋龙先从一楼一间一间地检查，没有发现可疑人员。

他们接着上楼，当检查到第三间时，看到两名年轻人和衣而睡。

管竞生觉得不正常，就问："睡觉为什么不脱衣服？"

"天冷。"其中一个个子稍高的年轻人回答。

"都4月了，还冷什么？"蒋龙在边上开了腔。

没人回答。

"你们是哪里人？"管竞生细致打量着年轻人问。

"安徽。"一个瓮声瓮气的声音答。

"去哪里？"

"福州。"还是那个声音。

"包里是什么？"管竞生问道。

"你自己看吧。"瓮声瓮气的声音似乎有点儿不耐烦。

管竞生弯下腰，一把拉开旅行包中间拉链，看到的是满满一袋田黄石、鸡血石。

他立即感到大事不好，伸手就去掏腰中的手枪。

然而已经迟了，高个子年轻人抬手就打了管竞生两枪，血从管竞生胸部喷射而出，他来不及提醒战友就倒下了。

接着，蒋龙也被高个子开了三枪，中弹牺牲。

两名歹徒下到一楼，又开枪打伤尚斌和戴达伟。然后在碧湘楼民宿大门前拦下一辆出租车，一把拖下司机，抢走出租车逃跑。出租车司机立刻报警。

厦海市公安局110指挥中心接报后，一面迅速部署全市公安卡点立即设卡堵截，一面通过无线对讲机向全市路面公安巡逻车和执勤民警通报案情，要求重点检查出租车特别是车牌为福C-6537S1的出租车。同时报告局长黄立山、副局长陈富强和刑侦支队支队长金波。

黄立山、陈富强和金波火速赶到市局指挥中心坐镇指挥。指挥中心由60个六十英寸组合屏组成的大屏幕上，全市两万余个路面监控视频轮番切换，重点是市区6000个监控探头。

无线对讲机里时不时传来路面巡逻车和执勤民警的报告：“福C-6537S1出租车驶过长江路、驶过滨江路，后面有四辆警车跟着，因路面车辆多，警车超不过去。”“一辆警车超过去了，但没有堵住。”“福C-6537S1出租车朝火车站方向驶去，马上要上高速了。”路面警察焦急地说。

“在高速路口堵住出租车，绝对不能让出租车上高速。”黄立山看了一眼金波，神色坚毅地下了命令。

金波赞同地点了点头。

指挥中心值班指挥长立即将黄局长的命令下达给火车站公安卡点负责人。

厦海市火车站高速收费站路口。防暴警察将智能破轮器铺在路面上，两名交通警察指挥车辆停靠，两名刑侦和治安警负责检查，四名特警手持微型冲锋枪担任警戒。公安民警严阵以待，气氛紧张。

突然，警笛声由远而近，一辆出租车左冲右突，向前猛窜，四辆警车紧跟其后。眼见出租车临近，防暴警察按下智能破轮器，出租车驶过破轮器后一个踉跄扑在路旁，两名特警勇敢地冲上去一把拉开车门。

“呯，呯，呯。”歹徒疯狂开枪。

“突，突，突。”几乎是同时，特警的冲锋枪也响了。两名歹徒的手枪掉在地上，被奋勇而上的警察戴上手铐。两名特警受伤。

两名歹徒只是手臂被冲锋枪子弹打穿，并没有生命危险。经审讯，两名犯罪嫌疑人对在厦海市和邻近的市地爬落水管盗窃和持枪作案供认不讳。

这是一个六人盗窃团伙，其他四名犯罪嫌疑人也被迅速抓获。但经痕迹鉴定，这伙歹徒显然不是“402 专案”的犯罪嫌疑人。

如果爬落水管是犯罪嫌疑人虚晃一枪，那么其从房门进入的可能性就大大增加，有可能接触房门钥匙的可能性大大增加，与被害人熟悉的可能性也大大增加。

专案组加快了排查步伐。

四、奇葩男友

这时，在重庆调查的余恒成传来一个信息，郭玉雅男朋友程鑫行有作案嫌疑。一、有身体条件。程鑫行身高一米七九，穿 42 码鞋，曾经穿过回力鞋和旅行鞋。二、有因果关系。他曾死死追求郭玉雅，简直到了疯狂的地步，也与她发生过激烈的冲突，两人关系时好时坏。三、有作案时间。案发时，他向单位请休年假十天。

侦查员在请求当地派出所配合时，意外看到了调解郭玉雅、程鑫行矛盾时的两份谈话笔录。

郭玉雅和程鑫行是高中同学。在高一的时候，程鑫行便开始追求郭玉雅了。那时，在郭玉雅眼里，程鑫行是个热情、真诚、温柔而专一的男孩，与他相处，令人备感温暖。

一年后，他们确定了恋爱关系。郭玉雅本以为一段美好的恋爱生活开启了。不料恋爱后的程鑫行，却像变了个人似的，既刻薄又敏感，不断束缚她与其他男同学的交往，不断猜忌她与其他男性有不正当关系。

一次，她们几个女同学聚会，大家高兴就喝了点儿酒，并玩了个通宵。他早早等在她家门口，硬把她拉到医院。程鑫行怀疑郭玉雅被人灌酒后“迷奸”，叫医生做“证据保全”。

医生感觉程鑫行无理取闹，拒绝了他的要求。程鑫行与医生发生争吵，随即双方报警。

民警赶到医院，把医生拉到一旁悄悄问：程鑫行来医院要做的是哪门子“证据保全”？

医生小声说，程鑫行怀疑恋爱对象昨晚与人发生了关系，不知从哪个网站看到说妇科检查可以判断女性12小时内有没有进行过性生活，因此让医生检查，给他出具证明。医生无奈地叹了口气。

处警民警办事经验丰富，又把郭玉雅拉到一边，小声而尽可能委婉地询问：“你昨晚有没有，有没有被……”

郭玉雅看了民警一眼，摇摇头。

民警早就看出了端倪，明白大概就是恋爱纠纷了，但依旧不大放心，又找郭玉雅确认了一次。

“我没有被迷奸，他这人就是有病，谈不下去就不要谈了嘛。”郭玉雅突然恼了。

一旁的程鑫行被激怒了，他猛地扑上来：“那你昨晚一夜去哪儿了？跟谁喝的酒？住在哪儿了？为什么一直不接电话？今天早上送你回来的那个野男人是谁？”

民警急忙把程鑫行控制住。情感问题不在警方处置范围之内。

等程鑫行冷静下来，民警告诉他，医院不能出具所谓的“证据保全”证明，他恋人否认被强奸，警方无法立案。

经过民警两个多小时的劝说，程鑫行终于承认了自己的错误，与郭玉雅两人各自回家。

郭玉雅想早点儿结束与程鑫行的恋爱关系，但经不住程鑫行的苦苦哀求。高中毕业后，郭玉雅考上了四川省艺术职业技术学院，程鑫行考上了省工商大学。

上大学后的日子仍像谍战片。郭玉雅这边一有风吹草动，就会被程鑫行怀疑，就连平时说话都得时刻注意会不会哪句话说得不周全。之前，程鑫行提起他有个朋友赚钱后包养了一个女大学生，郭玉雅随口说自己班上有一个姑娘曾被大款包养了。结果程鑫行不但反复套话，还私下去找她的大学同学求证那个被包养的女学生是不是郭玉雅。

郭玉雅感到欲哭无泪。

大学毕业后，郭玉雅毅然离开重庆到了厦海市，主要有两个原因，第一，当地就业困难，没有好的文艺团体和单位接收。第二，就是为了离程鑫行远远的，因为她受够了。

程鑫行大学毕业后，在他父母操作下，进了当地市场监督管理局，做了一名公务员。

就在侦查人员满世界寻找程鑫行时，程鑫行主动来到当地派出所。余恒成接待了他。

“我和父母刚从西藏旅游回来，听单位领导说公安局在找我，我就赶来了。”程鑫行急匆匆地说。

“有个案件的情况，我们想找你了解一下。”余恒成婉转地说，“你和父母是什么时候去西藏的?”

“我们是4月1日从重庆动身的，除了我们一家，还有另外两个朋友家，总共八个人，我们从重庆直飞拉萨。”程鑫行平静地回答。

“你们在西藏玩了几天？什么时候回来的?”余恒成语气平和。

“我们在西藏待了十天，昨天才返回。”程鑫行心里不痛快，但他没有表露出来。

“你为什么不接电话?”余恒成责问道。

“没有啊。我没有接到你们电话。噢，在西藏诸多地方没有通信信号。”程鑫行一副丈二和尚摸不着头脑的样子。

“厦海市你去过吗?”余恒成突然话锋一转。

“去年我去过，今年没去过。”

“确定今年没去过?”

“确定。”

“郭玉雅被人杀死了，你知道吗?”余恒成直视程鑫行的眼睛。

“郭玉雅被人杀死啦?”程鑫行听了一愣，随即流露出悲伤的神情，“她这么年轻就死了，太可怜了，虽然我们已经很久没有联系了。”程鑫行自言自语地说。

程鑫行没有作案时间，排除。

五、42码回力鞋

侦查破案，其实就是做加减法，把嫌疑对象一个个排除，再发现一个个可疑对象，依次循环，直至认定。只不过里面的酸甜苦辣和艰难险要，没有干过刑侦的人是根本体会不到的。

潘仁和分局刑侦大队大队长张威负责金碧辉煌KTV重点人员的排查。通过前几天的初查，他们认为有三个对象比较可疑：

一号对象，夏文辉，36岁，金碧辉煌KTV总经理，身高一米八一，欣赏郭玉雅，对她虎视眈眈，有处女情结。

二号对象，蒋亚雄，30岁，金碧辉煌KTV领班，身高一米七八，单身汉，暗恋郭玉雅，追求她。

三号对象，姚世艺，26岁，金碧辉煌KTV男服务员，身高一米八五，深受女富豪欢迎，据说姚世艺与郭玉雅互有好感。

潘仁和张威将三名对象的情况向金波作了汇报，并一起作了分析。

金波同意对这三人深入进行侦查，并提醒他们掌控侦查策略，重点围绕作案时间、作案动机、作案工具、作案技能、痕迹物证和赃款赃物来开展，同时坚持专门工作和群众路线相结合，既要广泛运用侦查手段，又要充分发动群众，力争早日突破。

潘仁和张威听了金波点拨后频频点头，认为金波提醒得对，句句说到点子上。

金波又和潘仁、张威一起商定，具体采取四条措施：

一是公开悬赏，在社会上和金碧辉煌KTV内，实现有偿举报，凡是提供有效破案线索的，奖励人民币三万元。

二是对三名对象从外围调查入手，由外及内，逐步深入。

三是采取必要的技术手段，密切掌控动态。

四是公开收录痕迹物证，对金碧辉煌KTV男员工一律捺印十指指纹，采集皮鞋、回力鞋和旅行鞋印。

重赏之下必有勇夫，四条侦查措施果然有效，破案线索源源而来。

金碧辉煌KTV员工甲反映：总经理夏文辉是一个笑面虎，别看他在人前文质彬彬，笑容可掬，温文儒雅，其实是个狠角色，相当凶残。当初建造金碧辉煌KTV时，他与另一个老板竞争这块地，为了确保万无一失，他暗地里出资30万元雇用凶手，将对方的脚筋挑断，使其落下终身残疾。那个老板为了保命被迫放弃。他又是一个色情狂，凡是他看上的美女，基本逃不出他的魔掌，金碧辉煌KTV内漂亮女孩被他奸污的不计其数。他一般采取三种方法：一是金钱开路，用小恩小惠和现金略施小计，将女孩骗上床，屡试不爽；二是封官许愿，以提拔领班、会计、出纳为诱惑，引诱女孩上钩，频频得手；三是暴力霸占，对软硬不吃的，采取霸王硬上弓，强力占有。他特别有处女情结，有一次他喝醉酒后，竟厚颜无耻地说，一生要干掉300个处女，已完成68个。当他了解到郭玉雅是处女后，明显表露出对郭玉雅的喜爱和呵护。

金碧辉煌KTV员工乙提供信息：领班蒋亚雄是个双性恋者，既喜欢异性，也喜欢同性，特别爱好多人运动，是一个典型的性变态。他倾慕郭玉雅，曾对人说过，一定要把郭玉雅追到手。

金碧辉煌KTV员工丙举报：男员工姚世艺，先后结拜了11个干妈，每个干妈每个月给他两万元。姚世艺拿到这些钱后，天天花天酒地，也包养了一些年轻美貌的女孩。姚世艺很欣赏郭玉雅，说她不仅貌美，而且人品好，在娱乐行业能做到洁身自好非常不容易。

随着金碧辉煌 KTV 员工纷纷向公安机关检举揭发，提供线索，以及民警加快采集指纹和鞋印，金碧辉煌 KTV 内部一时议论纷纷，人心惶惶。

这是破案需要的环境和气氛。

兵者，诡道也。其实金波和潘仁知道，现场并没有提取到犯罪嫌疑人的指纹，但为了麻痹案犯，他们故意在金碧辉煌 KTV 提取男员工的十指指纹。提取指纹是为采集鞋印打掩护。目的是使犯罪嫌疑人真假难辨，探不清虚实，心神不定而露出马脚。

虽然大家对公安机关采集指纹和鞋印普遍有抵触情绪，并抱不合作态度，但为了撇清自己与案件的关系，无奈只有合作和照办。

从鞋印来看，夏文辉平时喜欢穿皮鞋，号码是 42 码；很少穿旅行鞋。蒋亚雄喜欢穿旅行鞋，但一般穿 43 码。姚世艺皮鞋和旅行鞋都穿，习惯穿 42 码。

随着侦查的深入，蒋亚雄和姚世艺由于没有作案时间被排除了。

但夏文辉的嫌疑却上升了。理由是办案民警在金碧辉煌 KTV 总经理办公室休息间床底下，发现了一双 42 码回力鞋。

经技术人员比对，这双鞋印虽然因为条件关系不能认定就是现场鞋印，但与现场鞋印无限接近。

这是一个重大发现和突破。

专案组成员很兴奋，金波也来了精神。

夏文辉很快被请到滨海公安分局审讯室。

一场短兵相接立即展开。

“夏文辉，4 月 2 日晚上，你在哪里？”金波单刀直入。

“我在家里。”夏文辉神色凝重。因为他发现坐在对面的金波、潘仁、张威三人表情严肃，从来没有看到过他们的态度如此冷淡。而且，他现在是在审讯室。

“家里还有谁？”金波的声音冰冷。

“家里没有人，我妻子与她的小姐妹一起旅游去了。”夏文辉有一种大祸临头的感觉。

“呵，那就是说，没人给你证明你到底在不在家里。”金波嘴角露出一丝冷笑。

“是的。确实没人给我证明。”夏文辉苦笑着说。

“床底下那双回力鞋是你的吧？”金波换了一个话题。

“那双鞋不是我的。”夏文辉一脸认真地说。

“你的意思是说，那双鞋是自己跑进去的，或是别人给你放进去的？”金波调侃道。

“我也不知道。”夏文辉的脸色变得雪白雪白。

“你想让我怎么说？”金波反问道。

夏文辉看看金波，无语，他的眼神很绝望。

金波轻轻对身旁的潘仁耳语几句，潘仁点点头出去了。

审讯室里暂时冷场，夏文辉低着头，不敢看金波的眼睛。

不一会儿，潘仁回来了，跟在他身后的是警犬力力和豆豆以及两名警犬训练员。

两名警犬训练员用一团棉花在夏文辉腋下擦了擦，单独放在地上，又将那双回力鞋放在另一边地上，然后指挥警犬力力和豆豆分别嗅嗅棉花和鞋子。

两条警犬都认定，棉花和鞋子的气味同一。也就是说，夏文辉就是穿这双鞋子的人。如果说鞋子是别人放进去的，那别人是无法把夏文辉的脚放进鞋子里的。

这就是金波想要说明的事实。

“夏文辉，你还有什么要说的?”金波心里一块石头落了地。

夏文辉一句话也说不出，他不知说什么。

“说说吧，你为什么要杀了她俩?”金波语气平和了些。

“我没有杀她们。”夏文辉机械地回答。

“你怎么杀的她俩?”金波提高了声音。

“我没有杀她们。”夏文辉重复回答。

还真是不见棺材不落泪。

“你该相信科学吧。这双鞋子的鞋印与现场鞋印一致，鞋子的气味与你的气味一致。你如何解释?”金波的话无懈可击。

“我相信科学，相信公安机关，但我也相信自己，这双鞋不是我的，我没有杀人。”夏文辉讷讷地说，与其说是说给金波听，还不如说是说给他自己听的。

金波摇头，夏文辉无话。

余恒成带领几名刑警拿着搜查证来到金碧辉煌 KTV 总经理办公室，依法进行搜查，对总经理室里里外外、上上下下，开展地毯式搜查，但一无所获。

余恒成等人又来到滨海区铭前街夏文辉的别墅进行搜查。这是一个五层别墅，地下二层，地上三层。他们搜查得很细，三个人整整搜查了四个小时，依然一无所获。

尽管搜查结果出人意料，但根据办案流程和现有的犯罪证据，夏文辉有重大犯罪嫌疑，完全可以对夏文辉采取刑事强制措施。

金波将夏文辉的情况分别向市局局长黄立山和分管副局长陈富强作了详细汇报。

黄局长批示：同意将夏文辉刑事拘留。

六、测谎

夏文辉被关进滨海市第一看守所第十二监所。这是一个专门关押重刑犯的监所，约40平方米，有11张床铺，并排排列，边上是一个蹲坑厕所，脚踏式冲水器。看守所的卫生条件比五年前好多了，过去是马桶，整个室里一股臭味。

第十二监所已关了八人，见夏文辉进来，他们大都轻蔑地看了看他，这就是所谓的先进山门为大。

金波与第一看守所所长王进打了招呼：“这个犯罪嫌疑人不能出一点事。”

“嗯，知道了。”王进知道金波来打招呼是因公的。与看守所领导或者看守民警打招呼，不外乎两种情况，因公或因私。

“在第十二监所，我想再放一个人，这人是我们自己人，由他来监视夏文辉。”金波叮咛道。

“明白。”王进会意地点点头。这在公安机关叫继续开展侦查。

傍晚时分，第十二监所来了一个40来岁的中年人，大背头油光锃亮，迈着小方步，如果不是穿着看守所统一的囚衣，别人还以为他是来看守所视察工作的首长。

他在夏文辉身边坐下，示意夏文辉往旁边靠靠。夏文辉不情愿地移了移身子。

“兄弟，干啥的?”大背头看来是一个自来熟，与谁都能搭上话。

“做生意的。”夏文辉心情不佳敷衍道。

“为啥进来的?”大背头很健谈。

“杀人。”夏文辉没好气地说。

“看你小白脸的模样，不像个杀人的货。”大背头像个老江湖。

“就是嘛。我没有杀人，我真的没有杀人。可警察说我杀人了。”夏文辉无助地说。

“不过话说回来，现在的警察不会太乱来，特别是我们南方的警察，还是讲法的，你一定有把柄在警察手里。”大背头说起来倒像一个警察。

“他们说有证据。”夏文辉承认道。

“是吧。警察如果没有东西，是不会把你弄进来的。”大背头很是得意地说。

“可是我没有杀人啊。”夏文辉申辩道。

“这就不好说了。”大背头伸了伸肩。

“你看我像干啥的?”大背头反问夏文辉。

“你像老大。”夏文辉脱口而出。

“放屁。”大背头突然发怒了，“老大，黑老大，他妈的老大。老子是企业家，大企业家，老子是做工具的，年产值两个多亿，产品出口欧洲和东南亚。说老子涉黑，有做工具的黑老大吗?做土方、搞工程、做运输的涉黑还有道理。这批当官的，吃喝玩乐都是老子提供的，送了他们多少金钱美女。现在搞运动了，把老子推出去了，简直是丧尽天良，无法无天。”大背头大发牢骚。

“大哥英武。”听说大背头是黑老大，夏文辉连忙奉承地说。

第十二监所关押的多是杀人、抢劫、伤害等严重刑事犯罪嫌疑人，他们的眼神阴森森的，有的冷冷地听着夏文辉和大背头的对话，既不搭话，也不干扰，有的默默地想着心事。

“兄弟，你具体做什么啊?”大背头发完牢骚似乎心情好了一些。

“我是开 KTV 的。”夏文辉回答。

“你杀了谁啊?”大背头头也不抬问道。

“是我们 KTV 两个姑娘。”夏文辉随口答道，“噢，死的是我们 KTV 两个女的，但不知是哪个挨千刀的杀的。”夏文辉自知失言，急忙补充道。

“如果你没杀人，你尽管放心；如果是你杀的，你是跑不掉的。”大背头既像安慰，又像吓唬地说。

晚上 8 时许，两名民警走进第十二监所。

“虞华豪。”民警喊。

“到。”大背头大声说。

“跟我们走。”

“是。”大背头乖乖地跟着民警走了。

夏文辉静静地看着大背头被民警叫走。

办案民警夜间提审犯罪嫌疑人是常有的事。

大背头走进看守所第二审讯室，民警迅速关上房门，已在房内等候的金波、潘仁连忙站起来，与大背头紧紧握手。

“郑大，辛苦了。”金波由衷地说。

“金支，应该的。”大背头笑容可掬。

原来大背头真名叫郑善全，是厦海市海峡市公安局刑侦大队副大队长，因侦查工作需要临时借调而来。这是公安内部异地用警的一种方式。

郑善全在内侦方面屡建奇功，经验丰富，在全省很有名气。

“郑大，感觉怎么样？”一阵寒暄后，金波切入正题。

“我初步取得了夏文辉的信任。从闲聊的情况看，夏文辉心理素质不错，回答得滴水不漏。”郑善全说了心里的感受。

“郑大，我们准备加大对夏文辉的审讯力度，请你及时掌握他的动态。”金波说了下一步打算。

“请金支放心，我会在里面配合好的。”郑善全严肃地说。

次日下午3时许，夏文辉被带到看守所第一审讯室。

“夏文辉，这几天考虑得怎么样？”这次由严新和潘仁主审，金波在隔壁的房间里通过视频观看。

“严支、潘局，这两天我想了很多，可天地良心，我夏文辉没做对不起良心的事。”夏文辉发誓似的说。

“夏文辉，你做过的没良心的事还少啊。”严新嗤之以鼻。

夏文辉自知失言，不吱声了。

“男子汉大丈夫，敢做敢当，你算哪门子好汉？”严新使用激将法。

“我没做啊，哪敢当啊。”夏文辉不上当。

“那两个姑娘多可爱啊，你怎么下得了手？”严新问道。

“是啊，两个姑娘多可爱，我怎会下得了手？”夏文辉一本正经地说。

“你不是很喜欢郭玉雅吗？见爱不成，你就杀了她，有你这种人吗？”严新步步紧逼。

“我喜欢都来不及，怎会杀她们？”夏文辉针锋相对。

“那你交代，鞋子是怎么回事？”

“鞋子？鞋子我不知道。”点到核心问题，夏文辉无话可说，就耍起了无赖。

“夏文辉，我们有仇吗？要故意整你？”严新放缓了语速。

“没有。”夏文辉自知理亏。

“那谁跟你有仇？要故意陷害你？”严新刺激夏文辉。

“没有。”夏文辉想了想说。

“不过这也难说，谁坏了心眼，嫁祸于人。”夏文辉又补充道。

审讯很艰难。

“今天的审讯就到此吧。”金波通过无线耳麦告诉严新。

“夏文辉，你不要自作聪敏，回去再好好想想，早交代早解脱。”严新最后说。

“是。”夏文辉答应得倒挺快。

夏文辉回到第十二监所。

郑善全见夏文辉垂头丧气的样子，立即凑上去说：“兄弟，他们没揍你吧？”

“没。”夏文辉心事重重地说。

“那他们跟你说了什么？”郑善全装着关心的样子问。

“还不是杀人的事。”夏文辉无精打采地说。

“警察怎么说？”郑善全低声问。

“要我老实交代。”

“那你就实话实说。”

“我没有杀人怎么交代？我老实说没有杀人，他们又不相信。”夏文辉无计可施地说。

“你的事也真难。”郑善全边说边给夏文辉倒了一杯水。

“谢谢大哥。”夏文辉接过水谢道。

当晚，专案指挥部。

金波、严新、潘仁、余恒成、大数据实战中心主任，分局刑侦大队大队长张威、教导员等专案骨干在指挥部专门研究对夏文辉的处理意见。

“案件发生已过十多天了，大家都很辛苦。下午黄立山局长打电话给我，了解案件进展情况，我向他作了详细汇报。虽然他没说什么，但我感到了他受到的压力。晚上我们研究一下对夏文辉应该怎么办。”金波的声音明显嘶哑。

“从作案时间、作案动机、痕迹物证来看，夏文辉全部具备，也是目前犯罪嫌疑对象中最符合条件的一个。现在的关键，是要突破夏文辉的口供。虽然从搜查和审查来看，效果很不理想，下一步我认为在加强审讯、狱侦的同时，要深入开展对夏文辉周边人员的调查，力求扩大线索，配合审讯工作。”严新娓娓道来。

“我同意严支的意见。还有，我看可以对夏文辉搞一次测谎测试。”潘仁提议道。

其他几位附和严新和潘仁的意见。

“既然大家意见统一，那下一步对夏文辉采取审讯、内侦、调查、测谎四管齐下。”金波最后总结道。

滨海市第一看守所第一审讯室。

夏文辉被带进来，他看到测谎仪不由得一愣。

“夏文辉，今天对你进行测谎测试，要老实回答。”潘仁面无表情地说。

“是。”夏文辉回答。

在看守所回答“是”表示几个意思：一是表示明白、知道了，二是表示听到了，三是表示服从的意思。

将测谎仪电线套住夏文辉的手指，测谎仪正式启动。

“你叫什么名字？”潘仁问。

“夏文辉。”夏文辉双眼微闭。

“郭玉雅和邵娟是谁？”

“是我们公司员工。”

“你认识她们吗？”

“认识。”

“你喜欢她们吗？”

“喜欢。”夏文辉迟疑了一下。

“她们现在哪里？”

“死了。”

“怎么死的？”

“被人杀死的。”

“是谁杀死的？”

“不知道。”

“是你杀的吗？”

“不是。”

“你为什么要杀她们？”

“我没杀她们。”

“你用什么凶器杀的？”

“我没杀她们。”

“谁帮的你？”

“没有人帮我。”

“你后悔吗？”

“后悔什么？”

“你杀死了她们。”

"我没有杀她们。"

"如果可以重新选择，你会如何选择？"

"选择什么？"

"杀与不杀。"

"我不需选择。"

"为什么？"

"我没有杀人，也不想杀人。"

从测谎过程分析，夏文辉心理素质极佳，对答如流，无懈可击。电流极波动起伏不大，说明他心态平稳。

其实，今天对夏文辉采取了两套测谎系统，除了传统的电流心理测谎系统外，还用了最先进的全自动面部表情反应测谎系统。通过高清探头，将犯罪嫌疑人在问答时所流露出来的神态、表情、眼神、面部肌肉紧张程度等 18 种因素，在计算机内自动生成测试报告。

报告显示，夏文辉基本没有说谎。

果然，郑善全从里面传出消息，夏文辉在测谎检测前后，除了情绪比较低落外，变化不大，没有反常现象。

对夏文辉既认定不了，又否定不了。案件陷入僵局。

七、两条线索

这是最考验刑警的时候，考验刑警的智慧、韧劲、勇气、抗压力、执行力和凝聚力。

晚 8 时许，在"402 专案"指挥部，金波、严新、潘仁、余恒成、张威等人围在一起，商量下一步侦查重点。

见大家身体疲惫、情绪低落，金波没等众人发言，就率先说：“专案侦查工作开展到现在，应该说很有成效，我们排除了爬落水管盗窃团伙作案，排除了流窜作案，排除了不少嫌疑对象，从犯罪嫌疑人现场进出口、案件性质分析，这是一起有预谋、有准备的犯罪，侦查范围越来越明确。我认为，犯罪嫌疑人不出以下三方面人员：一是金碧辉煌 KTV 员工，二是两名被害人的关系人，三是现场四周相关人。其中重中之重是金碧辉煌 KTV。对金碧辉煌 KTV，就是掘地三尺也要把犯罪嫌疑人找出来。当然对夏文辉的侦查不能有丝毫放松。大家有没有不同意见?”

大家认为金波的分析透彻有理，切中要害，大家心服口服。希望和激情在每一位在场人员眼中闪烁。

新一轮排查在金碧辉煌 KTV 内展开。

有两条线索反馈到专案指挥部。一条是金碧辉煌 KTV 财务部副经理蔡正训涉疑毒驾，另一条是金碧辉煌 KTV 保安部经理俞怀宏喜欢网络赌博。

金波指令余恒成率员跟进调查。兵贵神速。余恒成立即带领侦查员追查线索来源。

第一条线索来源是三天前晚 11 时许，蔡正训驾驶一辆保时捷轿车在市区八一大道追尾撞上一辆奔驰吉普车。蔡正训下车后不仅不赔礼道歉，还趾高气扬地指责吉普车驾驶员怎么开的车。奔驰吉普车驾驶员气不过，怀疑他酒驾，就报了警。结果，经民警检测，其体内酒精含量正常，尿液却呈阳性，是毒驾。

第二条线索来源是金碧辉煌 KTV 女员工张山珠反映：保安部经理俞怀宏几次向她借钱，先后借了 36 万元。她问俞怀宏借钱干什么，他说是做投资生意，赚了钱就还她。她也不好不借。后来她听说他喜欢赌球和网络赌博。

经查，蔡正训，男，35 岁，身高一米七八，省财政学院毕业，妻子在市第三汽车检测站工作，有一个 7 岁儿子。蔡正训虽然学的是财会专业，但平时为人张扬，凭其父母有钱，开豪车，玩美女，上酒吧，交往人员复杂。

俞怀宏，男，41 岁，身高一米七一，部队转业干部，妻子在市总工会工作，女儿读初中二年级。俞怀宏精明强干，但待人谦和，公司员工总体对他反映不错。

对这两个对象，金波有自己的看法：

蔡正训，疑点是好色、吸毒、交往人员复杂，身高条件也相符，不理想的是不差钱，似乎没有作案动机。

俞怀宏，疑点是赌博、缺钱，有作案动机，欠缺的是身高条件和现实表现。

不放过任何一个可疑对象和疑点是刑警的基本要求和基本素质。

“余恒成，对这两个对象，务必查到水落石出。”金波命令道。

“明白。”余恒成应声答道。

“对蔡正训，从毒品入手，深入侦查。对俞怀宏，从赌博入手，一查到底。运用侦查、技术多种手段，力求快速突破。”金波具体交代了侦查措施。

“是。”余恒成信心满怀地说。

余恒成回到重案大队，当即组织两队人马，一队在市局禁毒支队配合下，指派线人设法搞清蔡正训毒品来源的上线和下线，视情拿住蔡正训。一队会同大数据实战中心对俞怀宏实行全面侦控。

一张大网悄悄铺开。

滨海市外滩，是夜生活集中的地方。“滨纷酒吧”四个大字的霓虹灯忽暗忽明，引人注目。大门右侧一棵硕大的梧桐树下，一个穿T恤衫的年轻人在灯光下忽隐忽现。

一个穿戴得体的高个儿男人快速从穿T恤衫的年轻人身边走过，在彼此相交的一刹那，他们交换了一只信封，夜幕下的毒品交易就这样完成了。

不注意的人根本发现不了他们的动作，但这一切被早就监视他们的两个便衣尽收眼中。

高个儿男人走进“滨纷酒吧”，穿过人声鼎沸的大厅，来到301包厢，包厢里已有三男三女在吞云吐雾。高个儿男人从信封里拿出冰毒也熟练地吸起来。

突然，301包厢门被撞开，两个便衣带着两个民警闯进来，威严的声音在包厢内炸响：“我们是公安局的，所有人抱头蹲下！”

四男三女面面相觑后抱头蹲下。

“蔡正训，跟我们走吧。”两个便衣招呼高个儿男人。

蔡正训被带到刑侦支队，由余恒成和重案中队小吴审讯他。

“蔡正训，你是从什么时候开始吸毒的？”余恒成从毒品入手开始问。

“大概是三年前，与老婆的一次争吵后，我朋友看我心情不好，就劝我吸冰毒，并告诉我现在吸毒是身份的象征，冰毒不是海洛因，不会上瘾，快乐却是旁人无法体会的。就这样我走上了吸毒的道路。”蔡正训回忆道。

“那你现在对冰毒有瘾吗？”余恒成想测试一下他的诚信度。

“很快就上瘾了，根本戒不了。说冰毒不是海洛因，不会上瘾，是屁话。可以说吸冰毒比吸海洛因更难戒。虽然吸过冰毒后发生性行为的确有强烈的性快感，但对人身体的摧残也十分严重，我都后悔死了。”蔡正训懊悔地说。

“4 月 2 日晚上你在干什么？”余恒成转入正题。

“4 月 2 日晚在干什么？时间久了，我要想一想。”蔡正训想了一会儿后说，“噢，我想起来了，4 月 2 日是我朋友李会友的生日，那天我们八个人在滨纷酒吧为他庆生，喝酒、吸毒到次日凌晨 3 时许。你可以去问他们七个人。”

经查，蔡正训所说属实，他没有作案时间。

八、水落石出

对俞怀宏手机和家中电脑的侦控发现了重大秘密。近三年来，俞怀宏在网络赌博上输掉了 572 万元。这是一个天文数字。

金波得到余恒成的报告后，脑子立刻兴奋起来。这是一种多年从事刑侦工作所养成的敏锐性和洞察力。

俞怀宏年收入 20 几万元，其妻子年收入近 20 万元，这样的家庭年收入在滨海市属于中等偏上，小康生活不成问题，但一个家庭要有这么多积蓄，在俞怀宏夫妻这种年纪几乎是不可能的。

俞怀宏一定有问题。金波在心里作出了判断。

“严新、恒成，你们两人尽快把俞怀宏带过来，由你俩主审。注意从查清赌博款项入手，发现破绽，突破口供。同时我会派人搜查俞怀宏家和办公室。”金波交代说。

“知道了。”严新答道。

严新和余恒成在金碧辉煌 KTV 大厅看到俞怀宏，余恒成沉声说：“俞怀宏，跟我们走一趟。”

在众人注视下，俞怀宏面无表情地上了警车。

潘仁和张威来到俞怀宏位于城南的昊大小区家中搜查。在书房，发现了几本侦探小说和打牌技巧的书籍。在卧室卫生间抽水马桶的蓄水箱里，发现一个白色密封的5cm×5cm大小的塑料盒，不注意的话会以为是蓄水箱里的配件。打开一看竟是两条项链。

潘仁和张威相视一笑，不由大喜。真是得来全不费功夫。潘仁立即向金波报告。

金波也十分兴奋，但他很快冷静下来：“请立即让方萍萍辨认一下。”

“好的，我立刻安排。”潘仁也想到了这一步。

当方萍萍看到两条项链时，她的眼泪不由夺眶而出：“这是郭玉雅和邵娟的项链，我们几个小姐妹都认识的。”

严新和余恒成坐上主审席。

金波、潘仁、张威通过视频观看审讯室审讯情况。

审讯开始前，金波通过耳麦告诉严新和余恒成，在俞怀宏家里搜查到了被害人的金项链。

严新和余恒成觉得仿佛压在心中的一块石头落了地。

“俞怀宏，你参与赌博吗？”严新平静地看着俞怀宏。

“参与。”俞怀宏低着头道。

“参与什么赌博？抬起头来。”严新厉声说。

“网络赌博。”俞怀宏抬起头，对上严新的目光。

“输还是赢？”

“输。”

“输了多少？”

“300 多万。”

“究竟多少？”

“400 多万。”俞怀宏的声音低了八度。

严新虽然知道俞怀宏其实输了近 600 万元，但不急于揭穿他。

“你家有这么多钱吗？”严新的语气平缓了一些。

“没有，借的。”

“向谁借的？说得具体点。”

“亲戚朋友。某某某，某某某……”俞怀宏心里早有准备，说了一串名单。

“俞怀宏，赌博的事先放一放，交代其他罪行吧？”严新黑着脸问。

“其他罪行？没有。”俞怀宏的头摇得像拨浪鼓。

“俞怀宏，为赌博的事我们会找你吗？你清楚我们是刑侦支队，不是治安支队。”严新的话像一把刀般锋利。

“我，我，除了赌博的事，我没有什么好交代的。”俞怀宏坚持顽抗。

“俞怀宏，你看这是什么？”严新通过视频亮出了几本侦破小说和打牌技巧的书。

“那不过是几本书，我的爱好而已。”俞怀宏淡淡地说。

“那仅仅是你的爱好而已吗？”严新的嘴角露出了一丝轻蔑。

“请你们亮出证据吧。现在是法治时代，一切以事实为根据，以法律为准绳。”俞怀宏反客为主，给严新和余恒成上起了法律课。

“俞怀宏，你再看看，这又是什么？”严新通过视频亮出了白色塑料盒。

仿佛被电流击中一般，俞怀宏一看到白色塑料盒子，整个身子就栽了，头上冒出细密汗珠。

“俞怀宏，你真是不见棺材不掉泪。”严新脸色铁青地说。

“我能提两个要求吗?”俞怀宏像只泄了气的皮球讷讷请求道。

“说说看。”严新知道俞怀宏扛不住，要交代了。

“第一，我要见我的妻子和女儿；第二，给我一杯水和一支烟。”俞怀宏哀求道。

这是犯罪嫌疑人供认前惯有的心理。

“可以让你见你的妻子和女儿，但不是现在。”严新直接拒绝了俞怀宏的第一个要求。

说完，他叫人给俞怀宏倒了一杯水，点了一支烟。

俞怀宏吸了一口烟，喝了一口水，开口交代。

俞怀宏从小是个品学兼优的孩子，从小学到高中一直是班干部。高中毕业后他考上了重点大学，大学毕业后直接参军入伍，当了一名海军军官。他的高光时刻是被任命为海军某部巡逻舰轮机长，是正营级干部。女儿出生后，因双方父母都不在身边，他妻子一个人哺育很困难，他没办法提早打了转业报告。组织上照顾他，同意他转业，原本可以安排他做公务员，但金碧辉煌KTV总经理夏文辉是他朋友，答应让他可以到他那里当保安部经理。这样，俞怀宏领了一笔不菲的自谋职业金后，到了金碧辉煌KTV。

妻子贤惠，女儿聪敏，买了房子和车子，他过上了让很多同龄人羡慕的生活。

但一次澳门旅游，改变了他的一生。富丽堂皇的赌场和瞬间得失几十万元的画面，深深烙在他的脑海里。回家以后，俞怀宏开始在网上搜索网络赌博。

打开游戏，性感的长发女子款款走来，20 秒时间下赌，最低 10 元，最高 20 万元。结果不到 10 分钟，他就输了 3600 元。在输掉 3600 元之前，他还很小心，只充了 2000 元，赢了 4000 多元。可赢了之后，下一把投注就会更大，最后往往会把所有的钱都压上去，结果输得越来越多。

有一次，他一分钟之内输了 20 万元。他万念俱灰，真想推开阳台的窗户，直接跳下去。几个月时间，俞怀宏输完了所有的积蓄，还输掉了房子的抵押贷款，欠下了 50 万元的信用卡账单。

他无数次想戒赌，可一旦手上有钱，就又会鬼迷心窍地打开网站，继续博彩。只要账户里还有钱，他就想一直玩下去，要不然心里难受，睡不着觉。

后来他就欺骗同事、亲戚和朋友，以买房、投资等名义先后借了 200 多万元，不知不觉中债台高筑。

可怜的俞怀宏不知道，十赌九诈，所有赢了一局的背后都是机关算尽。网络赌博平台的手法几乎一样：后台动动鼠标，就能决定你的输赢。根据你提交的信息，就可以通过一系列软件破解你的全部秘密：哪里人，有多少资产，名下有几家公司，甚至是银行账号的每日流水。当你被锁定为优质赌徒后，游戏就开始了。先让赌徒小赢一点儿，这个阶段赌徒基本上押什么赢什么，十把里至少赢五把，造成赢钱是有技巧或者运气好的误判。然后在某个恰当的时刻，再为赌徒开一条天路，连赢数十把。如此旺盛的运势，后台会连续让赌徒赢七八天，甚至十余天。赌注额也由数万元慢慢增加到数十万元。第十一天，点杀的时刻到了，后台一把杀掉赌徒的运势，此后接连不断，往往在短短一两个小时内，席卷赌徒所有的财产。运气，在网络赌博中是假象。在计算机和人为修改的算法下，赌徒就是待宰的羔羊。网络赌博，就是一群丧失人性的人，通过磨灭另一群人的人性来赚钱。赌瘾堪比毒瘾，一旦上瘾，很难戒除。也许你只是抱着放松娱乐的初衷想要尝试玩一下，图个乐，但对不起，资本不会放弃任何一棵可以割掉的韭菜。

赢钱的时候，俞怀宏觉得自己是站在世界巅峰的财神；输钱的时候，他感觉全世界都在逼着他去死。

当欠下高额赌债后，还款的压力，没有钱不能赌的煎熬，日日夜夜无情地蚕食着俞怀宏的心，使他欲生不得，欲死不能，终于铤而走险走上不归路。

他开始精心策划和准备，选定了郭玉雅和邵娟为作案对象。因为她俩做女服务生时间较长，省吃俭用可能钱多。他跟踪摸清了她们的住处，伺机配取了她们的房门钥匙。

他多年在金碧辉煌 KTV 当保安部经理，但老板却一直没有给他加工资，提了几次也没有用，当年与他一起转业的战友在党政机关的年收入早就超过他了，因此他对老板夏文辉因怨生恨，决定嫁祸于他，购买了夏文辉常穿的 42 码鞋子以及作案凶器。

4 月 2 日深夜，他穿着雨衣戴着口罩背着挎包来到郭玉雅和邵娟的租住处，推开一楼院子小门，直上二楼，来到她俩房门口，用钥匙开门进入。见两个姑娘已熟睡，他先用绳索捆住她俩的手，用胶带堵住她俩的口，然后拿刀顶住她们的胸口，厉声威胁道：“别出声，谁叫就杀了谁。”

郭玉雅和邵娟吓得直哆嗦，俞怀宏取下她俩的金项链放进自己口袋，用手电筒找到她俩的银行卡和钱包，分别威逼郭玉雅和邵娟说出取款密码。接着俞怀宏脱光了郭玉雅和邵娟的衣裤，强行奸污了她俩。他没有留下精液，他为的只是制造假象。然后，俞怀宏不顾郭玉雅和邵娟的苦苦哀求，穷凶极恶地用刀捅了郭玉雅的左胸部两刀，又切割了邵娟的颈部。见她俩倒在血泊中，俞怀宏打开窗户，从背包中拿出一只鞋，在窗台上按下半只鞋印，又将鞋子放回包中，并将窗户虚掩，造成犯罪嫌疑人是爬窗而入的样子。

俞怀宏走到桌子边，见桌子上有两只杯子，又从旁边的柜子里拿出两只，放到桌子上。做完这一切，他拿起郭玉雅和邵娟的手机放进包里，又清理了一下现场，然后换鞋下楼，走到一楼落水管处，向上爬到窗户高后又爬下来离开现场。

路过滨江时，他将郭玉雅和邵娟的手机以及杀人凶器投进江里。

在西郊，俞怀宏盗窃了一辆轿车，开到海西区光明街工商银行自助银行附近。他看到一个流浪汉，停车给了他 500 元钱，叫他拿着银行卡和密码去取钱。谁知郭玉雅和邵娟都设置了单日最多取钱五万元。俞怀宏拿到十万元钱后开车到西南区域，将偷来的车停在路边，逃回家中。

第二天上午，俞怀宏按时到金碧辉煌 KTV 上班。他借机到夏文辉办公室，趁夏文辉不注意偷了一双他换下还没洗的袜子，将袜子在旅游鞋内用力擦了几下，又把袜子放回原处，并将旅游鞋放到夏文辉休息室床下。

他后悔没有将两条金项链与手机一起掷入江中。他太需要钱了，本想过一段时间，等事情热度过后，再将项链出手。

他自以为做得天衣无缝。然而，天网恢恢，疏而不漏，他终究逃不出法律的惩罚。

第二章　扫黑风云

一、强拆

厦海市的春天特别短，五一刚过，火红的太阳就悬挂在天空，骄阳烤得人皮肤生痛，姑娘们早已急不可耐地穿起裙子。厦海市进入夏天，成了全国著名的“火炉”。

全市扫黑除恶专项行动工作会议在市人民大会堂举行。市委副书记兼市政法委书记瞿和平出席会议并讲话，市委常委、市政法委副书记、市公安局局长黄立山作工作部署。全市政法委、公安局、检察院、法院、司法局、信访局中层以上干部参加了会议。金波和严新坐在公安方块中。

“这次专项行动的重点是：严厉打击煽动群众闹事，冲击党政机关扰乱正常办公秩序、攻击他人人身安全的各种黑恶势力；坚决打击操纵基层选举、把持农村事务管理、插手农村政权的黑恶势力；依法打击在工程建设、征地拆迁、交通运输、开山采石、集市贸易、娱乐场所、物流快递、土地鱼塘承包等领域的黑恶势力犯罪以及各种形式的强买强卖、强揽工程、强控资源、强护地盘、强霸市场等违法犯罪活动。”黄立山激昂的声音在会场回荡。

这是一场全国范围内的专项行动，是由党中央、国务院亲自部署的。今天的大会，标志着厦海市扫黑除恶专项行动正式拉开了序幕。

这时，金波的手机振动了。一看是市局指挥中心打来的，金波一边按下接听键一边从座位上站起来匆匆朝会场外走去。

“金支，滨康区滨安路 36 号一个城中村拆迁工地，滨盛集团在强拆一居民房时，将两个小孩压在房中，生死不明，指挥中心已调市局治安支队和特警支队警力过去。同时已通知 120 救护车到现场等候。”市局指挥中心值班指挥长付长明向金波报告。

“好的，我知道了。”金波挂断电话，立即拨通了市局刑侦支队值班室电话。

“小阮，马上通知支队痕迹、照相、法医、大数据侦查技术人员去滨康区滨安路 36 号勘查现场。那里有两人被埋。”金波对值班民警小阮吩咐道。

“明白。”小阮毫不含糊地回答。

金波回到会场门口，见严新正朝门口张望，便朝他使了个眼色。严新会意，也起身走出会场。

金波和严新在市人民大会堂门口打了一辆出租车直奔现场。

滨康区滨安路一带全是低矮的平房，是 20 世纪三四十年代建造的，十分破旧，原来属于南山县，因城区区域调整，滨安、集文、横山三个村整体划归滨康区，但村民的身份没有变。

金波和严新赶到现场时，现场非常混乱，两辆挖掘机还停在 36 号平房门口，司机早已逃之夭夭。房子已化为平地，一片狼藉。先期赶到的特警和消防人员正在小心清理现场，抢救生命。

36 号房的户主丁家根是个近 40 岁的男子，此时他和他的妻子黄惠汝像发了疯似的用双手一边搬运石块一边号啕大哭，被埋的是他们11岁的女儿丁聪和8岁的儿子丁伟。围观的群众无不义愤填膺。

“张大，你派几个警力与派出所民警一起划出警戒线，做好警戒，现场太乱了。”金波布置特警支队三大队大队长张为君维护现场秩序。

“是。”张为君立即指挥民警劝说围观群众向后退去，在滨安路200米之内划出警戒线，拉上警戒绳。

救援工作加快了速度。经过几十名民警和消防人员的奋力救援，一个多小时后，两个孩子被挖出来了，在一旁等候的医生立即上前对两个孩子进行检查。然而两个孩子已没有了生命体征。

孩子的父母瞬间吁天呼地崩溃了，黄惠汝当即昏厥过去。

突然，丁家根跪倒在金波面前：“公安领导，你们要为我们做主啊。这日子我们没法过了呀。”

“血债血还，一命抵一命。”现场围观群众的喊声此起彼伏。

金波扶起丁家根，神情悲愤地说：“我以刑侦的名义向你保证，一定抓到杀手。”

刑侦支队技术人员用摄像机和照相机对现场房屋、两名死者和挖掘机进行固定，这种现场没有细微的痕迹物证可勘查。

两辆挖掘机是滨盛集团下属拆迁公司的。滨盛集团是一家集房地产开发、娱乐行业、工程建设、电力设施、旅游景点、房屋拆迁于一体的大型集团公司，总资产680亿元。滨盛集团董事长朱茂发是市人大代表。

市公安局专职副书记阮良成、副局长陈富强以及分管治安的副局长葛保山也赶到现场。

金波向三位市局领导简要汇报了现场情况。根据三位领导的意见，金波布置刑侦支队和治安支队民警深入居民家中和滨盛集团调查。

居民纷纷向调查民警反映：滨盛区政府决定对滨安路一带实行旧城改造，由滨盛集团中标负责建造滨茂府，但拆迁补偿出人意料得低，36 号丁家根家 48 平方米，按照每平方米 3 万元补偿标准，只能拿 144 万元，而附近最便宜的新房都要 3.1 万元一平方米，所以大家都不搬。滨盛集团拆迁公司已对拆迁户采取断水、断电、砸玻璃窗等下作行为。拆迁户到市政府上访后才恢复供水和供电。

今天早晨，丁家根和妻子一早去农贸市场卖菜，家里只留下女儿和儿子在吃早饭，准备去学校上学。这时突然开来两辆挖掘机，应该明知里面有人，而挖掘机司机不管三七二十一，快速将小平房推倒后随即逃离。

这不是强拆，这是故意杀人。

金波、严新、余恒成以及重案中队民警范景华、陈艺爽走进滨盛大楼。范景华刚从中国刑警学院毕业，高高的个子，十分英俊帅气。陈艺爽是省警院公认的警花，柳眉大眼，瓜子脸，匀称的身材显得亭亭玉立，一身合体的警服穿在她身上，更显得英姿飒爽。

滨盛大楼高 48 层，是滨康区少有的高楼大厦。一楼大厅有一个接待柜台，领班的女子看上去十分干练。

“你们找谁？有预约吗？”领班的话非常职业。

“市局刑侦支队的，找你们董事长。”陈艺爽递过工作证。

“对不起，我们董事长正在会见客户，请你们在旁边的沙发上坐着等一下。”领班女子见多识广，并没有因为来者是刑警而予以关照，一副公事公办的样子。

陈艺爽不由柳眉一皱，正想数落几句，但见金波、严新不动声色，话到嘴边又咽了下去。

约等了半小时，领班女子过来说：“董事长有空了，你们上去吧，在47楼。”

金波等人乘高速电梯到达47楼。董事长秘书已在电梯口迎接。

“金支、严支，手下人不会办事，让你们久等了，十分抱歉。”朱茂发认识金波和严新，十分诚恳的样子。

“朱董事长，你们集团公司在滨安路强拆民房，两辆挖掘机把两名小学生故意整死了，那两名司机叫什么？现在哪里？是谁指使的？”金波阴沉着脸问道。

“金支，我上午听说这事了，正为这事伤脑筋。是我们管教不严，出了这档子丢人现眼的事，不，是违法犯罪的事。”朱茂发赔着笑脸，“那两名开挖掘车的司机，是我们集团下属拆迁公司聘用的员工。”

“王秘书，你马上把拆迁公司聂山海总经理叫过来。”朱茂发吩咐道。

五分钟后，一个40来岁的中年男子急匆匆走进董事长办公室。

“聂山海，那两个废物叫什么？”朱茂发没好气地说。

“一个叫韦永样，一个叫薛志安。”聂山海急忙回答。

“是你指使他们去强迁的吧？”朱茂发黑着脸说。

“不，是他们自作主张去的。”聂山海把责任推得一干二净。

“你不指派，他们为什么自行前去？”朱茂发似乎不相信地问道。

“为了奖金，公司规定，提前完成拆迁任务的，每人奖励十万元。”聂山海争辩道。

“他们两人现在哪里？”金波见朱茂发和聂山海演双簧没完没了，就追问两人的下落。

“他们见压死了人，闯了祸，就逃走了。”聂山海苦笑着说。

“他们是哪里人？”严新问道。

“都是本市人。韦永祥是滨海区的，薛志安是滨康区的。”聂山海唯唯诺诺地回答。

“朱董事长、聂总，请你们配合公安机关，尽快找到这两人，主动到公安机关投案自首，争取宽大处理。”金波明知朱茂发和聂山海很可能就是两个挖掘车司机的幕后指使人，但目前没有证据，在场面上他不得不这样说。

“我们一定配合，一定配合。”朱茂发和聂山海频频点头。

送走金波一行五人后，朱茂发立即换了一副脸色。

他劈头盖脸把聂山海一顿臭骂：“蠢货，你怎么办的事？不能在晚上干啊，大白天示众啊，生怕别人不晓得呀，弄一个老头儿或老太埋埋，杀一儆百，以儆效尤，早就吩咐过你们。为什么把两个小学生弄死了？蠢，真是蠢到了极点。你怕事情不够大呀？现在被金波、严新他们盯上了，看你怎么收场！赶快把韦永祥和薛志安送走，越远越好。送一些钱给他俩家属，叫他们不要多说、乱说。”朱茂发越说越气，就差没有抽聂山海的大嘴巴了。

“朱董，我知错了，会把后面的事处理好的。”聂山海哭丧着脸道。

“给我滚。”朱茂发怒气未消。

聂山海赶紧灰溜溜离开了。

金波把追捕韦永样和薛志安的任务交给了余恒成。

二、私人会所“朱斋”

初夏的夜晚，凉风阵阵，甚是惬意。滨河度假区 KTV 的人渐渐多了起来，喜欢夜生活的人纷纷登场。喝酒的、唱歌的、跳舞的、聚会的、找乐子的，抱着各种目的的人聚在 KTV。

V888 包厢是贵宾包厢。包厢里三个 20 多岁的男子，个子不高却都很壮实，全部穿圆领短袖，一个绿色、一个黑色、一个白色。他们脖子上都戴着硕大的金项链，一看就知道是暴发户。他们叫了六个女陪侍，名曰一拖二。他们此时正用白酒、红酒、啤酒轮番与女陪侍拼酒。他们的目的各不相同：男的为了女色，女的为了提成。

酒是兴奋剂，也是变成魔鬼的催化剂。喝着喝着，三个圆领青年的手不老实了，从左拥右抱到摸胸，进而又伸到衣服裤子里去了。

“啊唷，啊唷，啊唷。”一个个女陪侍惊叫起来，并左躲右闪的。

惊叫声引来了保安。“先生，请不要这样。”两个保安训练有素，冷静地劝阻道。

三个男青年正在兴头上，见保安来劝十分扫兴。

“你们给老子滚蛋。”三个愣头青怒吼。

“先生，你们喝酒、唱歌、跳舞可以，但不能欺负人。”保安还是好言相劝，闻声又赶来了三个保安。

这时，六个女陪侍都纷纷躲到保安身后去了。三个愣头青见状更不爽了。

“想要命的，乖乖给老子滚开。”穿黑色圆领短袖的男子用低沉的声音威胁道，根本没把五个保安放在眼里。

双方僵持起来。

“走，老子不玩了。”仍是穿黑色圆领短袖男子的声音。

他们大模大样地起身离开包厢，当他们快要走出 KTV 大门时，被保安拉住了。

“先生，请结账。”保安说话很客气。

“什么？不让老子玩尽性，还要老子结账？你们 KTV 还想不想开了？”这次是穿绿色短袖的青年开了腔。

三人不顾阻拦欲强行离开。

“不好意思，不结账别想离开。”保安的话里软中带硬，把三人结结实实拦在大门内。

突然，三个青年操起大门旁边的小卖部里的椅子和酒瓶，向小卖部里陈列的各种高档酒、玻璃柜台、大门玻璃一阵猛砸，一边砸一边狂叫：“叫你们结账，叫你们结账。”

保安想上前制止已来不及了，但他们仍冲上去，把三人抱住。

三个青年背宽腰粗，岂能束手就擒，他们奋力挣扎，顷刻间多人混战在一起。

小卖部的售货小姐连忙拿起电话报警。

接到警情后，高德派出所民警曾华、单立定带领两名辅警赶到现场。

他们拿出照相机对现场进行拍摄，用录音笔进行现场讯问，然后将双方当事人带到派出所做笔录。

高德派出所所长刘长春这几日正为一件事郁闷着。三天前，经过千辛万苦抓到一个在辖区内工商银行储蓄室自助银行取款的电信诈骗犯罪嫌疑人，在派出所留置室内自杀了。这样不仅没有了破获电信诈骗案件的政绩，反而启动了追责机制，作为一所之长，受处分是免不了的，三年之内别想被提拔了，整个派出所民警一年的奖金也泡汤了。

此时，刘长春的手机响了，他习惯性看了看手表，已近深夜11时。他不由苦笑了一下，工作如此辛苦、待遇如此一般、风险如此之大，真是命苦啊。

不料这电话一接，竟然连续接了三个。第一个电话是滨河度假区KTV经理倪晓光打来的。

“刘所，这么迟还给您打电话，真不好意思。您可能也知道了，刚才有三个小混混到我们KTV闹事，三人欺负女服务员，打砸小卖部和大门，殴打保安。恳请刘所主持公道，秉公执法，为我们做主。”因为平时关系密切，倪晓光不但把所长的“长”字省略了，请托的事也直截了当说了。

“倪总，我知道了，我们会秉公办理的。”刘长春除了脑子活络，对辖区内的事基本是坚持原则，依法处理的。

第二个电话是滨河度假区总经理毛水照打来的，说的是同一件事。

“刘所，我们度假区KTV晚上被打砸的事，请您务必依法尽快处理。近来，接连有一些混混到我们度假区KTV砸场子，如果您们再不严肃处理，我们生意没法做了。所以，请您无论如何帮帮忙，关照一下。”毛水照恳求道。

“毛总，我们派出所的职责就是保护企业合法经营和正当权益，此小事一桩，我们一定依法从重从快处理。”刘长春的话说得非常漂亮。

第三个电话是市公安局专职副书记阮良成打来的，说的仍是同一件事。不过接到阮良成的电话，刘长春着实感到有些意外，一是这事不大，二是已经深夜了，阮书记还要亲自过问此事。

“长春，刚才滨河度假区总经理毛水照给我打了一个电话，说到他们度假区 KTV 的事。毛总是老熟人了，关系一直不错，这点面子要给他的。你们就实事求是，秉公执法，严肃处理吧。”阮良成语重心长地说。

刘长春一颗悬着的心算是放下了。他最怕阮良成是为那三人来说情的，这样他夹在中间就难办了。

“阮局长，请您放心，我一定把这事办好。”刘长春恭敬地答道。因为阮良成在调市局专职副书记前，在海康区公安分局当了多年的局长，所以，刘长春还按老职务称呼他，显得他们之间关系亲近和不忘旧情。阮良成也乐意他这样叫。虽然老职务比新职务要小，但大多领导见到老下属，都希望称他老职务。这是一些新同志不懂的，他们以为领导都喜欢听叫他职务大的，或者是职务新的。

“嗯，你办事，我放心，有空到家里来坐坐。”阮良成说完，把电话挂了。

领导主动说请下属去家里坐坐，这对下属来说是恩宠，是求之不得的事。刘长春对阮良成是感恩和敬重的，因为他从民警到所长，都是阮良成一手提拔的。

接完电话，刘长春即把曾华叫过来，明确交代他对滨河度假区 KTV 的事要尽快秉公依法处理。

“刘所，我知道了。”曾华是所里办案骨干，他熟悉办案程序和法律法规。

这天，金波刚上班，就接到余恒成的电话。

“金支，出怪事了。”余恒成在电话里小声地说。

“怎么回事?”

“我们在江宁省追捕韦永样和薛志安，追捕小组连续两次摸到他俩住处时，他们都刚刚转移走。活见鬼了。”

“说得具体点。”金波眉头紧皱。

“5月12日，根据技术手段获得的情况，我们赶到了江宁省德硕市三湾镇一个小旅馆。我们是下午3时到旅馆的，在服务台查旅客登记，没有查到韦永样和薛志安。当我们拿出两人的照片让老板娘辨认时，她指认这两人叫魏立海和张春晓，称三小时前他们匆匆退房走了。根据该旅馆老板娘提供的情况，显然，韦永样和薛志安已改名叫魏立海和张春晓，并办理了假身份证。三天后，我们在支队大数据实战中心和江宁省公安机关配合下，在该省奉上县城北发现了两人的行踪。德硕市与三道市两地相距250公里。可是当我们摸到两人租住的出租私房时，房东告诉我们这两人在半天前已离开了。”余恒成快速叙述了追捕经过。

“肯定是内部泄露了消息。”金波在心里判断。他感到了事态的严重性，这是他最不愿看到的。

“恒成，你们先回来吧。”金波思考了一下后说。

警车在返回的路上急驰，余恒成心里愤愤不平。他怀疑是行动或者网安部门出了问题。因为他信得过刑侦这帮兄弟。

然而，同车的范华景心里忐忑不安。他想起了在离开厦海前一天晚上，他和女朋友一起吃饭的情景。他的女朋友是市电视台主持人，叫吴琼颖，不仅模样出众，多才多艺，更是市公安局专职副书记阮良成的外甥女，他们的介绍人是市政治部主任胡作朋。两人是一见钟情，十足的郎才女貌。

“华景，明天晚上我一个小姐妹有一场小型 Party，大家说好都带男朋友，你可要陪我去啊。”吴琼颖撒娇地说。她觉得带上范华景在小姐妹那里很有面子，因为男朋友不仅个子高大，五官帅气，而且对人温存体贴，又阳光刚毅，给人十足安全感。

“明天，我要出差，不能陪你去了。”范华景略带歉意地说。

“去哪里？”吴琼颖扫兴而又不满地问。

“去……”范华景不想具体说。

“难道去哪里也要对我保密？”

“去德硕市。”见女朋友不高兴了，范华景告诉了她出差的目的地。

“她可是阮良成的亲外甥女，应该不会有问题。”范华景这样一想，心里踏实了许多。他准备回到市里后再问一下她。现在没有必要告诉余恒成。

刘长春又郁闷了。第二天刚上班，他又接到了阮良成的电话。

“阮局长，我已按照您的意思吩咐好了，上午就能有处理意见。您还有什么指示？”刘长春主动讨好地说。

“长春，情况有变，那三个打砸东西的人是滨盛集团朱茂发董事长手下的人，朱董你也熟，我的意思是你协调一下，让他们讲讲和，和为贵嘛。”阮良成开口说明了处理意见。

“阮局长，我懂了，我照此办理，办好后再向您报告。”刘长春毕恭毕敬地说。

“好，好。”阮良成满意地放下了电话。

情况变了，意味着处理方向就变了。刘长春感到，要大事化小，小事化了，就必须在两个方面下功夫，一是在定损上，就是定损必须在 2000 元以下，只有在 2000 元以下，不管是破坏公私财物还是寻衅滋事，都是治安案件，调解一下就行了；二是在和解上，就是双方互相谅解，达成和解，不上访，不举报。

明确方向后，刘长春先是跟曾华如此这般交代了一番，又给滨河度假区 KTV 经理倪晓光打电话。

“倪总，这次事情是你们吃亏了，对方是滨盛集团朱董事长下面的人，他说这事是他们的错，他愿意赔礼道歉。大家都是朋友，你看这次事情是不是你们让一步，大家和解一下算了?”刘长春当起和事佬来。

“刘所，既然你出面了，我听你的。”倪晓光的回答倒也不拖泥带水。

“那好，这次就算给我一个面子。”刘长春诚心地说。

“刘所，你客气了。”倪晓光不敢得意忘形。

刘长春接着给滨河度假区总经理毛水照打电话，内容同与倪晓光讲得差不多，毛水照答应得也挺痛快。把两位老总摆平后，接下来的事就简单多了。近十万元的损失，最后定损 1678 元。

一起重大刑事案件，瞬间变成一般治安案件。

当晚，滨盛集团董事长朱茂发在他的私人会所“朱斋”宴请阮良成、刘长春和滨河度假区总经理毛水照及滨河度假区 KTV 总经理倪晓光。

说起“朱斋”，在厦海市可是赫赫有名。“朱斋”占地五亩，面朝大海，装饰古色古香，只见院内亭台楼阁，池馆水榭，映在青松翠柏之中，假山怪石，花坛盆景，藤萝翠竹，点缀其间，使人赞叹不已。“朱斋”是朱茂发专门宴请各级领导和宾朋的场所，分大、中、小三个包厢。晚上人不多，设在中包厢。

阮良成自然是主宾，不过今天他坐在主人位置上，也就是一桌朝门的正中间。朱茂发主动把主人的位置让给阮良成，以显示对他的尊重。除了重大正规的宴请活动，其他民间和私人宴请场所，都会把主人的位置让给珍贵的宾客，这种风气不知从何时开始养成。

“阮局长，第一杯酒先敬您。”朱茂发虽然就坐在阮良成身边，但他还是站起来敬酒，以表示对阮良成发自内心的敬重。

“互敬，互敬。”阮良成也站起来与朱茂发的酒杯碰了一下，这是给朱茂发面子。一般老板或是下属敬他酒，他是不起身的。

“阮局长，今天借朱董的酒敬您，感谢您多年来对我公司和我的关照。”毛水照见阮良成坐下吃了几筷菜后，站起来把酒杯放得很低敬酒。

“不必放在心上。多年的老朋友了。”阮良成也站起来微笑着说，算是给毛水照面子。虽然公司有大小，实力有差距，但在一张桌子上吃饭，对同是老总，基本要做到一视同仁，不然也太势利了。

接着，刘长春和倪晓光先后向阮良成敬酒。对他们俩人，阮良成没有起身，酒杯里的酒也没有一口喝完，只是抿了一小口。这就是领导艺术，因人而异，区别对待。

众人敬过一圈后，阮良成端起酒杯说：“朱总、毛总、倪总，我敬你们一杯，所谓不打不相识，今后大家都是朋友了，我们一起把酒干了。”

众人连忙起身举杯把酒喝了。

晚上的菜以西餐为主，吃多了中餐，需要换换口味。说是西餐，其实与中餐差不多，烤牛排，是从加拿大进口的，烤大虾，是从北欧进口的，鹅肝是意大利产的，五花牛肉是日本货，烤龙虾是从澳洲空运过来的，烤乳猪是云南名贵乳猪。西式大餐与中餐的最大区别就是以烤为主，分餐，就餐时间长。说中餐丰富，价格贵，时间长的人，一定是没有吃过正宗的西式大餐。晚上的餐是中西结合，菜是中外结合。这餐菜不算酒没有十万元是拿不下来的。喝的是十五年茅台，五个人喝了四瓶，也要几万元。

晚饭结束已过9时30分，毛水照、倪晓光起身告辞了。刘长春也知趣地说有事要走，人家阮局长和朱董很有可能有事要谈，或者还有活动，自己在就不方便了。人要知道进退，不然就让人生厌了。

待三人走后，朱茂发和阮良成一起来到地下室。

地下室有两间装饰高档的套房，每一套房内有桑拿间和一个大浴缸、一套大沙发、一张大床。一个绝妙女子笑容可掬地把阮良成迎进一套房。朱茂发则到了另一套房，同样有一个淑女在等着他。绝妙女子温柔地为阮良成宽衣解带，阮良成静静地享受着，这是他最放松的时刻。朱茂发知道阮良成好这一口，对不同爱好的官员，投其所好一定事半功倍，朱茂发深谙此道。

这也是他快速发迹的秘诀。

三、突破口

范华景回到厦海已是傍晚，他在市局食堂吃了饭，又在浴室洗了澡后，就给女朋友吴琼颖打电话。

“噢，你可算回来了，吃过饭了吗？”吴琼颖惊喜胜过埋怨。

“刚在市局食堂吃了。等一下你看去哪里？”范华景听到吴琼颖的声音很亲切。

“一刻钟后在横滨公园见。”吴琼颖欢快地说。

横滨公园是情侣公园，紧靠太平湖，园内树木成荫，葱葱茏茏。

吴琼颖见到范华景就一头扑到他怀里。

“天还亮着，大家都在看呢。”范华景不习惯在大庭广众之下搂搂抱抱。这可不比吴琼颖娱乐新闻界人士随心而为，对亲亲搂搂司空见惯。

“我才不管呢。”吴琼颖像一只快乐的小兔。

他们找了靠湖幽静的一张长椅坐了下来。

“有没有想我？”吴琼颖躺在范华景怀里仰着头撒娇道。

“工作的时候不想，空下来的时候想。”范华景老实地回答。

“坏东西，我可想死你了。”吴琼颖故意噘着嘴装出不高兴的样子。

“最近有什么新闻？”范华景转移了话题。

“没有啊。噢，听说我们台长马上要被提拔为市宣传部副部长了。”吴琼颖不屑地说。

“提拔不是好事吗？”范华景不解地问。

“他靠什么提拔的？他是靠拉皮条。”吴琼颖愤恨不平地说。

“哦，这倒是新鲜事，还有靠拉皮条提拔的。”范华景收起了笑容，换了话题，“我去德硕市的事，你没有告诉别人吧？”

“没有，告诉谁呀？”吴琼颖不满地说。

“嗯，我对我的舅舅说过。”吴琼颖突然想起来。

“怎么想起来告诉你舅舅？”范华景不动声色问道。

“那天，我回到家里，我舅舅正好来看我妈，他见我不高兴的样子，就问我为什么不高兴，我就告诉他你明天去德硕出差的事。”吴琼颖解释道。“你为什么这样问？你不会怀疑市公安局专职副书记、你的顶头上司有问题吧？”吴琼颖一双杏眼瞪得大大的。

“哪敢，你误会了。我怕你告诉别人，被别人骗了。”范华景连忙解释说。

“我是轻易能让别人骗的人吗？”吴琼颖更怒了。

“好，好，好，我错了还不行吗？”范华景求饶道。

“不行，我饶不了你。”吴琼颖不依不饶。

“我投降，彻底投降。”范华景举起双手做投降状。

“你，你这个坏蛋。”吴琼颖忍不住笑了。

小情侣相拥得身体快变成一个人了。

金波办公室里，余恒成和范华景阴着脸，站在办公桌前。金波示意他俩坐下。市公安局处长是一个人一间办公室，副处长两个人一间办公室，其他干部三个人一间办公室，当然局领导是套间，一间办公室，一间休息室，外加卫生间。除了局领导的办公桌大一些外，其余人的办公桌都是统一的，处长以上干部的办公桌前一般放有两把椅子，是给来汇报工作的人坐的。公安机关是准军事化机关，等级区别还是比较明显的。

“你们分析一下，哪里泄露的可能性大？”金波问道。

“这次行动，知道的人不多，只有行动、网侦各两人和我们刑侦四人知道，知情面很小。昨天回来后，我与行动、网侦负责人作了沟通，他们认为他们的保密工作没问题。我们刑侦也没问题，真是活见鬼了。”余恒成忧心忡忡地说。

“如果行动泄露的原因没找到，追捕工作不改进，就不可能抓到这两名犯罪嫌疑人。”金波皱着眉头说。

“我在出发前，告诉了我女朋友去德硕市出差。”范华景吞吞吐吐地说。

“怎么回事?”余恒成厉声责问。

“我女朋友要我与她一起参加她女朋友的聚会，我说要出差，在她的一再追问下，我说了去德硕。”范华景低着头说。

“范华景，虽然你是新同志，但你来刑侦支队的时间也不短了，这点纪律也不懂。你干什么吃的?”余恒成暴发了，严肃地批评。

“是我错了。”范华景像一个做错事的小孩一样承认错误。

“她有没有告诉其他人?”金波问道。

“她只告诉了她舅舅。”范华景不好意思地说。

她舅舅是谁，金波和余恒成都知道。

“以后你们的行动要特别小心，防止类似事件再次发生。”金波的语气恢复了平静。

余恒成和范华景神色凝重地回到重案大队，当即召集追捕小组研究下一步追捕措施。

“我们连续两次扑空，可以说犯罪嫌疑人已成了惊弓之鸟。他们的旧手机一定不会用了，假身份证一般也不会用了，但是他们有可能还会与家里联系，这是我们的一个突破口。”大数据实战中心吕伟成首先发言，他是临时被抽到追捕小组的。

“前几天我们在调查韦永样时，发现他有一个情妇叫汤三妹，是在滨盛集团拆迁公司食堂烧饭的。对她的手机和电话号码也应该控制起来。”重案大队老民警齐强钟瓮声瓮气地说。

“韦永样和薛志安的电话卡百分之百丢掉了，但他们换了新卡后，手机可能还会继续使用，这就给了我们机会。”行动支队的蒋尚银补充说，他也是临时被抽到大数据实战中心为追捕小组服务的。

“俗话说，三个臭皮匠，顶个诸葛亮，确实有道理。大家讲得非常好，就这么办。我在这里再强调两点：一是要十分细心，不放过任何蛛丝马迹；二是要严格保密，发现一切线索，范围就限在我们几个人内，不能对外透露半点消息，更不能暴露行踪。这是铁的纪律。”余恒成严肃地说。

时间转眼过去了两个星期，追捕工作毫无进展，韦永样和薛志安仿佛在人间蒸发了。

这天凌晨4时许，汤三妹在睡梦中突然被手机铃声惊醒了。

“谁啊?”汤三妹在蒙眬中接通了电话。

“是我。”电话里传来韦永样压低了的声音。

“死鬼，你还记得我呀，你在哪里?”汤三妹听到是情人韦永样的声音，马上惊醒了。

“我上次走得急，来不及告诉你，公安局在找我，我到外头避避风头。我不能告诉你我在哪里，但请你放心，我在外面一切都好，你不用挂记。”韦永样动情地说。

“嗯，我知道了，你在外面要好好的。”汤三妹的鼻子有些发酸。

“我先挂了，等风头过后，我再来看你。”韦永样小心翼翼地说。

这个电话，被高度警惕的蒋尚银捕捉到了。他立即拨通了余恒成的电话：“余大，韦永样在德硕。”

“真是狡兔三窟，他们杀回马枪了，越危险的地方越安全。你马上通知齐强钟、范华景、陈艺爽和吕伟成到公安局集中出发。”余恒成的指令坚定有力。

半小时后，一辆丰田霸道越野车载着余恒成、齐强钟、蒋尚银、范华景、陈艺爽和吕伟成六个人风驰电掣地朝德硕市驶去。480 公里的路程，他们只用了四个小时就赶到了。

定位表明，韦永祥在德硕市南郊佳唐西路 53 号。在德硕警方的配合下，余恒成一行人来到了韦永祥居住的房子处。

这是一幢五层楼房，房东自住一、二层，将三、四、五层出租。为了不打草惊蛇，余恒成请社区民警将房东叫到社区民警工作室。

房东是一个 50 多岁的男子，精瘦精瘦。他见到余恒成一行人，显得心神不定。

“这两个人是不是租住在你家?”余恒成拿出韦永祥和薛志安的照片请房东辨认。

房东仔细看了看照片后说：“这两人就租住在我家。两人很少外出，也不大与人打招呼，怪怪的。”

“你确定是这两人吗?”余恒成又确认了一句。

“我确定。”房东肯定地回答。

“他们是半月前来我家租房的，房租每月 3200 元，预付了两个月，住在五楼靠东的那间。”他指着韦永祥的照片说：“这个人叫魏山成。”指着薛志安的照片说：“这个人叫钟志忠。”

果真，他们又换了假身份证。

“他们现在在房里吗?”余恒成平静地问。

“我出来的时候，他们在房里。不过他们平时很小心的，上次我去抄电表，敲了很长时间的门，他们才开门。他俩是什么人?”

房东疑惑地问。

“他俩不是好人。”余恒成含糊地说。他不想说他俩是杀人犯，以免吓坏房东。

“他俩居住的五楼房门是什么门？铁门还是木门?”余恒成仔细地问道。

“木门。”房东回答。

“你先回去吧，不要把我们问你的事告诉那两人，就当什么也没有发生过。谢谢你。”余恒成与房东握了握手。

房东心事重重地走了。

鉴于韦永样和薛志安警惕性较高，如果白天去敲门，有可能被两人发现，导致发生意外，余恒成决定到晚上再行动。

“范华景、陈艺爽，你们两人从现在开始对佳唐西路 53 号进行严密监视，把他俩给我盯死了。注意，不能暴露自己。”余恒成命令道。

“是。”范华景、陈艺爽同时挺了挺胸应道。

“现在是上午 10 时，到晚上还有八九个小时，其余同志都集中在社区民警工作室待命。”余恒成补充道。

范华景和陈艺爽即刻来到佳唐西路 53 号。对面一住户的房子正好面对 53 号，在里面监视非常理想。范华景和陈艺爽走进这家住户。见到男主人，范景华拿出工作证，说明来意，男主人点头同意了。

中午 11 时 45 分，韦永样和薛志安走出佳唐西路 53 号，右转向前走去。

范华景和陈艺爽见状，不紧不慢地跟在后面。他俩身子紧挨着，像一对情侣，起到了很好的掩护作用。

韦永样和薛志安走进一家面店，要了两碗面，加了两块大排和两个荷包蛋。

半小时后，两人吃完面往回走。他们边走边留意周围环境，好像在提防着什么。

待韦永样和薛志安走进佳唐西路53号，范华景和陈艺爽也回到了对面的房子。

下午6时10分，韦永样和薛志安一前一后走出房间。这次由范华景一个人跟着。

两人来到附近的一个饭店，点了几个菜，要了瓶白酒小糊涂仙，对饮起来。

7时05分，韦永样和薛志安酒足饭饱，起身走回出租房。

“明天凌晨1时许准时行动。我、齐强钟、陈艺爽三人一组，对付韦永样；蒋尚银、范华景和吕伟成三人一组，拿下薛志安。大家记住，黑暗中韦永样和薛志安可能分不清，一个原则，一组对付一个。我踢门，范华景和我先冲进去，其余人跟着冲进来。”余恒成作最后的布置。

众人默默点头。

凌晨时分，在房东的配合下，余恒成率领追捕小组全体成员小心翼翼地摸到五楼靠东面房间门前，房内的灯早已关闭，一片漆黑。

余恒成狠狠一脚踢开房门，打开警用强光手电筒，直扑床上一名犯罪嫌疑人，将其死死按住在床上。范华景冲上去直扑另一张床上的犯罪嫌疑人，陈艺爽迅速打开房内电灯。

余恒成按住的正是韦永样。他拼命挣扎，齐强钟虽然年纪已大，但他经验丰富，将韦永样双脚紧紧抱住，使其难以动弹。陈艺爽冲上去熟练地给其戴上手铐，一气呵成。三人的动作、配合以及默契堪称教科书式。

与此同时，范华景扑倒在另一张床上，但他却扑了一个空，床上只有棉被没有人。他暗感不好，跳下床准备向床下张望时，突然从床下伸出一支黑洞洞的枪口。想躲闪已来不及了，他抬起脚踢过去，然而枪响了：“呯、呯。”两声清脆的枪声在黑夜里格外刺耳。

范华景应声往下倒去。

“呯、呯。”又是两声枪响，子弹仍是射向范华景的。

说时迟，那时快，余恒成拿起强光手电筒砸向那只拿枪的手。

“哎哟。”随着一声惨叫，手枪被打落在地。

余恒成眼疾手快，一脚把枪踢开，一脚狠狠踩住那只露在床外的手，脚在地上把那只手又碾了碾。

“哎哟哟。”又是一阵惨号。

蒋尚银抓住那手一把将床下的薛志安拖出来，然后坐骑在他身上，将其双手反过来用手铐铐上。

范华景右腿中了两枪，腰部中了一枪，血不停地从腿上和腰间冒出，剧烈的疼痛使他说不出话来，豆大的汗珠挂满了脸。

“华景忍住，我们马上送你去医院。”余恒成背起范华景向楼下跑去，一边跑一边说：“齐强钟，你和吕伟成把这两人看住。”

“是。”齐强钟大声回答。

战友受伤，生命垂危，谁的心情都不好受。

陈艺爽扶着范华景的身体跟着余恒成往楼下跑，泪水止不住往下淌。

范华景很快被送到德硕市第一人民医院抢救。余恒成打电话向金波作了汇报。金波立即向黄立山局长作了汇报。

黄立山二话不说，打电话给德硕市副市长兼公安局局长纪跃明，请求帮助，期待派出最好的医生给予抢救。

纪跃明随即拨通了市卫生局局长童怀生的手机。

德硕市连夜在全市调集了几名医疗专家到第一人民医院参加抢救范华景。

范华景的手术整整动了八个小时，取出了三颗子弹头。在德硕市医务人员的精心救治下，范华景的手术十分成功，终于从死神面前把范华景救了回来。

听到范华景脱离了生命危险，陈艺爽喜极而泣。余恒成重重出了一口气，追捕小组其他成员也击掌庆贺。

经请示金波后，余恒成叫陈艺爽留下来照顾范华景，其余同志押上韦永祥和薛志安返回厦海市。

四、蹊跷事故

自从滨康区滨安路 36 号两名小孩被强拆压死事件发生后，城中村的拆迁工作明显加快了。被拆迁群众虽然心里有气，也极不愿意按此拆迁标准补偿，但怕类似事件再次发生，只能打落门牙往肚子里吞，被迫签订拆迁协议。

不可思议的是，上访的人也少了。因为群众确实怕了。

金波获知此情况后，心里气得不行。这不是典型的黑社会性质的犯罪吗？但证据呢？

返回厦海市第二天，金波和余恒成就提审了韦永祥。

“谁指使你们去强拆的？”金波上来就问。

"没有人指使，是我们自己愿意去的。"韦永样早就想好了该怎么回答。

"压死人是要被枪毙的。你愿意替他们去死吗？"金波直截了当地问。

"我不知道房子里有人。如果有人，我绝对不会去拆的。"听说要被枪毙，韦永样怕了，他连忙狡辩。

"两个小孩一边吃饭一边说话，外面的人都听得到，周围邻居都听到了，你说听不到就听不到呀？"金波反问道。

"我在挖掘机里面，挖掘机声音很大的，我确实没有听到房子里面有人。"韦永样拼命为自己开脱。

"法律是讲应知的，早上正是吃早饭的时候，你应该知道里面会有人。哪怕你真的没有听到里面有人在讲话，法律也会按照你应知而判的。懂吗？"金波给韦永样上起了法律课。

"这、这……"韦永样对法律上的事真不懂。

"你不要替别人背黑锅了，实事求是地说，这黑锅你背不起。如果你老实交代，法律会考虑对你从轻发落。"金波实行攻心战术。

"我不是故意要压死人的，我是拆房子去的。因为公司规定，谁把那房子拆了，奖励二十万元，我是冲着奖金去的。"韦永样辩解道。

"看来你是不想主动了呵。如果你不说实话，不主动交代，我们也没有办法。但我可以明确告诉你，你的情人汤三妹在拆迁公司食堂采购物品时从中贪污侵占集体财产十多万元，如果我们把她抓起来，判个十来年应该没问题。"金波面带微笑地看着韦永样。

"别，别啊。"听说要动他的情人汤三妹，韦永样不淡定了。

韦永样和汤三妹感情不错。汤三妹不但人长得漂亮，而且性情温柔，对他情有独钟，体贴有加，而不像他家中那位“母老虎”，对他不是埋怨就是数落，在家里不停地使唤他，一点儿也不给他自尊，他早就烦透了她。幸而碰到了汤三妹，使他重新有了对未来美好生活的向往。所以金波要动汤三妹，可谓击中了韦永样的软肋。

“你说话算数？如果你不动汤三妹，我就说。”韦永样的意志动摇了。

“只要你老实交代，彻底坦白，并检举揭发，我说话算数。”金波一脸认真地说。

“是我们拆迁公司总经理聂山海叫我去干的。事发前一天，他把我和薛志安叫到他的办公室，给了我们每人一万元，交代我们明天去把36号房子拆了。我不敢，跟他说如果里面有人怎么办。他瞪了我一眼，声称死个把人怕什么，如干得好，每人再给十九万元，如完不成任务，以后就别在公司干了。我们是没办法才去的。”韦永样哭丧着脸说。

“聂山海说这话时，薛志安也在吗？”金波冷冷地问。

“在，在，他就在旁边，他也听到了，你们可以去问他，他可以作证。”韦永样像抓到了一根救命稻草似的回答。

“这不用你操心，该问的我们都会问，你就回答你的问题。”金波牢牢把控着审问的主动权和节奏。

“你和薛志安逃跑是谁的主意？”金波不给韦永样喘息的机会。

“是聂总。事发后，知道房子里有两个小孩被压死了，我们很怕。聂总找到我们，给了我们两部新手机和两个假身份证，还给了一些钱，叫我们赶快逃走。后来我们逃到德硕市，住下没两天，聂总打电话告诉我们说，公安局要来德硕抓我们，叫我们立即离开，并告诉我们原来的假身份证不能用了，再在网上请人重新做一个假身份证。”韦永样断断续续地回忆道。

“聂山海还对你们说了什么?”余恒成这时插了一句。

“聂总告诉我们，这次是出去避避风头，等过一阵子没事了，就可以回来。他一再告诫我们，不要与家里人联系，包括电话、书信和网络。”韦永样老老实实地回答。

对韦永样的审讯还算比较顺利，与此同时，严新和蒋尚银也突开了薛志安的口供。

薛志安是一个四肢发达、头脑简单的人，平时爱好就是弄枪舞剑和钓鱼，他很快证实是聂山海指令他和韦永样去强拆房子并致人死亡，也是聂山海安排他俩逃跑的。至于枪支，是他去年到越南旅游时，在中越边境以6500元购买的，这次逃跑时把枪支带上是用以防身。他之所以开枪拒捕，是他认为开挖掘机已压死两人，被抓住后反正是死，不如拼个鱼死网破。外逃后，他习惯睡在床下，床下虽然空间小，但睡得踏实，既能躲过别人的偷袭，也有时机进行反击。

“立即抓捕聂山海。”金波对余恒成下达指令。

然而，金波的动作还是迟了，他低估了对手的智商。

“金支，聂山海死了。”余恒成在电话里向金波报告。

“怎么回事?”金波皱起了眉头。

“今天上午8时许，聂山海乘坐的轿车在滨康区老城隧道附近与一辆大货车迎面相撞，聂山海和司机当场死亡。具体情况我也不是很清楚，我正往现场赶。”余恒成继续报告。

在交通事故现场，聂山海乘坐的宝马730轿车头部被削掉大半，四个气囊全部弹出，聂山海和司机被撞得血肉模糊，当场毙命。

事发的经过是，聂山海乘坐宝马730开到现场时，发现右边有一辆长挂车停在路边维修，估计是坏了，又长又大的挂车影响了司机的视线，司机把方向盘往左一打，准备超车。然而司机大意了，他刚刚把车头往左辟出，突然发现对向车道开来一辆庞然大物，而且速度飞快，司机想避让根本来不及了，巨大的惯性使两辆车激烈地撞在一起。

“轰，嘭，嘭。”两车相撞的声音震耳欲聋，宝马730轿车被撞退几米远。轿车哪里是大货车的对手，宝马730轿车被撞得面目全非，大货车只是保险杠内凹。轿车内两人全部死亡，大货车司机没有受一点儿伤。

这是一起普通的交通事故，还是蓄意谋杀？

与宝马730轿车正面相撞的大货车是市第二汽车运输公司的，该公司是一家国有企业。在路边维修的挂车是市集装箱总公司的，那是一家股份制企业，看上去两辆大车的单位风马牛不相及。

单从现场看，大货车是正常行驶，大挂车也是正常临时维修，违章的是宝马730轿车司机。如果是轿车司机想谋杀聂山海，他不至于以自杀为代价，这在道理上讲不通。

如果是一起交通事故，时间点又实在太巧合了。说白了，聂山海死得太是时候了，当下所有的疑点都指向他，所有的脏水都泼向他，所有幕后的活动都是他在操纵。

但是聂山海一死，所有的线索都断了。

两个月后，薛志安因犯故意杀人罪、袭警罪、非法持有枪支罪被判处死刑，立即执行。韦永祥因犯故意杀人罪被判处死刑，缓期两年执行。

金波心里的负担，并没有因两名犯罪分子被严惩而减轻。他总觉得有一只无形的手在操纵着厦海市的社会治安，不斩断这只罪恶的黑手，厦海市的社会治安就始终无法变得清明和晴朗。

五、三起恶性事件

果真，滨康区又接连发生三起恶性事件。

第一起发生在一个早秋的上午，滨康区兴强工程公司总经理万国强像往常一样，来到该区滨康七号饭店喝早茶。

“万国强，一楼有人找。”他突然听到有人在叫自己。他没有在意，因为平时经常有人来找他。他起身离开二楼包间，下楼走到一楼门口，但是一楼门口没人，他以为是有人恶作剧。

“哪一个混蛋搞的鬼?”他边自言自语边转身想回到二楼。

“吱——”突然一辆面包车在他身前停下，车上两扇门同时打开，从车内跳下五个年轻人，他们手臂上刺着青龙白虎等图案的各种文身，手拿各种砍刀，长的有一米多，短的也有六十多公分，杀气腾腾地朝他走来。

他暗想不好，这些人一看就是黑社会分子，是有人想要他的命！如逃回饭店，被他们五个人堵个严严实实，一阵砍杀，一定活不了命，他只有拼死往外逃。

想好对策，他突然起步往大门右边跑去。

然而，没等他跑几步，就被那几人追上了。一个留黑胡子的一刀砍过来，他的右臂立刻皮开肉裂；一个光头又是一刀砍来，他本能地用左手一挡，“咔嚓”，他的左手掌被砍断了。

“啊，哎呀。”他惨叫声不断。他顾不上疼痛，保命要紧。他忍痛又向前跑去。跑了三两步，由于惊吓，加之伤痛，他一个踉跄，跌倒在地。那群人追上后，又一阵乱砍，他只听到一个恶狠狠的声音：“往死里砍，砍死我负责。”

他的右大腿被砍断，血流如注；头部前额被砍伤。他昏死过去。

“杀人了，杀人了！”附近群众看到后惊呼起来。

那伙人行凶后扬长而去。

万国强醒来时已在医院，手上缝了18针，腿上缝了154针，头上缝了23针，输血800CC。医生告诉他，如再晚送到医院三分钟，他肯定没救了。

他怕了，真的怕了。他在医院住院期间经常做噩梦，梦中被人追杀。

“万总，你认为是谁要置你于死地?”在他住院的第四天，金波、严新和余恒成在他的病床前问他。

“没有啊，没有人呀，我想不起来。”万国强轻轻地摇了摇头。

“你再仔细想想，特别是生意上与人有矛盾吗?”金波启发他说。

“也没有呀，我一贯主张和气生财，没有与谁过不去。”万国强还是想不起来。

“近来，有人要与你做生意，或者要与你合作的，你有没有拒绝的?”金波十分耐心地引导。

“这倒是有的。”万国强想起来了。

“怎么一个情况，你说说看。”金波和颜悦色地问。

“大约是半个月前，滨盛集团董事长朱茂发打电话给我，以商量的口气对我说：‘万总，给中铁十局的土石方价格，能不能提高到每吨 130 元？’我回答说不行啊，我与中铁十局项目部邓经理已谈妥价格了。朱董事长又慢腾腾地说：‘兄弟，生意要大家一起做的，你再考虑考虑。’我说：‘朱董事长，不是我不给你面子，有钱赚我当然高兴了，但是我已与他们谈好价格了，我总不能失信吧？你也知道，做生意最重要的是守信。’然后他就放下了电话。”万国强回忆说。

“事后我了解到，在滨康区天街快速路建设中，中铁十局是总承包商，滨盛集团董事长朱茂发承包了一标段土石方工程，我承包的是二标段土石方工程。我与中铁十局项目部邓经理谈妥的价格是每吨 65 元。朱董事长与中铁十局项目经理要价每吨 130 元，是我价格的两倍，中铁十局当然不愿意了，告诉他二标段的价格是每吨 65 元。所以他来做我的工作。我以每吨 65 元的价格计算，这项工程我能净赚 3000 多万元，如果以每吨 130 元计算，能净赚 6000 多万元。难道他为了这事叫人来砍我？”万国强将信将疑地说。

“这事我们记下了，还有其他情况吗？”金波想了解更多的信息。

“其他的，我现在想不起来。”万国强痛苦地摇了摇头，不知是伤口痛，还是心中痛。

“那你好好养伤，祝你早日康复。”金波向万国强招了招手。

这时，余恒成送上了一只花篮。

砍杀万国强的五名犯罪嫌疑人很快被擒拿归案。领头的叫武雄魁，长得五大三粗，硕大的光头，一脸横肉，一看就是黑道上大哥的级别，但不是老大。他心狠手辣，外号“武疯子”，是一个三进三出的刑满释放人员，在滨康区一带黑道上颇有名气。

“武雄魁，这次是你领的头吧?”严新开门见山。

“是，一人做事一人当。”武雄魁回答得挺痛快。

“为什么要砍万国强?”

“因为他做人不上道。”

“他对你不上道了?”严新微微一笑。

“我看他不顺眼。”武雄魁眼皮往上翻了翻，不屑一顾地说。

“他哪里不顺眼？我看他长得蛮帅的。”严新故意装傻。

“他凭着有几个臭钱，泡女人，摆阔气，眼睛长在头上，我早就看他不顺眼，早就想收拾他。”武雄魁愤愤不平地说。

“不是别人叫你做的?”严新刺激他。

“我为什么要听人家的？只有别人听我的。”

“不见得吧，我听说你的外号有二，一是武疯子，二是狗腿子。”

“去他妈的狗腿子。老子是主子。”武雄魁吐出脏话。

“男子汉大丈夫，有一说一，不是自己的主意，充什么好汉。”严新轻蔑地说。

“嘿，嘿……”武雄魁突然笑了。

“万国强被你们砍断手脚，在医院缝了 200 多针，你致人重伤，又要吃十多年牢饭了。你这一生可惜了。”严新装出很同情的样子。

“万国强他活该，算他运气好，没整死他。吃牢饭嘛，我习惯了，吃过多少回了，几年后出来，老子又是一条好汉。”武雄魁嘴很硬。

金波得知武雄魁的口供后，心里很是生气。

明明有幕后主使，雇凶杀人，可由于没有证据，真凶却逍遥法外。

证据，证据，该死的证据。

一个星期后，第二起恶性事件发生了。

近年来，滨康区大力发展经济，加快城区基础设施建设和市政建设，随着城中村改造力度加大，住房需求矛盾和经济纠葛也日益增加。滨康区恒大房地产公司总经理赵孝朋这几天正为房地产项目的开工而烦闷。好不容易完成拆迁工作，但施工队伍进场却屡屡遭到附近村民的阻拦。

起因很简单，造房子需要沙石。滨康区富民工程公司总经理倪大为找到赵孝朋，提出由他们提供沙石，然而价格是市场上的二倍。赵孝朋自然拒绝了。

但倪大为是附近横山村人，公司里许多职工也是该村人。倪大为明说出价高的理由是他们村土地出让吃亏了，所谓肥水不流外人地，他们需要补偿。

矛盾就这样产生了，赵孝朋的噩梦也就开始了。起先是村里三五十个六七十岁的大伯、大妈，隔三岔五地到工地坐着，后来是在工地大门口围着，造房子的设备、材料根本运不进去，更不要说开工了。然而建房是有工期的，不然政府要罚款，业主要赔偿。赵孝朋心里那个急啊。

这天上午，项目经理给他打电话，说村民不知从哪里弄来两辆集装箱车子，一字排在工地大门口，把大门阻得严严实实。

赵孝朋急忙赶到现场。他从车上下来，看到工地大门外一大群人围在两辆集装箱车周围，以老年人为多，其中十几个理平头、穿T恤衫的青年引人注目。

他拨开人群，走近大门，看到项目经理被两个青年反背双手，脸上露出痛苦的表情。

“怎么……”赵孝朋话还没有说完，突然感到自己的脖子被人从背后用手臂锁住了。

有人用枪顶住了他的头，他吓得魂飞胆破。

“兄弟，有话好说。”等那人把手臂稍稍松了松，赵孝朋才说出话。

“兄弟，谁是你兄弟?”一个瓮声瓮气的声音答道。

“朋友，你先松开我的脖子，我难受，有事好商量。”赵孝朋哀求道。

这时，他看清扼住自己脖子的是一个黄毛，脸上一条长约十公分的刀疤特别醒目。用枪顶住他的是一个愣头青。

“商量?迟了。早干啥去了?”黄毛说话时脸上的刀疤跳动着，十分阴人。

“你们这样解决不了问题，有要求提嘛，我们坐下来谈。”赵孝朋想息事宁人。

“谈，谈，谈，叫你谈。”黄毛突然怒了，一边用手扼紧他的脖子，一边用力将他往外面拖。

赵孝朋被勒得呼吸困难，身子倾斜，他只有紧紧抓住黄毛的身体，才不至于倒在地上。

“呯，呯。”突然传来两声枪响。

赵孝朋心中一惊，他下意识摸摸自己头上，没流血，也不痛，又摸摸身体和腿，也都没异样，见自己没受伤，他放下心来。

“啊哟，啊哟。”有人在痛苦地呻吟。

“出人命了!”众人惊呼着四处逃散。

这时，黄毛松开了手。

赵孝朋解脱出来。他定睛一看，是他的项目经理被愣头青开枪击中，倒在地上正凄惨地叫唤着。

赵孝朋赶紧拿出手机打110报警，并打120求救。

八分钟后，110接处警车辆赶到现场，两名民警和两名辅警立即开展工作，打开视频记录仪和录音笔，一面访问赵孝朋等现场群众，一面拍摄现场视频。

这时，滨康区人民医院救护车也赶到了，拉上受伤的项目经理火速往医院开去。

金波接到报告后，带领严新等侦技人员也很快到达现场，会同分局刑大、刑侦，开展现场勘查和调问，调取现场监控视频。

项目经理是腿部中弹，由于仿制手枪质量较差，杀伤力不大，加之没有打断主动脉，经手术后，没有生命危险，但是否有后遗症还要注意观察。

经观看现场监控视频和现场访问，严新和余恒成认出黄毛等人是武雄魁手下。开枪行凶的叫蔄伍，今年28岁，是一个不知死活的狠角色。

当晚，金波组织人员连夜行动，将黄毛、蔄伍等五名犯罪嫌疑人全部抓获归案。

黄毛和蔄伍等人承认，他们是受滨康区富民工程公司总经理倪大为雇用而去阻拦和行凶的。

那边，赵孝朋经这次惊吓，为了早日开工，主动打电话给滨康区富民工程公司总经理倪大为，称同意按照倪总的价格购置沙石。

这边，公安机关对倪大为采取了刑事强制措施。

金波办公室里，气氛十分严肃。

“你俩怎么看这两起恶性事件?”金波问严新和余恒成。

“八天内，连续发生疯狂砍人和持枪伤人事件，而且犯罪嫌疑人都是以武雄魁为首的社会痞子，涉及多名企业家和经济活动，太嚣张了。”严新道。

余恒成接过话头：“四名企业家，两名受害方，两名雇用方，严格地说有一名还没有证实。但就四名企业家的经济实力和社会影响力来看，滨盛集团董事长朱茂发无疑是遥遥领先的。这两起恶性事件有没有内在联系？这不能轻易肯定，也不能轻易否定。我们有不少工作要做，比如朱茂发和倪大为事先的联系，武雄魁手下人员在案发时间的联系。”

金波沉思道：“这几天我反复在想，为什么近年来滨康区恶性案件时有发生，比市区其他几个区明显要多，是我们打击不力吗?可这些案件都破了，犯罪嫌疑人也全被处理了，为什么还会接连发生？问题究竟出在哪里？这值得我们深思呀。”

“恒成，你刚才说的他们之间的电话联系，可以查一下。”金波对余恒成说。

“我这就出去查。”余恒成说完，用眼神征询金波意见。

金波缓缓地点了点头。

“金支，我觉得滨盛集团董事长朱茂发这个人很不简单。十年前他是个混混，还是一个刑满释放人员，短短几年时间，就创造了一个价值几百亿元的集团公司，与不少党政领导关系很不一般，着实让人看不懂。”严新疑惑地说。

“是啊，对朱茂发这种人，我们既要关注，也要小心。”金波表示赞同。

两人正商议着，余恒成回来了。

“刚才我查了一下朱茂发和倪大为的通话记录，发现他们从前天晚上到昨天上午，有过三次通话。通信轨迹显示，朱茂发目前在美国。根据出入境系统提供的情况表明，朱茂发是五天前从燕京出境的。”余恒成喘着气说，短短几分钟时间就获得了这么多有关朱茂发的信息。

金波的眉头锁得更紧了。

一波未平，一波又起。

枪击案发生后的第六天。下午5时45分许，下班高峰时刻，滨康区人民路，一个外卖小哥骑电动车与一辆转弯的劳斯莱斯轿车发生了剐擦。外卖小哥知道闯了大锅，惶恐地站在路边发愁。

这时，劳斯莱斯驾驶员气急败坏地从轿车上下来，走到外卖小哥面前，不分青红皂白，连抽了外卖小哥六个大嘴巴，并飞起一脚将外卖小哥踢倒在地，嘴里骂骂咧咧：“小子，找死啊。卖了你，你也赔不起。打死你。”

血从外卖小哥的嘴里流出来，但他不吭一声，默默地忍受挨打，样子十分可怜。

“住手，你怎么打人?”滨康区胜利派出所民警沈江成骑自行车下班回家路过，立即跳下车制止。

“你是谁?”劳斯莱斯驾驶员冷冷地看了沈江成一眼。

“我是警察。”由于穿着便服，沈江成亮明了身份。

“警察，了不起啊？走开，别多管闲事。”劳斯莱斯驾驶员满不在乎地说。说完，他上前朝外卖小哥又狠狠踢了两脚，边踢边骂：“乡巴佬，去死吧。”

“不准打人!”沈江成喝令道。

劳斯莱斯驾驶员一转身重重将沈江成推开，开口骂道："警察狗，你再不走开，连你一起打！"

"你再打，就把你抓起来！"沈江成厉声道。

"叫你抓，叫你抓！"劳斯莱斯驾驶员突然挥拳朝沈江成脸上打去。

沈江成警校毕业，学过散打，他眼疾手快，左手挡开来拳，右手一拳打在劳斯莱斯驾驶员右眼部。

劳斯莱斯驾驶员右眼眶立刻变青，并肿了起来。他暴跳如雷，恶狠狠号叫："小子你死定了！"

他像一头发怒的狮子，冲过来抬起脚狠狠朝沈江成的裆部踢去，这一招阴险毒辣。

沈江成见招拆招，迅速后退一步，顺势抓住劳斯莱斯驾驶员踢过来的脚，一个扫堂腿，劳斯莱斯驾驶员被扫得凌空而起，"扑通"一声，像一只癞皮狗倒在地上。

他顾不上伤痛，一个鲢鱼翻身，发疯似的挥舞双手，怒不可遏地朝沈江成打去。

沈江成见状赶紧侧身，一个"顺手牵羊"，劳斯莱斯驾驶员站立不稳，踉踉跄跄来了一个嘴啃泥，那样子滑稽可笑，狼狈不堪。

"哈哈哈……"围观群众控制不住发出笑声。

劳斯莱斯驾驶员觉得丢了面子，恼羞成怒，返回劳斯莱斯，从车上拿了一把一尺多长的尖刀，杀气腾腾地刺向沈江成。

沈江成往左一闪避开了。

他又一刀朝沈江成头部砍去。

沈江成往右一跳又躲过了。

劳斯莱斯驾驶员像一只急红了眼的疯狗朝沈江成乱砍。

就在沈江成快抵挡不住，陷入危险境地时，突然一辆警车拉着警报呼啸而来，从车上跳下三个全副武装的警察，迅速将行凶者控制住，并给他戴上手铐。

犯罪嫌疑人公开当街追杀民警，此消息像长了翅膀一样迅速传遍了全市，影响极坏。

经初步调查，行凶的劳斯莱斯驾驶员名叫泮猛龙，是滨盛集团建发房地产公司总经理石节开的专职驾驶员。

又是滨盛集团。

几天后的一个晚上，“朱斋”张灯结彩，高朋满座。朱茂发从美国回来，宴请嘉宾好友。出席晚宴的贵宾有厦海市公安局专职副书记阮良成，滨康区委副书记、政法委书记孔思思，滨康区副区长兼区公安分局局长徐长勋，滨康区检察院检察长许利群，滨康区人民法院常务副院长李太胜，滨康区司法局局长黄平波，滨康区市场监督局局长毛斌利，滨康区学前街道书记吴永实，滨康区学前街道横山村党支部书记兼村委会主任张丰良。

“朱斋”最大的包厢里，朱茂发按照老规矩把主人位让给阮良成，主宾位安排给孔思思，副宾位给徐长勋，其余位置由他们各自自坐。虽说是自坐，但官场中人，哪个会乱坐，基本按照官方的排名自找位置。朱茂发自己则坐在副陪位，就是主人位的对角，通常是上菜的地方。

晚宴的菜自然是高档而又丰富，喝的是50年茅台。

因为人多，朱茂发没有安排美女作陪。人多眼杂，万一个别领导干部酒喝多了，做出与美女亲热甚至过分的动作，被哪个好事鬼拍下照片放到网上就麻烦了。

“各位领导和朋友，十分感谢大家百忙之中来参加聚会，我刚从美国回来，十分想念大家，先敬大家一杯。”朱茂发说完，将酒杯中的酒一干而尽。

因是东道主敬的酒，众人没有推辞也一干而尽。

接着，朱茂发从阮良成开始，一个个敬过来，态度非常诚恳，喝酒相当豪爽。可以说，朱茂发与不少官员走得很近，与他待人豪爽，出手大方，广交朋友密不可分。

商人与官员，开始是客客气气，交往多了就随随便便；起初是管理对象，久而久之就变成无话不谈的朋友了。而这种交往，最好的办法是喝酒送礼。酒杯一碰，老酒一喝，距离就近了。朋友多了好办事，朱茂发深信这句话，所以他舍得投资和播种。一桌人基本都是官员，无论是工作上还是生活上，需要互相支持和帮助。所以，接下来，大家开始互敬。多个朋友多条路，在中国人的潜意识里根深蒂固。

晚宴的气氛热烈而又欢乐。

结束后，朱茂发送给每人一件从美国带回的衬衫。他知道他们每个人的尺寸，衬衫价值在每件 800 美元左右。他又给每人一张 5000 元的购物卡。每个人都笑纳了。

他知道当地官员的心思，送给他们的礼物数额大了，他们心里有负担，不肯收。中央“八项规定”出台后，尽量不要送现金；烟酒、虫草、字画、玉石虽然价值不薄，但官员的心里会舒服一些。你如果送他们一万元现金，当然传统节日春节除外，他们心里会犯嘀咕。送礼物要恰到好处。还有就是积少成多，几年下来就是一笔不小的数字。尤其要注意平时联络感情，请吃饭纯粹就是吃饭，聊聊天，叙叙旧，增加友情，有事相求相托的饭菜是变味的，当然事后感谢性质的请吃另当别论。对做项目、搞工程、经商、做生意的企业家、老板、商人来说，不能等有事相求再去送钱、送物、送礼，不但目的性明确，还显得俗气。这时基本上是送不进的，即使送进了，效果也很差。要早送、早跑、早联络，对症下药，往往能起到事半功倍的成效。一对一，根据量效下猛药也在常理之中。

六、侦查滨盛集团

全市扫黑除恶专项行动正在深入进行中。

市里成立了扫黑除恶专项行动领导小组，市委副书记、政法委书记瞿和平任组长，市委常委、市公安局局长黄立山任常务副组长。领导小组下设办公室，办公室设在市公安局刑侦支队，金波任办公室主任。办公室人员从市局相关警种和部门抽调，共有八名同志。

陈艺爽在范华景伤情稳定转到厦海市继续养伤后，也被抽到扫黑除恶专项行动办公室工作。她无论走到哪里都引人注目。她的身材无可挑剔，瓜子脸上的一双凤眼深似湖水，让人看了赏心悦目。

陈艺爽拿着几封信件来到金波办公室，办公室的门虚掩着，她敲了三下后走了进去。她了解进领导门的规矩，如果门是关着的，敲门后必须等领导发话后才能进；如果门是开着的，或者是虚掩的，敲几下就可以直接进。

“金支，这是近段时间群众寄来的举报信，不少是检举、控告滨盛集团涉黑犯罪行为的，包括寻衅滋事、强买强卖、强揽工程、围标串标等。有的群众在信上说，滨盛集团董事长朱茂发拉拢腐蚀干部，经常在‘朱斋’宴请领导。但举报信都是匿名的。”陈艺爽汇报道。

“艺爽，群众举报不敢实名，主要是怕报复，这可以理解。你把举报信复印两份，一份给余恒成，另一份给大数据实战中心周杰。余恒成的任务是核实举报内容，周杰的任务是结合大数据涉黑平台，汇总梳理涉黑犯罪线索。”金波吩咐道。

“是，我立即去办。”陈艺爽点头。

与此同时，滨盛区委副书记兼政法委书记孔思思也收到了上述举报信。由于与滨盛集团董事长朱茂发走得近，接到这些反映滨盛集团违法犯罪的举报信后，孔思思既感到不安，又觉得头疼。他可不想朱茂发出事，如果朱茂发出了事，他们都要受到牵连。

孔思思把区政法委办公室主任骆长河叫到办公室，商量如何处理此事。

“长河，你组织协调核查举报信内容，现在全国上下都在开展扫黑除恶专项行动，我们既不能放过一个坏人，也不能冤枉一个好人，要实事求是，尊重客观事实。”孔思思高谈阔论。

“孔书记，请放心，我会落实好的。”骆长河顺着孔思思的思路说。

骆长河是孔思思的心腹，自然知道孔思思心里在想什么。领导交代的事，有时候会明说，有时候不点破，全要靠自己去揣摩，作为办公室主任，准确领会领导的意图，是一项基本功。

隔天，骆长河到孔思思办公室汇报核查结果。

“孔书记，经过我们组织专门人员对举报信的内容进行认真核查，举报内容基本失实。由于举报群众都是匿名举报，客观上也给我们的核实带来一些困难。尽管如此，我们详细走访了市、区招标办、重点工程项目办、市场监督管理局、信访局等有关单位，基本查无实据。”骆长河信誓旦旦地说。

“这样就好，我们可以放心了。”孔思思松了一口气。

接着，孔思思朝骆长河招了招手。

骆长河会意地靠近孔思思。

“长河，明天你抽空去找一下朱茂发，告诉他三件事：第一，从现在开始不要再去搞围标串标了；第二，把‘朱斋’关掉，不要再宴请相关人员了；第三，他如认为有必要，近期去外地走走，散散心，避避风头。”孔思思小声地吩咐道。

“好的，我明天就去告诉朱董事长。”骆长河俯着身子说。

第二天，骆长河专门到滨盛集团，向朱茂发转告了孔思思的三点意见。然而朱茂发对此不以为然。

厦海市进入梅雨季节，缠缠绵绵的雨水下个不停。

星期五刚上班，金波给黄立山打了一个电话。

“黄局长，您什么时候有空？有情况向您汇报。”金波对自己尊重的人说话充满敬意。

“我上午要参加市委常委会，中午你来我办公室吧。”黄立山知道金波汇报的一定是大事，小事他不会来烦自己。

中午，黄立山从市委回来，顾不上吃饭就把金波喊过来。

“什么情况?”黄立山示意金波自己倒水。

“最近市区接连发生几起恶性事件和案件，有两人死亡，多人身受重伤，其中包括我们派出所一个民警。我们支队一名侦查员在追捕这些犯罪嫌疑人时，被歹徒开枪击伤。这些案件，都与滨盛集团有关。有不少举报信匿名反映，滨盛集团董事长朱茂发涉黑，市局大数据实战中心涉黑平台智能分析系统也汇总梳理出滨盛集团有涉黑涉恶嫌疑。鉴于上述情况，我们建议对滨盛集团进行专案侦查。”金波脸色凝重地说。

“金波，这些情况我都注意到了，确实触目惊心。我同意对滨盛集团开展专案侦查。我准备向市委、市政府和省公安厅主要领导汇报，争取把它作为公安部和省公安厅的督办案件。专门工作班子全体人员集中办公，由你统一指挥。力量不够，我授权你直接向县市区刑大抽调。”黄立山态度鲜明，十分果断。

“坚决执行命令。请黄局长放心，保证完成任务。”金波庄重地回答，心里则暗暗庆幸：黄局长讲话干脆利落，从不拖泥带水，在痛快的领导下面干活就是痛快。

金波回到支队，把政委和严新叫来，商量成立工作专班事宜。

他先传达了黄局长的意见，又说了初步考虑：“专班人员从南平县、东海市和新余市刑大各抽调五人，支队余恒成的重案大队全部人员，加上扫黑办陈艺爽等四人。具体由我们三人负责，办公地点就在金盾饭店。你们看怎么样?”

政委和严新表示没意见。

工作专班人员很快全部到位，在金盾饭店包了一层作为办公场所。

金波给工作专班人员定了几条纪律：

一、严格保密。不得泄露工作专班的内容、办公地点，出差人数、时间、地点，专班工作人员之间除了办案需要，不得相互交流和打听工作内容。

二、集中吃住。工作专班调查期间一律在金盾饭店吃住，不许喝酒，不能回家，外出要请假。

三、依法办案。查办案件和线索，一切以事实为根据，以法律为准绳，不能人为拔高和降格。这起案件涉及面广，影响大，可能会有人来打听案情，甚至是打招呼，绝不能徇私枉法。

四、谢绝采访。对所有媒体和记者的采访，一律谢绝，口径统一为：请到市局宣传处联系。

金波对工作专班的切入点、工作方式方法、工作重点、工作目标都作了明确。总目标，是围绕滨盛集团的高级管理人员、骨干成员和一般参与者，查清全部违法犯罪事实，挖出幕后保护伞，务必一网打尽，除恶务尽。

切入点，是群众举报的问题和线索，分局扫黑办、信访科、督察大队、110报警服务台收到的来信来访和投诉电话，该立不立的案件，各派出所、治安大队、刑侦大队下行的案件，取保候审的案件。

工作方式方法，是先易后难、先近后远。到易发生涉黑行业、部位、部门、单位实地走访，个别谈话，发现线索，即查即办。

工作重点，是寻衅滋事、聚众闹事、伤害无辜、妨害国计民生工程、插手基层选举、围标串标、强买强卖等。

侦查工作迅速有条不紊地展开。滨盛集团犯罪线索源源不断而来。

余恒成在调查滨康区兴强工程公司总经理万国强被砍伤一案时，发现中铁十局项目部被敲诈。

原来，万国强承包的二标段，土石方每吨是65元，朱茂发承包的一标段开始开价每吨130元，后减少到每吨85元。中铁十局项目部不同意。朱茂发就停工不做。如不能按时完工，中铁十局要被工程指挥部上黑名单，对其以后招投标参加工程建设很不利，中铁十局迫于无奈，只能交纳保护费1100万元。堂堂央企给主管单位打报告，要求支付特殊保护费，其主管单位竟然批了。

万国强被抢救过来后，做的第一件事就是将其公司的所有设备（市值3000多万元），以极其低的价格（245万元）卖掉。他说，保命和保家庭要紧。他再也不敢做土石方工程了。

排挤打击竞争对象，逐步垄断所在行业，这是黑社会犯罪一个显著特点。

在市信访局，陈艺爽和专班工作人员王益看到了一个信访件，信访的是厦海市蓝城房地产公司。该公司反映，他们按正规手续在滨康区沿海大道区块购买了60亩土地，准备建海景房，滨盛集团提出要与他们合作建房，他们不想与滨盛集团合作。然而他们在现场施工建房时，屡屡遭到附近村民的阻拦，于是恳请政府部门予以协调。

经深入调查，发现滨盛集团对那块土地觊觎已久，见合作不成，他们便组织年事已高的村民到施工现场阻拦。

蓝城房地产公司没办法，先是向所在向阳街道徐目蓬书记求助，希望徐书记做做工作。不承想徐书记与朱茂发关系很铁，倒过来做蓝城房地产公司的工作，声称强龙压不住地头蛇。蓝城房地产公司无奈只得与滨盛集团合作，让出33%的股份。仅这一个项目，滨盛集团就赚了6100万元。

在土建、市政、绿化等项目招投标上，一些单位和个人对滨盛集团明目张胆的围标串标义愤填膺，深恶痛绝。滨盛集团在招投标时，会先将一些单位的招投标书全部买过来，中标后再转手卖掉，一进一出，一个项目一般净赚1000万元左右。这是无本万利的生意。

侦查在深入。法网在收拢。

朱茂发这几日左眼跳个不停，是吉是凶，他拿捏不定。要不要出去几日避避风头？他想起了前两日，区政法委孔书记托人传过来的话。

“避”，他非常讨厌这个字。避，怎么避？到国外还是国内？国内，全国都在开展扫黑除恶专项行动，能避得了？国外，自己都一把年纪了，还有几年好活？国外的语言也听不懂，有什么意思？想来想去，他决定暂时不避，再看看势头。主意打定后，他禁不住回想起了几十年来走过的风风雨雨不寻常的路。

他出生在厦海市径山县一个偏僻的小山村，父母都是本分的农民。小学毕业后，父亲叫他跟人学木工，学了三年后出师，他开始走家串户做零工。后来他在滨康区学前村郑月妙家做木工时，郑月妙见他脑子活络，人灵光，便将独生女儿嫁给她，条件是当上门女婿。

在滨康“入赘”后，他不再做木工，在丈母娘的帮助下，开起了农家乐。一时间，生意火红，赚了第一桶金，过上了好日子。但“赘婿”这身份，给他带来了不少麻烦。在办理一些手续时，朱茂发总是会遇到村邻阻挠，刁难。无奈，他每次只能求助丈母娘出面。

久而久之，这种憋屈和不忿，唤醒了朱茂发心里那头野兽。他愤怒了，他暴发了，他终于与村民发生了一场械斗，他用铁管打残了两人。从此，他的狠与野出了名，他打出了霸气和兽性，但他为此也付出了沉重的代价，他被判了十年有期徒刑。

刑满释放后，他回到家里，这时村民们看到他，都对他尊敬有加。于是他确立了人生的信条：拳头越硬，越能受到尊重。刀枪下面出尊严。不心狠手辣，就要受尽人欺。撑死胆大的，饿死胆小的。

他开始涉足建材生意和停车场收费。

起初，他与人谈停车场合作。他带着十来个小兄弟，理着统一的平头，穿着统一的运动服。他拽住合资方的手，拍拍对方的脊背，言语、动作、场面，都充满着威胁意味，这哪是商谈，这是妥妥的胁迫，合资方只能屈服于他的淫威下。停车费一小时 25 元、50 元、80 元，完全凭他们的心情，如果停车的客人提出异议的话，就直接恐吓，或者采取暴力。很快，他基本垄断了建材市场、陶瓷品市场、灯具市场周围的停车场收费。

接着，他与人谈建材生意。凡是进了他的建材商店，只要与他谈了初步价格，就必须在他的商店购买，否则不能离开，顾客只得屈从。市场内其他商户的建材价格，不能比他家便宜，否则有他们好看。商户们敢怒不敢言。

朱茂发逐渐在滨康站稳脚跟。生意越做越大，他心中的恶之花也肆无忌惮地生长起来。

他觉得来钱快的是赌博和卖淫。于是，他开办了滨康动漫城和滨康钻石年代娱乐公司。

他购置了 50 台游戏机，说是游戏机，其实是赌博机。赌博机的财源滚滚而来，每天都有几十万元进账。朱茂发心里乐开了花。卖淫的生意更是给他带来了巨大的利益。鼎盛时期，他手下的性工作者达 400 多名，其中甚至还有未成年人。朱茂发给她们制订了严苛规矩，用来控制约束她们。每一个晚上要接客多少人，每个月都有考核，考核过了，有提成，接客多，有奖励，考核没过，有惩罚。陪客期间，她们要无条件服从客人要求。这些都是硬性要求，如果没有达到要求，除了扣工资，还要受处罚。

他初步算过，通过组织卖淫，他获利近亿元。

在开办赌场和组织卖淫期间，他把拉拢贿赂公安政法干部摆上重要议事日程。他有目的、有意识物色对他有用的人员，大肆请客送礼，大手笔、持续性送钱、送物、送美女。

他开始变得黑白两道通吃，在一些党政领导干部和黑社会分子中变成香饽饽。

获利后，他开始追求名。他连续投资了两部电影，成了投资方和出品人。一部是《爱恨情仇》，另一部是《黎明前的黑暗》。影片剧情低俗，演员演技低劣，制作廉价，市场反响惨淡，观众一边倒的差评。他却在影片里过了一把瘾。

在《爱恨情仇》里，他扮演一个黑社会老大。酒吧里，光彩绚丽，吧台四周围坐着各色男女，调酒师在忙活着，桌面上燃放着小烟花。突然，一阵骚动，朱茂发在一群黑衣人的拥戴下，昂头挺胸过市招摇走到一号包厢。他慢悠悠地坐下，众人站立在其两旁。他对着镜头，眼神里流露着骄傲和嚣张。他似乎在炫耀着在滨康的阴影处是他朱茂发的“自由国度”。

他是本色出演。这两部粗制滥造的作品竟获得了当时滨康官方部分人的支持。这背后的肮脏龌龊，不难想象。

当然，朱茂发清楚得很，他把这两部影片的女主演都孝敬给了他的关系户领导。

朱茂发的厉害之处，就在于当机立断，在财富积累到一定程度，获得了财富自由后，他果断抛弃了低层次的赌博、卖淫等企业，把“滨康动漫城”和“滨康钻石年代娱乐公司”卖给了其他人，继而成立以房地产开发、工程建设、电力设施、旅游景点为主的集团公司，从而摇身一变，变成了正规企业的董事长，洗白了身份。

虽然身份白了，但他的心还是黑的。他仍控制着数十个小兄弟，周旋在黑道和白道之间。

当他得知韦永祥和薛志安被公安机关抓获，聂山海暴露之后，他立马找人做局制造交通事故将聂山海弄死了。因与万国强的生意谈不拢，他一个电话把“武疯子”叫来，对他说，万国强这人不上道，给他一点儿教训。结果“武疯子”把万国强打得哭爹喊娘，再也不敢从事这个行业了。当他在美国旅游，他的手下请示他怎么具体对付竞争对象时，他就说了一句话：干他，叫他记住一辈子。接着就发生了枪击事件。

一有风吹草动，白道的人会及时给他通风报信，还会给他提供各种方便和解决困难。他是人生赢家。当然，他对几个人非常憎恨，尤其是市公安局刑侦支队二三人。

市公安局会议室。黄立山主持会议。市局领导、市纪委驻市局纪检组、刑侦、治安、特警、网安、行动、监管、宣传、警保等主要警种和部门负责人以及扫黑除恶专项行动工作专班全体工作人员参加。

金波站起来，代表工作专班说：“经工作专班连续一个多月奋战，已基本查清以滨盛集团董事长朱茂发为首的黑社会犯罪团伙，这个犯罪团伙人员众多，初步查证，固定的犯罪成员有40余人，组织结构严密，呈宝塔型，分为五层，最高层是朱茂发，第二层是子公司总经理，第三层是武疯子等人。近年来，这个犯罪集团寻衅滋事、聚众闹事、持枪杀人、强抢工程、伤害无辜、打架斗殴、围标串标，共打死二人，致残六人，打伤十一人。犯罪事实清楚，犯罪证据确凿。我们提议，立即对这个黑社会犯罪团伙进行集中抓捕。”

“同志们，你们辛苦了，向你们表示诚挚的慰问。”黄立山满脸真诚地说。

随后他话锋一转，脸色严肃起来：“下面我们具体研究一下对这个犯罪团伙的抓捕行动。以刑侦、特警、治安三个警种为主，以八比一的警力配置，组织力量实施抓捕。重点是团伙首要分子朱茂发等七人，确保无一人漏网。具体时间，今晚11时准时行动。”

布置完毕，他又强调：“最后宣布一下纪律，所有参战人员必须无条件服从命令，听从指挥，现场指挥交给陈富强副局长和金波支队长，我和市局其他领导在市局指挥中心坐镇。任何人不得向外透露一点消息，违者依法依纪严惩。从现在开始，所有参战人员的手机集中保管，行动结束后领取。”

晚11时，500余名警力从市公安局出发，市纪委也派出纪检干部参加。扫黑除恶实现公安、纪检互通互有双工作制。这注定是一个不平常的夜晚。

滨康区某别墅，民警敲开朱茂发家的门，戴着黑色面罩荷枪实弹的警察冲进屋里，从被窝里拖出朱茂发，给其戴上手铐。

朱茂发束手就擒。

当晚，参战人员共抓获这个黑社会团伙成员43人，在他们住处和办公场所搜出各种枪支五支，其中来复枪一支、毛瑟手枪一支、仿“六四式”手枪三支，管制刀具60多把，关公刀、砍刀、匕首等应有尽有，雷管、炸药若干。

对朱茂发的审讯，连夜进行，民警和纪检干部联合参加。

民警以弄清犯罪事实和深挖犯罪为主，纪检干部以破“保护伞”、挖内部犯罪人员为主。

朱茂发对组织领导黑社会犯罪团伙、雇凶杀人、寻衅滋事、妨害重点工程、围标串标、拉拢腐蚀干部等犯罪行为供认不讳。他具体交代了每一起犯罪事实和每一名给予站台、通风报信、保护、办事、关照的干部名单。

一星期后，厦海市相关部门组织了第二次统一抓捕行动。这次行动以“打伞破网”为主，涉及党政、公安、政法等部门公职人员。抓捕力量以纪检干部为主，公安民警配合。

这是一个普通的工作日，但对有的官员来说，却是政治生命的末日。

早上7时多，正是人们上班的高峰，滨海区向阳小区，一个普普通通的小区，一个中年男人拎着一只公文包，穿一件白衬衫，下面是藏青的裤子，熟悉的人一看就知道那是警裤。他的头发已有些花白，脸上显出长年睡眠不足的憔悴，却掩盖不住他威严的气质。

他走出单元门，向停在不远处的一辆轿车走去。

这时，有两个青年男子快步迎上去。他的背后也有两个中年男子包抄过来，把他围在中间。

“你是阮良成吗?”其中一个青年男子面无表情地问。

“我是阮良成，你们是……”虽有疑惑，却是非常镇定的声音。

“我们是市纪委的，请你跟我们走一趟。”青年男子一副标准的公事公办的仪态。

“要不要拿一些生活用品?”阮良成没有惊慌，没有愤怒，没有悲伤，有的只是出奇的冷静。

“不用。”青年男子冷冷的声音答道。

“那走吧。”阮良成主动说。他的镇定，是他早就预感到纪委迟早要找他，还是多年公安领导生涯养成的职业习惯，不得而知。

这天上午，除了厦海市公安局专职副书记阮良成，厦海市第一监狱政委毛立诚，滨康区委副书记、政法委书记孔思思，滨康区副区长兼区公安分局局长徐长勋，滨康区检察院检察长许利群，滨康区安全局局长夏前勇，滨康区人民法院常务副院长李太胜，滨康区司法局局长黄平波，滨康区市场监督局局长毛斌利，滨康区人事局局长张光北，滨康区学前街道书记吴永实等人全部在家门口被纪委带走。

这些人被带走的情形，简直就是人生戏剧的一幕幕。他们有的惊慌失措，有的垂头丧气，有的义愤填膺，有的暗自落泪，有的后悔不已，有的心有不甘。但有一点是相同的，就是都没有拒绝和反抗。

“双规”改为“留置”，改的只是名称，性质是一样的。阮良成从此失去了自由，原本像他这样的干部出事后，是要被异地关押的，但这次不知为什么他们都被留置在本地。是抓的人多，利于办案吗？留置点的看管明确由公安机关负责。

这个留置点，出事前他曾经来检查视察过，那是作为市公安局专职副书记、市公安局“三把手”来的，他自然受到了纪委部门领导的欢迎，不乏对公安机关的大力支持和配合表示感谢。至于他的下属，看管民警们对他的尊敬和恭维更不在话下。但是，现在他却成为下属们的看管对象。人生有时就像过山车，像活报剧，像……他的内心像打翻五味瓶——酸甜苦辣咸，样样都有，五味杂陈。可笑、可悲、可恨，他百感交集。真应了“早知今日，何必当初”那句古话。真是“出来混，迟早是要还的”。

与朱茂发是什么时候开始认识的？大概有十五六年了吧。那时，阮良成刚40岁出头，从市公安局治安支队长被提拔为滨康区委常委、公安分局局长，踌躇满志，意气风发，准备在事业上大干一场。但当时滨康区社会治安问题突出，公安民警作风涣散，黑社会犯罪猖獗，群众怨声载道，阮良成苦寻良策。

这时，滨康区先政建材有限公司总经理朱茂发向阮良成提供了一条关于区公安分局扫除黄毒赌专业队队长李政安的犯罪线索。他查处了这个公安害群之马，拉开了滨康治警扫黑的序幕。

不久后，朱茂发来到阮良成的住处，拿出两万元人民币，说这是他代表滨康人民感谢阮良成的，没有什么事要阮良成办的，没事的。

阮良成一想也是啊，他又没事要求办，于是就收下了。这是他与朱茂发认识之初，也是直接收受现金贿赂的第一次。

有了第一次，就有了以后的第N次。他与朱茂发慢慢熟悉了，走得越来越近，渐渐成了无话不谈的好朋友。但阮良成觉得自己还是有底线的：一是大额现金不收。一次超过三万元的现金或是购物卡从来不收，所以他每次去“朱斋”吃饭，朱茂发送给每人的红包或者购物卡都没有超过一万元，大多数是5000元。然而出事后，当纪委的办案人员给他一算，15年时间，他在“朱斋”吃饭184次，共收受现金和购物卡164万元时，他还是大吃一惊，有收了这么多吗？仔细一算，他苦恼地摇摇头无语了。二是涉及刑事犯罪的案子不办。凡杀人、抢劫、强奸、伤害等严重刑事犯罪的不打招呼，不说话。但一般纠纷、赌博、毁坏公物、交通事故等，视情出面大事化小，小事化了。三是不索要现金和礼物。这么多年来，他从不到滨盛集团报销个人消费的发票。

人是有感情的，也是有立场的。当一个人有了感情和立场后，他的所作所为自然就有倾向性。人是个怪物，有两面性。阮良成自认有几点做得过了：

第一，喜欢女色。虽然自己长得并不怎么样，但就喜好美女。他记不得自己究竟有几个女人。公安分局内有几个女警，有几个是找他办事有姿色的，有几个是经商做生意的，有几个是广播电台做电视节目主持的，除了这些女人，他还时不时到“朱斋”找三陪女郎。这些女人说真的有不少是主动贴上来的。他知道自己的形象，知道她们完全是冲着他的公安局领导职位和权力来的。他曾经看到过一个德国名人说的一段话：女人，一个国家发展的风向标，女人追求知识，这个国家是进步的；女人崇尚自由，这个国家是民主的；女人崇拜金钱，这个国家是腐朽的；女人依附权力，这个国家是堕落的。而对女人依附权力这一条，他则有着切身体会。

第二，通风报信。对公安机关的检查和抓捕，自己基本上在第一时间通知了朱茂发。时间长了，他觉得朱茂发是自己人，打击和检查是对别人的，而不是对自己人的。他不希望朱茂发有事和出事。以至于当他从外甥女那里听说其男朋友范华景第二天到德硕市出差时，他敏感地意识到了是去抓捕，就及时通知了朱茂发。

第三，长期站台。他与朱茂发脾气相投，合得来，朱茂发豪爽大气，他喜欢。时间一长，他们似乎谁也离不开谁，几乎每个星期都要聚一次，不然心里就有种空落落的感觉。十多年来，他与朱茂发走得近，关系好，无人不知。商界的人见朱茂发与公安局局长关系如此铁，与他竞争生意都要掂量掂量；公检法人员见他与公安局领导走得如此近，平时对他也敬畏三分。这就是朱茂发想要的效果，他的目的达到了。

通过对朱茂发黑社会犯罪团伙成员的审讯和深挖，办案人员又抓获33名该团伙骨干和参与人员。

七、扫黑的代价

在这批抓获的人员中，其中有一人叫应鲜山，男，35岁，高个子，是团伙的边缘人物，也是个吸毒人员。因为这个人的出现，在公安局内部掀起了一阵波涛。

应鲜山和团伙成员一起被关押在市第一看守所，他被关在第四监室。这天放风时，在看守人员的眼皮底下，朱茂发经过他身边时，悄悄递给他一张折叠的小纸条，他一阵心惊肉跳。回到监室，他趁别人不注意急不可耐地打开纸条，只见上写五个字：举报余恒成。看完他顺手将纸条塞进口中嚼碎咽下。

他脑子开始飞快地动起来。从内心说，他对余恒成既不爱，也不恨。余恒成办过他、用过他，也帮过他，他没有理由举报他。但老大命令他举报，他能不举报吗？他想起“武疯子”被判刑送到监狱后，老大通过关系把他放到滨康城西监狱，每月给他老婆一万余元。虽然老大现在也在里面，但老大毕竟是老大，必须听老大的。打定主意，他开始采取行动。

“报告管教，我有事要汇报。”应鲜山在监室内大声嚷嚷。

“7号，你嚷什么?”管教民警汪民志听到喊声大步赶过来制止道。

在看守所内，对犯罪嫌疑人都不叫名字，一律叫数字代号。据说，之所以叫代号，一是要犯罪嫌疑人忘记名字，与过去告别，重新做人；二是便于办案、保密和管理；三是有利于犯罪嫌疑人提高服从意识，遵守纪律，服从管教。

“我要求见驻看守所检察官。”应鲜山大声说。

“为什么要见检察官?”汪民志虽然随口问道，但他心里感觉已经很不好。因为一般犯罪嫌疑人要见的大多是管教民警，没有直接要求见检察官的。只能说明这个犯罪嫌疑人熟悉看守所情况，知道有驻所检察官，应该不是第一次进看守所。

“我要检举揭发公安民警。”应鲜山依然没有降低说话的声音。

“别再嚷嚷了，你等着，我通知驻所检察官。”汪民志说话时没给他好脸色。

不一会儿，厦海市检察院驻第一看守所检察官马国能、伊群利脸色严肃地走到第四监室，将应鲜山带到审问室。

“你要检举谁?”马国能沉声问道。

“我要检举揭发厦海市公安局刑侦支队重案大队大队长余恒成。”应鲜山底气十足地说。

“我郑重警告你，检举必须实事求是，如果胡乱检举，甚至污蔑陷害，是要负法律责任的。你知道吗?”马国能沉着脸说。

“我知道。我检举揭发的是事实，我不会乱说的。”应鲜山昂首挺胸地说。

“你检举余恒成什么?”马国能语气平静地问。

“我检举他收受贿赂，贪赃枉法。”应鲜山面不改色答道。

“你把具体事实和细节详细说说。”马国能正色道。

“大概是三年前，我与几个朋友在一家饭店吸食毒品时，被余恒成带领一帮警察逮个正着。他那时是市公安局禁毒支队一个副大队长。由于我们吸食的量不大，又是初犯，被教育一阵后释放，但我被余恒成发展为线人。起初我是不同意的，后经余恒成再三做工作就同意了。他告诉我，怎么提供情报线索。他请我吃饭，还送给我老婆一个小礼物。我觉得他懂人情，后来接连向他提供了三次情报，根据我提供的情报线索，他们抓获了多名贩毒犯罪嫌疑人，破获了多起贩卖毒品案件，缴获毒品若干。不知是我提供的情报线索使他破案出色战果辉煌，还是由于其他原因，反正他被提拔了，并调到市刑侦支队当了副大队长。听说刑侦支队副大队长相当于禁毒支队大队长。一年前，我因再次吸食毒品被禁毒支队民警查获，由于是第二次吸毒，禁毒支队准备将我强制戒毒。这时我想起了余恒成，或许他能救我。于是我对审讯我的民警说，我是余恒成的线人，是为了完成他布置给我的任务才这样做的。审讯我的民警将信将疑，但他还是将我的口供记录了，并去作了求证。同时我托人带口信给我的老婆，叫她去找余恒成。果然，余恒成出面了，在他的干预下，我没有被强制戒毒，并被放了出来。为了感谢余恒成的关照和帮助，我送了余恒成十万元现金和一块和田玉。”应鲜山一口气将他举报的内情说完。

“在什么时候、什么地点送的？有其他证明人吗？他收下了吗？”虽然应鲜山说得合情合理，煞有介事，不像编的故事，但马国能不敢怠慢，他要做到证据确凿。

“时间是在我从禁毒支队出去后的一个星期左右，地点在和尚街两岸咖啡厅。和田玉是我送给他的，钱是我老婆送给他的。”应鲜山信誓旦旦地说。

“这么说，送玉和钱时你们夫妻俩都在现场?”马国能有点儿不相信，倒不是说在公共场所不能送钱和物，但作为一个刑侦副大队长，不会傻到在夫妻俩见证下收钱和物。

“我们不是同时送的，是分开送的。在两岸咖啡厅是我送他玉。两天后的一个晚上，我老婆送他的钱。”显然应鲜山不是猜透了马国能的心思，也不是随机应变，是他刚才没有说清楚，随后作了补充。这个补充经得起推敲。

“十万元现金是一百元一张的，还是五十元一张的?是银行用纸条捆扎的，还是自己用橡皮筋捆扎的?和田玉有什么特征?”马国能是一个经验丰富的检察官，他问得很细。

“是……是一百元一张的，是一次性从银行取出来的。和田玉是白色的，下边有黄色的皮，长10公分，宽8公分，厚1.5公分，在和田玉里属于块头比较大的，品相上乘。”略做迟疑后，应鲜山答道。

“有其他证明人吗?”马国能再一次问道。

“其他证明人?”应鲜山眼睛往上一翻，像在思索，然后不甘心地摇了摇头，“没有。”

“还有别的需要提供的吗?”马国能淡淡地问。

“没有了。”应鲜山松了一口气说。

“想起了什么，或者有什么要说的，可以直接找我。”马国能对每一起举报都十分重视。

马国能和伊群利回到检察官办公室。马国能清楚，作为驻所检察官，他的职能主要是四项：一是对看守所的监管活动是否合法实行监督，二是对在押犯罪嫌疑人、被告人羁押期限是否合法实行监督，三是对看守所代为执行刑罚的活动是否合法实行监督，四是受理在押人员及其法定代理人、近亲属的控告、举报和申诉。应鲜山的举报属于第四项职能。

他将应鲜山的举报内容梳理后，立马上报市检察院领导，并建议说，鉴于应鲜山是黑社会团伙成员，按照“打黑破伞”工作机制，要将举报情况向市纪委进行通报和协商。

市检察院和市纪委的协商结果是，对这起举报的查证和办理由市纪委负责。

星期三下午2时半，市纪委三室副主任常青贵和干事华西来到市公安局禁毒支队。在禁毒支队会议室，市公安局党委委员、市纪委驻市公安局纪检组组长叶晴祥和市局禁毒支队支队长周群接待了他们。

“叶组长、周支队长，我们这次来主要是想核实一下，一年前，市局刑侦支队重案大队副大队长余恒成同志有没有为吸毒人员应鲜山的处理结果来打过招呼？”常青贵刚坐下就说明了来意。

叶晴祥看了一眼周群，意思是由周群来回答。

周群读懂了，他不慌不忙地回答：“常主任，是有这么回事。”

“究竟是怎么回事？请你具体谈谈。”常青贵面无表情地说。

“据我了解，事情是这样的。余恒成原来是禁毒支队副大队长，他在工作中将应鲜山发展为线人，应鲜山为余恒成提供了不少有价值的情报线索，帮助公安机关破获了一些贩卖毒品案件。后来余恒成被提拔到刑侦支队当副大队长，应鲜山这个线人他没有移交。在公安实践中，一般的线人很难移交，由原来的人继续带着，但线人作用大为下降。一年前，应鲜山在一次吸毒中被我们支队民警查获。按照规定，他是要被强制戒毒的。余恒成专门来禁毒支队为应鲜山说明情况，他主要说了两层意思：一是应鲜山的身份是线人，而且是个有贡献的线人；二是如果对应鲜山采取强制戒毒的话，不利于他禁毒线人作用的发挥，为了发挥他的作用，放在外面更好些。我们支队专门作了研究，认为余恒成说得有理，就没有对应鲜山进行强制戒毒。类似线人的情况，我们没有对他们实行强制戒毒，而把他们放在外面的有好几个。”周群认真地说。

“噢，是这么回事。但现在的问题是，应鲜山实名举报余恒成，说为了感谢余恒成的不关之恩，送了余恒成十万元现金和一块和田玉。”常青贵把举报内容和盘托出。

听常青贵这么一说，叶晴祥和周群面面相觑，不知说什么好。

“既然余恒成为应鲜山说情事实成立，我们想找余恒成谈一谈，核实一下情况。”常青贵说了下一步打算。

叶晴祥和周群虽然都了解余恒成，认为余恒成受贿不大可能，但有当事人实名举报，市纪委已插手调查，他们也不敢打保票。

“那好吧。”叶晴祥虽然心里不情愿，但也不能拒绝。他名义上是市纪委驻市公安局纪检组组长，是市纪委的编制，拿纪委发的工资，但他总归是市公安局党委委员，在公安局上班，在工作中与公安民警结下了友谊。

“叶组长，请你通知余恒成明天上午9点到青藤茶馆，我们要与他谈一谈。”常青贵客气地说。

纪委与可能有问题的官员谈话，通常把地点定在茶室。美其名曰，纪委请你喝茶。纪委之所以把谈话地点放在茶室，有三层意思。一是纪委办公用房紧张，要谈话的人多，安排不过来，茶室比较清静，有利于谈话。二是约谈的官员，可能有问题，也可能没有问题；如果通过谈话，把事情说清楚了，叫到茶室与被叫到纪委，对约谈官员的影响是不一样的。三是君子之交淡如水，纪委希望各级官员保持清廉之本。但这种喝茶，官员是唯恐避之不及的。在官员中，甚至谈纪委请喝茶色变。

“我通知吧。”叶晴祥心里不痛快，又不能说出口，就礼貌地点了点头。

叶晴祥送走常青贵、华西后，给金波打了个电话，说了市纪委常青贵来公安局调查余恒成，以及准备找余恒成谈话的事。

“这活没法干了。”金波心情糟糕带有情绪地说。

“我也有同感，但没办法呀，还是你告诉他吧。”叶晴祥理解金波的感受和心情。

“好吧。”金波无可奈何地说。

金波按下通话键，又拨通了余恒成的电话：“恒成，你到我办公室来一下。”

“金支，什么事？我在看守所审讯呢。”余恒成带着笑意问。

“那你审讯完过来，我在办公室等你。”金波说。

下班的时间已过了45分钟，余恒成走进了金波的办公室。

“金支，到底什么事呀，电话里不能说?”余恒成兴冲冲地问。

望着眼睛充满血丝的余恒成，金波知道他和他大队的民警已连续加班两个星期了。他们在前面拼杀，背后却被人算计，他感到很内疚。

“恒成，市纪委的同志明天上午要找你谈话，你去一下。”金波埋着头道。

“纪委找我干什么啊?”余恒成一脸不解。

“有人实名举报你收钱收物，收受贿赂。”金波没好气地说。

“哪个该死的举报的，我揍死他。”余恒成顿时怒气暴冲。

“去了不就知道了？不过我先给你透露一点，据说是应鲜山。恒成，你告诉我，你究竟有没有受贿?”金波淡淡地说。

“金支，你也不相信我？我向你保证，我没有任何受贿行为。应鲜山这个小人，像一条疯狗乱咬人，看我怎么撕了他。”余恒成一脸失望。

“你这样说，我就放心了。恒成，你明天去，要注意态度，控制好情绪，问你什么就答什么。”金波提醒道。

“我注意就是了。”余恒成小声地嘀咕了一句。

第二天，常青贵和华西提早15分钟在青藤茶馆大厅等候，见余恒成准时赶到，便将其引入一间包间。双方落座后，常青贵开口道：“余恒成同志，今天我和华西同志代表市纪委找你谈话，希望你实事求是地回答。”

“我从来不说谎。”余恒成坦诚地说。

“你认识应鲜山吗?”常青贵冷冷地问。

“认识。他是我发展的线人。”余恒成脸色阴沉地答道。

“一年前，应鲜山因吸毒被市局禁毒支队查获，并准备对其强制戒毒，后来在你的干预下，禁毒支队没有对他采取强制戒毒措施，有没有这回事?”常青贵在问完后，嘴边掠过一丝轻蔑的微笑。尽管这一丝轻蔑的微笑一瞬而过不易被人察觉，却被余恒成捕捉到了，并深深地刺痛了他的心，激起了他的愤怒。

“有这么回事，但我是从工作出发的。”余恒成不想过多地解释。他甚至不想答话。

“你是怎么知道应鲜山被查获和将被处理的?”常青贵紧追不舍。

“是听禁毒支队的人说的，应鲜山的老婆也告诉过我。”余恒成觉得心里堵得慌。

“究竟是听禁毒支队的人说的，还是应鲜山老婆告诉你的？”常青贵步步紧逼。

“这重要吗？”余恒成不解。

“十分重要。”常青贵脸色铁青地说，根本不买余恒成的账。

“这么重要？”余恒成竟然笑了。

这一笑同样刺痛了常青贵，他觉得余恒成对他不尊重。不要说他小小的市公安局刑侦支队副大队长，就是比他大几级的党政机关局长们对他也十分尊重，他觉得余恒成太狂了，要给他点儿颜色看看。

“这好笑吗？余恒成同志，请你严肃点。”常青贵厉声道。

余恒成收起笑容，他不笑了。不过他还是一副爱理不理泰然处之的样子。

“你利用职务之便收过贿赂吗？”常青贵决定从外围入手。

“没有。我从来不收不义之财。”余恒成关门关得非常彻底而又迅速。

“呵，原来你还是一个清正廉洁的典型呢。”常青贵讽刺道，“应鲜山举报说他送给你十万元现金和一块和田玉，有没有？”

“没有，绝对没有。”余恒成因为气愤而呼吸急促。

“我劝你想一想，不要回答得这么快和肯定。”常青贵缓缓地说。

“用不着。我不需要。”余恒成一副拒人于千里的模样。

“应鲜山说，他从禁毒支队出来一星期左右，在和尚街两岸咖啡厅送给你一块和田玉。有这事吗？”常青贵不动声色地问。

“没有。但我们确实在和尚街两岸咖啡厅见过，时间也基本准确。应鲜山是递给我一个信封，说是一个小礼品，但我拒绝了。”余恒成不容置疑地说。

“为什么拒绝，而不是收下？”常青贵明显不相信的语气。

“刑警的职业道德。”余恒成用冰冷的声音答道。

“余恒成，我劝你端正态度，正确对待组织对你的询问和挽救。有问题不要紧，重要的是认识和态度，一定要如实交代问题。早交代，早主动，早解脱。”常青贵规劝道。

“谢谢组织的关心。我是一个实事求是的人，我对我说过的每一句话负责。”余恒成不为所动。

“应鲜山把和田玉的特征说得清清楚楚，把时间、地点也说得明明白白，他与你没有仇吧？他为什么要陷害你？”常青贵老谋深算地问。

“应鲜山与我没有仇不假，而且可以说，我对他有恩。但希望常主任你明白，我是负责打黑的，应鲜山是黑社会团伙的一员，而且他的口供是我突开的，黑社会的关系错综复杂，保护伞深不可测，你说他有没有陷害我的理由？”余恒成不假思索地反问道。

“余恒成，以你的意思，我们是黑社会的保护伞？你不要自以为是侦查和审讯专家，就满嘴歪理，胡搅蛮缠。告诉你，顽抗到底，自绝于人民是没有好下场的。”常青贵气急败坏道。

“常主任，你们应该不是黑社会的保护伞，但我也不明白，你们纪委为什么不相信自己的同志，反而相信一个黑社会分子的话呢？”余恒成百思不得其解。

常青贵被余恒成的话气得脸上一块青、一块白。

“你们如果不信，可以调取和尚街两岸咖啡厅里的……”余恒成未等话说完，就知道这话白说了。因为他突然想起，公共场所的监控只保留三到六个月，现在离那时一年有余了，当时的监控早已经没有了。

“那么两天后的一个傍晚，应鲜山老婆在你家门口送给你一个小纸箱，有没有?”常青贵换了一个问题问。

“有。”余恒成回答。

“和田玉不要，十万元现金却收下了?”常青贵诧异道。

“你搞笑吧，小纸箱里不是现金，是茶叶。”余恒成解释道。

“和田玉小礼品不收，小纸箱的茶叶却收了。你认为我们的智商有问题吗?”常青贵阴沉着脸说。

“那天傍晚，应鲜山老婆把小纸箱递给我，我拒绝了。但她硬要塞给我，说是土特产。在家门口，我与一个女同志拉拉扯扯，被人看见成何体统?在拉扯中，我感到小纸箱很轻，并有物体碰撞的声音，我觉得应该是茶叶就收下了。拿到家一看是普通的茶叶，就没有在意。”余恒成遏制着怒火解释道。

余恒成的解释，在常青贵看来纯粹是无稽之谈。

“余恒成同志，你对这两项举报都持否定态度，是吧?”常青贵皱着眉头说。

“不仅是否定，而且这绝对是污蔑和陷害。我保留对污蔑和陷害我的人采取法律措施的权利。”余恒成怒不可遏。

“既然如此，余恒成同志，你先回去吧，但对我们的询问，你要随叫随到。”常青贵合上记录本淡淡地说。

余恒成站起身，头也不回地往外走去。

他的内心非常愤怒和委屈。扫黑扫黑，既要对付身前的刀枪，又要应付身后的暗箭。刀枪威胁肉体生命，暗箭威胁政治生命，真是明枪易躲，暗箭难防。

余恒成回到大队，沉默无语，情绪低落。

大队民警听说后，群情激愤，都为余大副鸣不平。

“都无事可干了吗？有力气还不快去办正事。”余恒成瓮声瓮气地说。

金波听闻后，打电话给余恒成：“我相信你是清白的。支队的兄弟们都站在你这边。”

“谢谢金支和弟兄们。”听到顶头上司的安慰，余恒成的心情好了很多。

金波刚放下手机，一个电话打了进来。他一看是黄立山局长的号码，立即接通。

“金波，你到我办公室来一下。”黄立山的声音有点儿兴奋。

局长楼与金波所在办公大楼呈“品”字形，两幢楼间距很近。五分钟后，金波就出现在黄立山办公室。

“黄局长，有任务？”金波在黄立山面前比较随便，他不等招呼就在办公桌前的椅子上坐了下来。

“没有任务，但你有好事。”黄立山笑眯眯地说。

听说有好事，金波立刻来了精神：“什么好事？”

“你们刑侦支队近来接连破了几个漂亮的大案，打掉了几个作恶多端的黑社会团伙，市委、市政府领导比较满意，全市人民也拍手称快。我提议你当市公安局副局长，市委批准了。”黄立山微笑地看着金波说道。

“谢谢党组织、黄局长的信任和培养。可我还是喜欢干刑侦。”金波由衷地说。

“我决定让你分管刑侦和行动，你不会有意见吧？”黄立山以征求的眼光望着金波。

“黄局长，跟着您干就是痛快。我听您的。”金波被黄立山的人格魅力所折服。

“你提副局长后，支队长的位置就空出来了，你看谁比较合适?”黄立山其实心中已有人选，但他想看看金波心目中的人。

“黄局长，您如果一定要我说，我想推荐严新副支队长。严新无论是资历、能力和人品以及在刑侦支队的威望都是很合适的。当然，政委也不错，政委为人正派，大局意识强，善于团结同志，只是政委的年龄略偏大，对业务也不是很熟悉。”在黄立山面前，金波倒也不藏着掖着，把心里想的和盘托出。

“我知道了，我会考虑的，再听听其他党委同志的意见。”黄立山说。

其实，他想说英雄所见略同，但他不能这样表态。这就是领导水平和艺术。作为单位的“一把手”，对副手与分管部门正职的关系的要求是因人而异的。这主要看“一把手”的性格和风格。有的“一把手”希望副职与分管部门正职关系融洽，和平共处，这样有利于工作的部署和开展；有的“一把手”却希望副手与分管部门主要负责人矛盾重重，各怀鬼胎，这样他们都有求于“一把手”，有利于其对两人的控制。

“另外，金波，我先向你透露一下，我可能要调走。”黄立山忽然小声地说。

“黄局长，您提拔当然是好事，但从内心来说，我不希望您走，在您下面当差已经习惯了，哪怕被您骂心里也是服帖的。新来的局长又要重新磨合，若是像您一样的还好，如果来一个磨嘴皮的，就要命了。”金波又喜又悲地说。

“世上没有不散的宴席，新来的局长你们也会慢慢习惯的。”黄立山安慰道。

晚上，金波回到家里，告诉妻子胡静自己被提拔为市公安局副局长。

胡静自然十分高兴，妻以夫为贵，这在国人的意识里是根深蒂固的。她连忙多炒了几个菜，开了一瓶酒，陪金波喝了几杯。

当局长和提职应该是高兴的事，但金波心里总隐隐有些高兴不起来。

是黄局长要调走吗？不是。是余恒成被纪委调查吗？也不是。究竟是为什么，金波说不上来。

三天后，公安部政治部人事训练局一位副局长和中央政法委一个处长，以及中央组织部一个副处长组成的考察小组到厦海市考察黄立山，省级相关部门负责人陪同。市委、市政府、市纪委、市政法委和市公安局对黄立山的评价都非常高，考察十分顺利，结果令人满意。

任命出奇地快。一个星期后，中央任命黄立山为H省副省长，H省省委任命黄立山为省公安厅党委书记，提名为省公安厅厅长。

一个月后，厦海市新任公安局局长到位。他是原滨州市公安局局长华秋实。由于他在滨州就是市委常委，因此仍任厦海市市委常委。

金波认识华秋实，但不熟。华秋实是在青原县委书记任上提拔到滨州市委常委、市公安局局长的。

华秋实局长到任后第八天晚上，找金波谈了话。这是一次礼节性的谈话。谈话气氛友好，双方都十分轻松，而且双方都是刚刚提职，还隐隐有些提职后的喜悦。

金波向华秋实局长汇报了刑侦支队和行动支队的基本情况，包括机构、人员、负责人及当前的主要工作，他没有提困难和要求解决的问题，以免给新任领导难堪。

华秋实听得比较认真，时不时做些记录。

谈话快结束的时候，华秋实诚恳地说："金波同志，我来厦海之前，听同志们反映，你是一个实干家，我喜欢干实事的人。我刚来厦海，人生地不熟，你要多帮助和支持我，我有什么说得或者做得不对的地方，希望你能及时告诉我。"

"华局长，您太谦虚和客气了，您是老领导，水平高，以后有什么事需要我做的，您尽管吩咐。"金波见华秋实说话实在，也赶紧表态。

第一次谈话，金波对华秋实印象不错，觉得华秋实儒雅、稳重，说话不扭捏，办事不做作，是一个值得信任的人。

这天上午，金波刚到市局，在大楼前碰到政治部主任胡作朋。

胡主任笑容满面地对他说："金局，正要找你，接到市委组织部通知，市委决定在市委党校组织一期副局级中青年领导干部培训班，时间是两个月，华局长指名要你参加。兄弟，这可是一次难得的镀金机会啊。"

看着胡作朋，金波一时不能判断他是出自真心，还是在嘲弄自己。不过他立即微笑着说："胡主任，这等好事还能轮到我？即使真叫我去了，也是凑凑数的。"

这就是金波的随机反应，不论你是开玩笑还是认真的，他回答得滴水不漏。

“金局，不是开玩笑，确实是华局长要你参加。你准备一下，下星期一报到。”

“知道了。谢谢胡主任。”

说心里话，这段时间以来，案件多，事情多，接连加班加点，他还真想到党校去休整休整。上党校，除了能在政治上和理论水平上有提高外，还能结识一批有识之士，储存一批优质人力资源，更难得的是能让过于透支的身体得到暂时的休养生息。

去之前，金波告诉严新自己要去党校培训两个月，也给他透露了黄局长征求支队长人选的事。

他对严新说：“我毫不犹豫推荐了你，我认为你是最合适的人选，于公于私我都会推你。由于黄局长突然调离，你的事会搁一搁。我还要兼任支队长一段时间。在我不在支队这段时间，你要多费点心，与政委一起把工作抓起来。”

“金支，谢谢你。你放心去党校吧，我会尽力的。你虽然不在局里，但还在市里，有大事我会向你报告的。”严新话不多，让人听了却很舒服。他仍称金波为金支，他还不习惯称金波为金局。

金波在党校是每天三点一线，寝舍、教室、食堂。党校管理越来越严了，所有学员一律在党校住宿，不准在外面就餐，学员之间不能相互宴请，请假必须由单位出面，报市委组织部批准。

在党校安安静静学习了一个星期，这天上午金波在上课时，突然手机屏幕亮了。

他一看是严新打来的，就立即把电话按下没有接。党校规定，上课期间不准接电话，大多数学员进课堂前会把手机关了。金波因为情况特殊，有可能有大案或者突发事件需要处理，所以他把手机设置成无声，不熟悉的电话一律不接，熟悉的第一次不接。

然而他正要给严新发短信，告诉他课后联系时，手机屏幕又亮了，是政委打过来的。

金波感觉一定是出大事了。

他拿起手机悄悄起身，从教室后门走到外面，接通了电话。

“金支，余恒成被关禁闭了，你知道吗?”政委在电话里焦虑地说。

“什么?余恒成被关禁闭了，为什么?我不知道，没有人告诉我。”金波大吃一惊。

“是市纪委的意思，他们原来准备直接将余恒成留置的，纪委内有个别不同的意见，加之我们反对，最后妥协决定对恒成实行禁闭十天，上午已采取了组织措施。支队已经乱套了。”政委无奈而又无助地说。

“华局长是什么态度?”金波问道。

“如果华局长不同意，能让恒成禁闭吗?”政委没好气地说。

“恒成的事我会关注的，到时我们再联系。你现在要设法把支队的人管住，特别是重案大队的人，不能再出意外了。”金波提醒政委道。

“好的，我立即召开各大队负责人会议，统一大家思想，管好自己的门，看好自己的人。”政委表态说。

金波虽然冷静下来，但仍非常生气。

他生气主要来自三个方面：第一，作为主管刑侦的副局长兼刑侦支队长，对刑侦支队一个副大队长实施禁闭，事前居然没有向他征求意见，也没有人通知他；第二，单凭一个黑社会分子的举报，就可以对刑事侦查骨干实施禁闭；第三，作为公安局“一把手”的华局长竟然同意了。

金波顾不得上课了，他迅速拨通了老熟人市纪委党风廉政室主任宣根辉的电话。

“阿宣，在忙什么?”金波客套地说。

“我忙什么呢，哪有你大局长忙呀。说吧，有什么事?”宣根辉直白地说。他判断金波这个时候来电话，一定有事。

“什么都瞒不过你，我就直说了，我们支队的余恒成究竟怎么回事啊?”金波问道。

“告诉你不要紧，余恒成的事目前只有人证，既不能认定，也不能否定，关键是余恒成态度很不好，把两个具体办事的同志搞毛了。他们认为，只要深入调查，肯定能找到证据。”宣根辉把他们纪委内部的情况露了个底。

“你们这是什么逻辑? 在你们眼里，除了你们纪委，没有一个是好人了?”金波苦笑着说。

“话不能这么说吧。在你们刑警眼里，调查对象一个个不也全是犯罪嫌疑人?”宣根辉反唇相讥。

“哈哈，谢谢兄弟，有时间我们聚一聚。”金波真诚地说。

金波结束与宣根辉的通话后，陷入了沉思。上一次，市纪委在全市公务员中遴选干部，市公安机关一下子考上了七个。最后市公安局党委专门开会研究，决定一个不放。可偏偏刑警不信邪，余恒成你与黑社会分子不共戴天、势不两立没有错，可你与纪检干部怄什么气，到头来吃亏的还是自己。

想到这里，金波无可奈何地摇了摇头。他拿起手机又拨通了华秋实局长的电话。

“华局长，我是金波，我对余恒成的处理有不同意见。”金波直截了当地表明了自己的态度。

“金波同志，对余恒成同志的处理，因为当时纪委已有一个明确的意见，我刚来也不便反对。再加上你在党校学习，也就没有征求你的意见，这是我决定的。而且征不征求实质是一回事。”华秋实沉声说。

“华局长，对余恒成这样处理，不仅是对余恒成同志个人不负责，也很伤同志们的士气，更不利于对黑社会的打击，我持保留意见。”金波强硬地说。

“真金不怕火炼，但愿余恒成同志能经受住考验。我会保持与市纪委联系的。”华秋实平和地说。

市委常委、市公安局局长就某个人保持与市纪委的联系，哪怕不说话，对纪委和办案人员来说都是一种压力。

纪委现在似乎觉得余恒成是个烫手山芋，加快了对他的办案节奏。

常青贵和华西先看了余恒成和他妻子郑英英及其 12 岁儿子余铁的住房记录。在厦海市住房登记系统，他们一家只有一套 89 平方米住房，位于滨海区，是一套十分普通的住房。厦海市住房登记系统是与全省联网的，这就意味着余恒成在全省只有一套住房，厦海市公务员的平均住房情况是每户 2. 2 套，他连平均数的一半都不到。

常青贵和华西接着进入股票交易系统，查看了余恒成和妻子郑英英的炒股记录。余恒成没有股票账户，郑英英名下有股票账户，共有三只股票和两只基金，股票总额 70 万元，基金总额 20 万元。

住房登记系统和股票交易系统等相关系统已全部接入纪委办公平台，纪委干部在办公室自己的计算机里动动鼠标就可以查看。

余恒成的妻子郑英英是市第三中学老师，年收入约30万元。

余恒成作为副处职干部，每年都要填报党政领导干部重大情况报告表，经仔细查对余恒成填报的住房、股票、基金、年收入等重大事项，没有发现瞒报、漏报、错报等情况。

常青贵和华西又深入工商银行、建设银行、农业银行、中国银行这四大国有银行以及光大、中信、浦发等商业银行包括厦海地方银行查看余恒成和妻子郑英英的存款记录和流水。他们一家的存款总金额52万元，其中工商银行32万元，建设银行14万元，厦海银行6万元。

近一年来，无论是余恒成的账户还是郑英英的账户，没有一笔资金的流水超过五万元。各笔流水都非常自然和正常。从他们的住房、股票、基金和存款看，完全符合他们夫妻俩的合法收入情况。

这就是说，应鲜山老婆送给余恒成的十万元现金是站不住脚的。或者说，余恒成将十万现金窝藏在什么地方。但经对余恒成办公室和住地进行搜查，没有发现赃款和赃物。

从调查情况看，余恒成是一个十分清廉的干部。

常青贵和华西有些惊讶，难道是判断失误，事情办错了？他们又查看了应鲜山老婆的银行账户流水，发现她确实在那段时间从银行一次性提取现金十万元。

那么这十万元去哪里了？送给余恒成了，只有当事人证言，没有其他证据支持。送给其他人了，同样没有证据。

纪委感到骑虎难下，压力山大。查是查不下去了。原来宣布对余恒成禁闭十天，在禁闭三天后，纪委就叫公安局不要关余恒成禁闭了，可以将人放了。

好一出“捉放曹”。然而事情并没有完。虽然没有受贿的证据，但也没有没受贿的证据。

给当事人违规打招呼，致使当事人逃过法律制裁，却是板上钉钉的事实，是严重的失职渎职行为。因此，市纪委（监委）作出了关于对余恒成同志免职的处理决定。

消息传到市公安局，传到刑侦支队，刑警们义愤填膺，思绪万千。

余恒成埋头不语，黯然神伤。

金波知道后，将拿在手上的玻璃杯狠狠地砸在党校教室外面的走廊上，刺耳的声音将旁边的学员吓了一大跳。

金波脸色铁青，望着碎玻璃发呆。

扫黑的代价啊。

金波不禁想起了他的一个同学因为扫黑得罪了黑社会团伙背后的势力，影响提拔，受到排挤，被迫转岗的情况。

金波的同学名叫李其山，两人在中国人民公安大学读书时睡上下铺，又都是班干部，关系极好。李其山毕业后被分配到省会银州市公安局刑侦支队，一步步升到副支队长。因他为人正派，熟悉业务，破案有方，两年前听说已在副支队长位置上干了四年的他，马上要被提拔了。但因为在打击一连串的涉黑涉恶犯罪时，得罪了市里某领导人，结果不仅没有被提拔，反而被调到职别低一级的治安支队任副支队长。此事在银州刑侦系统和公安大学同学中引起一片哗然。

金波以前一直觉得正义的力量是无穷的，公安的力量是无尽的，刑警的力量是无敌的，但现在，他第一次感到了正义的怯懦，第一次感到了公安的渺小，第一次感到了刑警的脆弱，第一次感到了自己的无助。

他觉得自己对不起刑侦支队，更对不起余恒成。

他的眼里像蒙上了一层雾。

他明显变得深沉了。

第三章　清除毒瘤

一、就想见见她

厦海市靠海，属于海洋性气候，但它的严寒却能让北方人印象深刻。风是阴风，冷是刺骨冷，透心冷。没有人会想到这风景如画的人间天堂，夏天竟热得要命，冬天则冷得要死。已经连续三天最低气温达到零下 6 度，这是近年来罕见的。室外滴水成冰，街上行人匆匆。

金波最近的心情，就像厦海市的严寒低至冰点。

自从黄立山被调离后，他就觉得少了强劲的依靠。余恒成被免职，使他受到了深深的伤害。部署开展的全市冬季百日破案大会战，时已过半，战果惨淡。眼看就要到年底，全市的破案率只有 28%，特别是群众反映强烈的电信网络诈骗案件多发，破案率只有 9%。虽然全部案件和电信网络诈骗案件破案率不高，但他们的数字是真实的。不像有的地方，破案率达到 50%，甚至 70%，电信网络诈骗案件的破案率达到 40%，纯属无稽之谈。金波的理想破案率是全部案件 40%左右，电信网络诈骗案件 30%左右。

这时，金波的手机响了，他一看电话号码是市局指挥中心的，赶紧接通。

“金局，刚接到群众报警，十分钟前，一名犯罪嫌疑人在滨西区天胜小学门口，持刀劫持了一名小学生，犯罪嫌疑人被学生家长团团围住，情况危急，请您指示。”电话里传来指挥中心值班指挥长张长江焦急的声音，不过他的语调还算镇静。

“立即通知滨西分局派员赶赴现场，维护好现场秩序，疏散围观群众；通知特警支队派狙击手和谈判专家迅速赶到现场，听候我的指令。”金波的指令言简意赅。

金波同时通知严新、余恒成、大数据实战中心主任、技术大队大队长、重案大队副大队长出现场。余恒成虽然不是副大队长了，但金波与他合作习惯了，所以一有事都会把余恒成叫上。

六人开着一辆丰田霸道警车，一路拉着警报向现场飞驰。在车上，金波给华秋实局长打了个电话，报告了发生的案件。

“金波，一定要把保护人质安全放在首位。案件进展情况，请及时告知我。”华秋实嘱咐道。

“明白。”金波回答。

天胜小学位于市中心，正是下午放学的时候，小学门口人流、车流混杂，秩序混乱。

滨西分局副局长来溪顺、刑侦大队大队长邱喜良、长胜派出所所长郭恩惠已经到达。郭恩惠与五名派出所民警已在天胜小学门前四周拉起了警戒线。学校门前的天学路被交警临时管控，所有车辆绕道而行。

据现场目击群众反映，一个 30 来岁穿戴时尚的女性在学校门口接上自己的孩子，走到离学校门口西边 50 米处停着的黑色宝马 530 轿车前，准备上车时，突然从旁边蹿出一个瘦高个儿青年，持刀将母子俩逼上车。

特警支队支队长蒋卫杭带领两名狙击手和一名谈判专家来到金波面前报到。

金波指令两名狙击手抢占两个制高点，做好射击准备，等候他的命令。

“来局，邱大，你们分局首要的任务是搞清犯罪嫌疑人的身份和诉求，以及被劫持人质的基本情况。”金波平静地说。

“马上落实。”来溪顺点头。

金波、严新等人站在离宝马车30米远的地方。宝马车的窗帘都拉上了，孤零零静静地停在路边。从外面一点也看不清里面的情况。

宝马车没有任何响动。

一个小时过去了，来溪顺、邱喜良组织的调查有了进展。

“被劫持的小孩，是天胜小学二年级学生楼益多，今年9岁；另一个是他的母亲赵苗颖，31岁，厦海市辉腾设计院合伙人。他们与犯罪嫌疑人不认识。”来溪顺汇报道。

这时，长胜派出所所长郭恩惠也来到金波跟前说：“刚才有一位叫唐渌涵的25岁女青年来派出所报告，说那名持刀劫持的男青年叫张有征，是江京市会计师事务所职员。他们两人是不久前在江京市一个培训班上认识的，张有征对她很有好感。今天上午，她突然接到张有征的电话，说他已从江京市来到厦海市，请她出来见一面，被她断然拒绝。因为她不知道他的学历，他的家庭背景，更主要的是她对他没有多少好感，根本不可能与他谈恋爱。下午，张有征又给她打电话，求她见他一面，她不为所动。张有征威胁说，如她不出来，他要做一件惊天动地的事。她挂了他的电话。谁知不一会儿他发来短信，说他已劫持了一名小学生，她便赶紧到派出所报告。”

劫持双方的基本情况虽然清楚了，但金波感到处理此事有前所未有的压力。

压力主要来自三方面。第一，侵害小学生群体案件特别引人注目。前几年接连发生犯罪嫌疑人因个人原因将小学、幼儿园的小学生和幼儿作为复仇对象，闯入小学、幼儿园，滥杀无辜，引起天人共愤。第二，劫持人质案件一旦处置不当，后果不堪设想。第三，这起劫持人质案件与菲律宾劫持人质案颇为相似，但处置条件更差。菲律宾劫持人质案是大车，活动空间大，突击余地多；这起案件是小车，而且是宝马车，车体紧固结实，车内空间窄小，处置难度更大。

金波眉头紧锁。

他和特警支队谈判人员韦伟向黑色宝马轿车走去。韦伟说是谈判人员，其实他只在省公安厅组织的谈判培训班学习了一个月。

离宝马车还有五米距离时，金波叫韦伟不要再跟着他。

他一人沉着地走到宝马车驾驶座旁边，抬起双手，示意他手上没有任何东西，然后用右手轻轻敲车玻璃。

“把车玻璃开一条缝。”张有征恶狠狠地说。

赵苗颖顺从地把车玻璃下降了约两厘米。

这时，金波看到，赵苗颖坐在驾驶席上。她比较镇定，冲金波笑了笑。金波和善地朝她点了点头。

张有征和楼益多在车的后排，他将楼益多抱在怀里，右手拿着一把锋利的刀。楼益多的脸上露出惊恐的神色。

“张有征，我是厦海市公安局副局长金波，你有什么要求，可以对我说，能办的我尽力办到。”金波自报家门，态度诚恳地说。

“我要见唐渌涵，请你把她找来，我要见她。”从车内传来张有征的声音。

“她是你什么人？你为什么要见她？”金波反问道，他不想被张有征牵着鼻子走。

“她是我培训班同学，我就想见见她。”张有征坚持道。

“那好吧，我们去找找她，但不知她愿不愿意见你。”金波委婉地说。

说完，他便往回走。

走到郭恩惠面前，金波吩咐道：“你去把唐渌涵找来，请她配合我们工作。告诉她不用害怕，我们保证她的生命安全。”

“我这就给她打电话。”郭恩惠拿出手机拨通电话。

“小唐，我是派出所郭恩惠，张有征坚持要见你，你看，为了缓和张有征的情绪，你是不是见他一面？”郭恩惠以商量的口气说道。

“郭所长，从我内心说，我是真不愿意见他。”唐渌涵为难地说。

“小唐，你是一个明事理的姑娘。目前，张有征情绪激动，他将两人劫持在车内，我们警方一时很难采取行动。我希望你配合警方，到现场见他一面，并劝他恢复冷静，停止伤害行为，为我们警方采取行动创造机会。同时，请你放心，我们会保证你的安全。”郭恩惠耐心地动员道。

“郭所长，你们希望我见他，我也不好意思再拒绝。我过去吧。”她终于答应配合警方。

不一会儿，唐渌涵乘出租车来到现场。

金波、郭恩惠陪着她走近宝马车。

“张有征，按照你的要求，我们把唐渌涵请来了，你有什么话对她说吧。”金波平静地对着车内说。

张有征叫赵苗颖把车窗打开一条缝。他通过车窗的缝看到了唐渌涵，他的脸上闪过一丝激动的神情。

“唐渌涵，你终于肯见我了。可我太傻了。”张有征自嘲道。

“张有征，你是一个聪明人，你可不能干傻事。”唐渌涵胆怯地说。

“唐渌涵，你知道吗？我喜欢你。你如果早点儿肯见我，我就不会干傻事了。”张有征后悔地说。

“张有征，你现在把人放了，向警方自首，还来得及。”唐渌涵劝道。

“你是说我们还有希望？”张有征的眼神中掠过一阵喜悦。

“张有征，你在江京，我在厦海，我们身处两地，而且我们性格也不合，我不能骗你，但我们可以成为一般的朋友。”唐渌涵推心置腹地说。

张有征的眼神又暗淡了。

“你走吧。”张有征有气无力地说。

“张有征，你父母养你不容易。你看你怀中的小孩多可怜，你放了他，放了他吧。”唐渌涵边走边带着哭腔说。

然而，张有征无动于衷。

唐渌涵走后，车玻璃缝隙又恢复到两厘米。

“张有征，我与你商量一下，你看，用我来替代他们两人做人质好不好？”金波想尽快把人质解救出来。

“我没有这么傻，你一个大男人我控制不了。”张有征阴冷地说。

“这你可以放心，我用手铐铐住一只手，把手铐的另一端铐在车上，这样我跑不了，活动也大受影响。你看如何?”金波提议道。

“不行，你不要动歪脑筋。”张有征警告道。

“只要能把他们母子俩放了，你还有什么要求?”金波劝说道。

“你叫人送三十万现金来，要快。”张有征眼中闪着凶光。

“三十万不是一个小数目，不可能很快办到，但我们会想办法，尽量满足你的要求。”金波说。他的策略是能缓则缓，能拖则拖，不断消耗他的意志，一旦他放松警惕，见机行事。

金波返回到学校门口，对严新、来溪顺、邱喜良和郭恩惠等人说：“张有征提出要三十万元现金，你们想办法去弄来。”

“我来想办法。”来溪顺自告奋勇地揽下任务。

“我家里有。”这时，一个高个儿男子从旁边过来插话。显然他听到了民警们的谈话。他叫楼纪其，是被劫持小学生的父亲，也是赵苗颖的丈夫。

“那你去拿吧。”金波同意了他的要求。

楼纪其的家离第二小学约八公里路，单程开车需要二十分钟。楼纪其回家拿钱时，突然发现家里现金只有二十六万元，他急忙又到银行取钱。

在等钱的过程中，由于车内空间狭小，窗户又只开了一条缝，车内空气混浊，加之精神紧张，思想压力大，张有征渐渐变得烦躁起来，对楼益多失去耐心，变得凶神恶煞，拿刀的右手在楼益多面前晃来晃去。

可怜的楼益多大气不敢出，小脸吓得雪白。

赵苗颖见状心疼不已。她从最初的惊慌失措中慢慢平静下来，她已不再害怕，从恐惧中走了出来。她决定无论如何都要保护好儿子，就是豁出自己性命也要保住儿子。

“小伙子，你叫什么名字?”赵苗颖想应该尽量与眼前的这位年轻人交谈，以分散他的注意力，最理想的是建立信任，获得好感。

“我叫张有征。”张有征冷冷地说。

“你为什么要劫持我们?”赵苗颖平静地问。

“因为你们有车。”张有征不假思索地说。

“那你是要劫车吗？如果是为了车，这车我送给你，你放我们走吧。”赵苗颖大度地说。

“不是，是为了逃跑方便。我本来是不想劫持的，我只想见我喜欢的人，可是她却不肯见我。为了引起她的重视，我决定做一件大事，鬼使神差地劫持了你们。”张有征讷讷地说。

“就是刚才来见你的那个女子吗？确实长得漂亮，也挺有气质，小伙子眼光不错。”赵苗颖称赞道。

“但是她不肯见我，也就是没看上我呗。”张有征叹息道。

“小伙子，强扭的瓜不甜。既然她没有看上你，你就再找一个呗。我们厦海市美女多得是，你如果相信我，我给你介绍一个，保你满意。”赵苗颖吹嘘道。

不过，她身边的美女确实不少，如真的给他找一个，也不是难事。但出了这档子事，恐怕是没人愿意见他了。

“让你见笑了。”张有征终于露出了一丝笑意。

楼纪其拿着三十万元现金急急赶来，他将一只棕色的旅行包交给金波。

金波随即拿着装有三十万元现金的旅行包来到宝马车旁，大声说：“张有征，这是三十万元钱，一分不差，你提的要求我们都满足你了，你也应该兑现你的承诺了。”

“把钱交给驾驶座女的，动作慢一点，不要耍花招。”张有征边说边将楼益多搂得更紧了。

赵苗颖摇下车窗玻璃，金波将钱递给她。她顺便将旅行包放在副驾驶座位上。

车窗玻璃重新关上。

“我也说到做到。等一会儿，将车开到郊外没人时，我会将他们两人放掉的。”张有征信誓旦旦地说。

二、谈判破裂

张有征开出的是空心汤圆。这个狡猾的家伙，金波在心里暗暗骂道。

华秋实和市局常务副局长姚兴剑在市局指挥中心通过视频进行可视化指挥。

金波向严新使了一个眼色，严新会意地点了点头。

严新随即对大数据实战中心一个穿便衣的小个子年轻人嘀咕了一句。小个子年轻人没说话，从侧面慢慢接近宝马车，蹲下身子，将一个拳头大小的物件放到车架上后迅速离开。他的动作极快，车内的人都没有察觉。

这是一个带有窃听功能的追踪器，具有很强的磁性，能牢固地吸附在车辆的底盘上。

“开车。”张有征低沉喝令道。

赵苗颖无可奈何地启动了宝马车。

“往哪里开?”她迷惘地问。

“火车站。”他想了想说。

宝马车朝火车站开去。旁边的警车和人群都退开了。

金波内心非常纠结，跟不跟呢?

张有征明确要求不能有人跟着，他在没有警察的地方会将赵苗颖和她儿子放掉的。如果他恪守承诺，将人质放了，皆大欢喜。缉拿犯罪嫌疑人是事后的事，他肯定逃不了。

可如果他在没人的地方，将人质杀害后逃跑呢?那警方将背负什么样的责任?金波觉得负不起这种责任。

他迅速决定跟踪。

金波和严新坐上警车，紧跟在宝马车后面。

华秋实和姚兴剑相互对看了一眼，两人都没有发出指示。他们默认了金波的决定。

这时，市局指挥中心主任蒋亮亮靠近华秋实和姚兴剑提议说：“华厅长，如果被劫持的车辆驶入了高速公路，是不是向省公安厅报告，请求省厅予以协调和帮助?”

“立即报告省厅指挥中心，请求省厅支持。”华秋实不像有的市地的公安局局长习惯对本地发生的重大案事件掩掩遮遮。

宝马车驶近火车站，赵苗颖放慢了车速。

“上高速。江京市方向。”张有征双眼瞪着车前的道路说。

见宝马车要上高速，金波犯难了。他是不愿意看着被劫持车辆上高速的，因为在高速上处置难度更大。

华秋实和姚兴剑是同样的心理。可人质在车上，硬是不让宝马车上高速，如果歹徒伤害人质怎么办?

警方在犹豫中妥协了。

黑色宝马车上了高速，朝江京方向驶去。

上了高速后，张有征的心情慢慢放松下来，搂着楼益多的手也松了不少。

“张有征，你是什么大学毕业的?”赵苗颖主动挑起了话题。

“江京大学。”张有征回答。

“学的是什么专业?”赵苗颖眼睛看着前方。

“统计专业。”张有征同样目视前方。

“那你现在在哪里高就?”赵苗颖客气地问。

“江京会计师事务所。”张有征淡淡地说。

“那你岂不是专业与工作不对口?”赵苗颖不解地问。

“我研究生是在江京财政大学会计专业读的。”张有征解释道。

“你是注册会计师吗?”赵苗颖回头看了一眼张有征，也顺便看了一下儿子。

“去年刚考出来。”张有征自豪地说。

“呵，厉害。注册会计师很难考的，我的一个同学从财政学院毕业后考了三年都没有考出来。”赵苗颖由衷地赞叹道。

“没什么。”张有征平静地说。

赵苗颖与张有征两人一问一答，轻松地聊着天，不知道情况的人还以为他们是朋友或同事，哪会想到他们是劫持者与被劫持者。

他们的对话，通过追踪录音器传到金波的耳中。金波不禁对赵苗颖暗暗称奇，小女子临危不惧，不简单。

华秋实和姚兴剑听到他俩的对话后，也对赵苗颖刮目相看。

“华局长，我目前紧跟在宝马车后面，高速上车较多，我在考虑在什么地方动手比较合适，不知您有何指示?”金波在电话里向华秋实请示。

“金波，你在一线，情况相对熟悉，你们有什么具体考虑?”华秋实想先听听金波的意见。

“我认为，在高速主路上动手是不现实的。高速上车多，车速快，在主路上拦截十分危险。如果要在高速上拦截，有两个地方可以考虑：一是服务区。把所有车辆引导到服务区后减速分流，再设法控制涉事车辆。宝马车在出省之前还要经过两个服务区。二是省际收费处。省际收费处车道多，场地大，人车分散，在涉事车辆到来时，临时将收费处关闭，有利于处置。现在离省际收费处有近一百公里，约需一个小时。”金波提议道。

“金波，在服务区虽然车速慢下来了，但人和车依然不少，而且服务区内还有加油站，危险性还是很大。我看你们在省际收费处视情而定吧，我请求省厅高速总队配合你们的行动。”华秋实下定决心说。

在省厅指挥中心协调下，厅高速总队邵文东总队长亲自带队，部署警力在省际收费处严阵以待。

赵苗颖驾驶宝马车快到省际收费处时，前面约有一百辆车在排队，收费处已临时关闭了。驾驶员们不知发生了什么事，纷纷摇下车窗，伸出头吵吵嚷嚷。

赵苗颖被逼停下车。张有征的神色又阴暗下来，瞪起了警惕的双眼。

金波见状跳下车，快步来到宝马车驾驶座旁边。赵苗颖看到金波，摇下五厘米车窗，对金波挥挥手，请他离开。这次是她自作主张，因为张有征没有发话。

金波犯难了。

赵苗颖的主意也太大了，从她的意思可以看出，她自己能够搞定，不要公安机关插手，可公安机关怎么能不管呢?

高速交警从来没有经历过这种场面，他们管车管驾驶员行，处理交通事故也行，但处置这种刑事案件显然没有经验。省际收费处的秩序有些混乱。

处置时机、场地、人员条件都不成熟，金波无奈地摇了摇头。

他对邵文东总队长说："邵总，放行吧，我们再寻机会。"

"金局，不好意思，我们经验不足。"邵文东略带歉意地说。

收费处重新打开，赵苗颖启动宝马车缓缓前行，出了收费处就进入了江东省。

在人家的地盘上动手更不方便了，金波感到压力山大。

金波仔细寻思，新中国成立以来，凡是劫持案件，无论是在厦海市，还是全省，乃至全国，没有一起是在高速公路上处置的。他想起不久前媒体报道，比利时发生一起劫持人质案，犯罪嫌疑人驾车从比利时出发，辗转德国、荷兰、法国、意大利等七个国家，比利时警方一直在他车后跟着，直到犯罪嫌疑人驾车下高速后，警方才采取行动解救人质。

想到这里，金波打定主意在高速公路上始终跟着，下了高速再作打算。

天在不知不觉中黑了下来。行驶的汽车都打开了车灯，黑夜给跟车增加了不少难度。

金波的警车转起了警灯，在黑夜中特别醒目。

追踪录音器可能是电池没有了电，宝马车上的声音已听不到了。它的录音时间是一个半小时，从跟踪到现在已近两个小时了。

金波既担心跟车跟丢了，更对长时间在高速上跟车感到不安。

他觉得应尽快想办法逼使宝马车下高速。

他拿起手机拨通了华秋实的电话：“华局长，我们现在江东省镇长市境内，高速上车流不绝，劫持人质的车辆时快时慢，漫无目的，很有可能去张有征的老家江京市，目前离江京市还有五百多公里，我担心在高速上时间长了发生意外。能不能通过省厅警务航空队派直升机逼迫劫持车辆下高速，我们再伺机而动?”

“金波同志，你的想法可行，我直接与耿省长联系，请省厅支援。”华秋实当机立断道。

副省长兼公安厅厅长耿为民接到华秋实的报告和请求后，立即指示厅警务航空队派机协助。

一架欧洲直升机制造公司生产的利民号直升机从航空基地腾空而起。这是一架七座双发直升机，价值九千多万元人民币。直升机一路朝东北方向飞行。半小时后，直升机在G312高速公路上发现了被劫持的宝马车和三辆紧跟在后面闪着警灯的警车。

警务直升机迅速降低高度，紧紧盘旋在宝马车上空，两只强光探照灯把宝马车前面的高速公路照得一片通亮。

直升机上高音喇叭突然响起：“黑色的宝马车请注意，黑色的宝马车请注意，请你们立即下高速，请你们立即下高速。”

直升机螺旋桨刮起的巨大风力将在高速公路上行驶的车辆刮得东歪西倒。

赵苗颖双手紧握方向盘，明显放慢车速，焦虑地说：“直升机的风力太大了，无法掌控汽车了，怎么办?”

“减慢速度，不理它。”张有征恼火地说。

宝马车速度大幅减慢，后面车辆的车速全部放慢，很快排起了一条缓行的长龙。

直升机突然升高飞走了。宝马车迅速恢复正常车速。谁知不一会儿，直升机又飞回来了。不过这一次它与宝马车成相对方向，在离宝马车二百米时，它悬停在空中，两只强烈的探照灯射向宝马车，照得宝马车上的人什么也看不清。

赵苗颖被逼得只能靠右停车。

高音喇叭的声音又一次响起："再次警告，再次警告，请宝马车立即驶离高速，请宝马车立即驶离高速。"

赵苗颖向张有征投去征询的眼光。

"在前方的出口处下高速吧。"张有征有气无力地说。

赵苗颖摇下汽车玻璃，向外喊："我们在前方出口处下高速，我们在前方出口处下高速。"

金波听到后，报告了华秋实局长。

直升机驾驶员得到警务航空队调度指挥室指挥员指令后，驾驶直升机飞离，在高速公路上空盘旋，监控着宝马车的动向。

宝马车在前方十五公里枫桦市出口处下了高速。直升机随即返回。

枫桦市是江东省靠近长江的一个地级市。枫桦市公安机关正在搞一个大型活动的安全保卫工作综合演练，得到关于厦海市有关劫持人质案件的警情通报后，市局指挥中心通过城市大脑和视频监控系统，在第一时间锁定了宝马车，迅速指挥调度，五分钟内在靠近高速公路的一个十字路口，四辆警车将宝马车团团围住，显示了公安机关的快速反应能力。

此时已近凌晨 1 时。

金波走下警车，与闻讯赶来的枫桦市公安局副局长刘文涛进行了快速的交流。

金波强调了几点：人质安全第一，以不发生流血为上，谈判为先，智取为先。

刘文涛对此表示认同。

根据属地原则，这次谈判以枫桦市警方为主，金波虽然据理力争，想要主导谈判，但被枫桦警方拒绝了。

枫桦警方的谈判代表是市特警支队副大队长林浩然，他带一名副手走到离宝马车五米远处停了下来。

“车内的人听着，我是枫桦市公安局林浩然，你有什么要求，可以对我说。”林浩然语气平静地说。

“我只有一个要求，我们路过这里，请你们放我们走。”张有征在车内缩着脑袋说。他知道公安有狙击手，他不想被打爆脑袋，虽然是晚上，但狙击枪上有红外线瞄准仪，一瞄一个准。张有征是一个军事装备爱好者，对各种枪支十分熟悉。

“你要走可以，但你必须把车内的人放出来。”林浩然紧接着说。

“把他们放掉，我就成了活靶子，我没有这么傻。哼哼。”张有征冷笑了两声。

“你投降吧，你已经被我们包围了，自首是你唯一的出路。”林浩然展开政治攻势。

“我不想自首，我已经没有退路了。”张有征强硬地说。

“你要带着人质走是不可能的，你不要做梦了，你走不了。”林浩然正气凛然地说。

“那咱们就鱼死网破。”张有征狠毒地说。

谈判破裂。

金波本来对谈判就不抱希望，如果谈判能成，早就在厦海市解决了，还用得着在这里啰唆。谈判人员的态度也有问题，哪有站在离宝马车五米远的地方与对方谈判的，应该靠近宝马车与歹徒对话。

我的地盘我做主，在人家的地盘你做不了主。金波在心里生闷气。

晚上天黑，不利于采取突击。枫桦警方准备在天亮时再行动。刘文涛礼节性地征求金波意见。

金波知趣地点头表示同意。

枫桦警方的突击方案是，八名特警在宝马车四扇门前站定，每扇门前两人，其中一人持八角大榔头，用以砸车门和车玻璃，另一人持警棍，四扇门同时开展突击。根据实验，砸门需要三十秒左右。也就是说突击人员必须在最短时间内打开车门，解救人质，早一秒打开，人质的安全就多一分希望。在车两边的制高点上安排两名狙击手，以应付歹徒突然劫持人质下车逃跑。

这时，有人提出联系宝马 4S 店，用宝马车遥控器打开车门，这样既能节省时间，又增加突然性，有利于突击行动。

但经了解，每辆宝马车以及奔驰车等高档车的遥控器都是特制的，不能通用。

东方已露鱼肚白，天快亮了，突击队员都做好了准备。

金波将刘文涛单独拉到一边，诚恳地说："刘局，全靠你们了。请你们千万保护好人质。万一，我是说万一，人质发生不测……"金波犹豫了一下，后半句话没说出来。

刘文涛愣了一下，随即他会意地点了点头。

随着刘文涛一声命令："行动。"四名特警队员拎起大榔头猛地分别砸向宝马车的四扇门，一下、二下、三下，一扇门被特警队员砸开了，一名队员一把拉开车门，扑进车内，将歹徒和小男孩一起揪到车外。小男孩满脸是血，显然歹徒已经行凶了。但张有征仍死死地抱住楼益多，他的一只手握着一把带血的刀。一名特警见状，抡起铁拳朝着张有征的脸部就是狠命两拳，张有征当即倒地，另两名队员朝着他的头部猛踩两脚，张有征已奄奄一息。

旁边早已等候的医护人员将楼益多抬上救护车，没有受伤的赵苗颖流着泪也跳上救护车。救护车直驶附近的枫桦第三人民医院。

楼益多伤势严重，他的伤集中在脸部，从下颚往上一刀，伤及颅脑，两颊被刺穿，鼻子、耳朵出血。经医院全力抢救，楼益多的命虽保住了，但他的脑子受损，留下了严重的后遗症。

张有征经抢救无效死亡。他是罪有应得，死有余辜。

金波向刘文涛和枫桦警方道谢后，与严新等人一起于当天返回了厦海市。

金波直接来到华秋实办公室，具体汇报了在枫桦市处置劫持人质案件的经过。

从处置过程看，公安机关反应是快速的，采取的措施是有力的，没有失策和失当的地方。厦海市公安机关全力以赴，省公安厅予以大力支持，枫桦市公安机关积极行动。

从处置结果看，是不甚理想的，也是公安机关不希望看到的，因为毕竟一个人质受到了严重损害。劫持人质案件的处置成败，是以人质的安危为评价标准的。

华秋实和金波心情沉重。

三、青工部长失踪

华秋实到厦海市已有六个多月，第一次提拔调整了一批干部。金波不再兼任刑侦支队支队长，由严新任刑侦支队支队长；副支队长郑群杰调任反恐支队支队长；大数据实战中心主任周杰任刑侦支队副支队长；余恒成任二级高级警长，享受正处级待遇，但是非领导职务；大数据实战中心副主任毛国平任主任；伤愈后的范华景任重案大队二中队副中队长；陈艺爽任二级警长。市局各警种、各部门都提拔、套改了一大批干部。大家皆大欢喜。

星期天上午，金波带着妻子胡静、儿子金阳海一起去看父母亲，这是他们早就商量好的。

金波的父母均已退休，退休前金波的父亲是市体育局中层干部，母亲是市自来水公司职工。他们虽也住在本市，但由于金波工作繁忙，一个月也难得去一次。金波的父母虽然希望儿子、儿媳和孙子能经常回家看望，但知道他们工作忙，事情多，也不强求他们。今天，二老知道儿子一家要回来，一大早就兴冲冲去农贸市场买了鱼、虾、蟹、猪肉、牛肉等一大堆食材。

金波刚走进家里，父母就迎了上来。金波叫了一声："爸爸、妈妈。"父母哈哈笑着，嘴上不停应着。

金阳海欢快地叫："爷爷、奶奶。"

他奶奶把他紧紧抱住："孙子，奶奶想死你了。你想奶奶吗？"

"想奶奶。"金阳海聪敏地说。

胡静也叫了声："爸，妈。"

"胡静呀，你最近瘦了，波儿没欺负你吧。他如欺负你，你告诉我，我揍他。”金波母亲一本正经地说。

“妈，他不敢。”胡静笑眯眯地说。

一家人其乐融融。

金波母亲说完，去厨房准备中午的菜去了，胡静跟着去帮忙。

金波的父亲打开电视机，看NBA直播，他是个体育爱好者，喜欢篮球和足球。尤其喜欢NBA，他开始是火箭队的球迷，自从哈登离开火箭队后，他再也不看火箭队的比赛，而成为蓝网队的粉丝。

这时，金波的手机突然响了，是严新打来的电话，他连忙接通。

“金局，刚才滨江公安分局副局长宣刚强给我打电话说，团市委青工部部长李芬芳已失踪一星期，她家人报的警。”严新简明扼要汇报道。

“我马上赶回局里。你把分局和支队的相关人员召集在市局小会议室等我，我们先碰一下头。”金波交代道。

金波放下电话，不好意思地对父母说：“局里有事情，不能陪您们吃饭了。”

他父母对此早已习以为常，慈祥地点点头：“你去吧。”

金波走进市局小会议室，滨江区副区长兼公安分局局长蔡尚庆，公安分局副局长宣刚强，刑侦大队大队长魏志武，市局刑侦支队严新、周杰、毛国平、余恒成、范华景、陈艺爽等都到了。

“蔡区长，你看分局谁把情况介绍一下?”金波在主持位置落座后，望着蔡尚庆说。

“请魏大介绍吧。”蔡尚庆说。

刑侦大队大队长魏志武开始汇报：“昨天上午，团市委青工部部长李芬芳的母亲到共青派出所报警。前天，团市委青工部副部长江潜打电话给她，说李芬芳已经五天没来团市委上班了。开始青工部的人以为她可能与团市委领导一起出差了，以往她与领导出去，没与部里打招呼的情况也是有的。到了第五天，团市委书记找她，找不到，问青工部的人，大家才意识到她已有五天没来团市委上班了。连忙打她的电话，关机；赶到她住的地方，房门紧锁，喊叫没有人应答。问隔壁邻居，邻居们说这几天没见这家开过房门。青工部的人就给她老家打电话，问她是不是在家里。她老家在宁山县，她母亲听说李芬芳已有五天没去单位，很着急，便与她的大女儿一起从宁山驱车一百多公里赶到厦海，打开李芬芳住的房子，里面没人。女儿有可能失踪了，所以李芬芳母亲急忙报了警。”魏志武说到这里，喝了口茶。

他继续介绍：“分局刑大接到共青派出所的报警后，先到团市委核实，团市委副书记吕滨证实了李芬芳母亲反映的情况。接着，刑大刑警和共青派出所民警一起到位于滨海区滨沿路 79 号李芬芳住的房子查看。这是一间二室一厅的公寓，面积 82 平方米。房子里很整洁，客厅、卧室、厨房、卫生间的物品摆放整齐，抽屉、柜子没有翻动的痕迹。在客厅沙发前的茶几上有两部手机，一部是李芬芳平时用的手机，另一部是无主手机。房子里的情况表明，没有发生异常。

“经了解，李芬芳，女，今年 33 岁，离异单身，身高 167 厘米，体态匀称，五官端正，皮肤白皙，是一个十分引人注目的年轻女性。据说比一般电影明星还要漂亮，说一句时尚的话，是不少男人的梦中情人。她原是宁山县团县委副书记，两年前调任厦海市团市委青工部部长。基本情况就是这些。”

在当前社会人财物大流动的情况下，有不少人不辞而别，下落不明，有的过几天或过几个月后自行回来了，公安机关根本没有警力和精力来过问。可体制内的人是要严格遵守纪律的，有组织约束，不可能无缘无故离开工作岗位，更不可能玩失踪。

“你们下一步怎么考虑？”金波问道。

这时，副局长宣刚强抬起头说道：“昨天晚上我们商量了一下，准备分几路开展工作。一是深入走访调查，走访团市委和宁山团县委，走访李芬芳家属，走访她的前夫，重点了解她的爱好、习惯，与她走得近的人，与她有矛盾纠纷、有利益冲突的人，特别是与她有感情纠葛的人。二是查看轨迹和信息，主要是通过技术手段，了解她近日的活动轨迹，去过哪里，与什么人有过联系。三是查看视频监控，看看近期有谁去过她的住处。”宣刚强说完，看了看蔡尚庆和金波，似乎在等候他们的指示。

蔡尚庆开口道：“金局，我们还有两点请求。一点是鉴于李芬芳是团市委干部，市局出面可能更有利于工作，请市局刑侦支队派员参加。另一点是技术层面，市局手段比分局高一个档次，请市局协调支持。”

蔡尚庆原是市公安局网安支队支队长，去年被提拔到滨江区任副区长兼公安分局局长，所以他熟悉市局的技术手段。

金波听后点了点头，在笔记本上记下。

“严新，你有什么要说的？”金波看了一眼严新说。

严新摇了摇头。

金波最后总结：“我强调几点。第一，我同意分局的下一步侦查部署，不过在走访以及查看时要注意细和实，不放过任何可疑线索和蛛丝马迹。第二，市局刑侦支队要牵头协调，要组织精干力量积极参与。我会与行动和网安支队打招呼，请他们全力配合。第三，市局宣传处（新闻办）以及网安部门要警惕有人在网上炒作，借题发挥，防止形成舆论热点，请刑侦支队会后就这点与两个部门沟通一下。”

会后已是下午 3 点，金波这才想起来自己还没吃午饭。

干刑侦的人都是这个德行，一上案子就会忘了吃饭，奇怪的是肚子还不会饿。

金波叫范华景去市局超市买了两个面包和一包酸奶，在办公室吃了，完全是对付了事。

泡了一杯茶水后，金波在办公室陷入了沉思。

公安机关的破案模式有两种：从案到人和从人到案。从案到人，是指刑事侦查人员从客观显现的犯罪事实出发，依法立案，从犯罪现场入手，运用各种侦查措施，获取证据、抓获并证明犯罪嫌疑人的侦查模式；从人到案，是指刑事侦查人员对发现的有违法犯罪嫌疑的人员，运用各种侦查措施，获取证据、抓获犯罪嫌疑人并证明其实施某种犯罪事实的侦查活动方式。

李芬芳失踪，公安机关开展调查，从大范围来说，属于从案到人。但现在人没有找到，尸体也没有发现，还不能算案件，是公安机关抱着对人民高度负责的态度，针对出现的反常现象，主动开展相应工作。

这种调查难度大，对公安机关是一种挑战。鉴于李芬芳的身份地位和自身条件，这件事必定会引起社会各界和广大群众的关注。

“一定要小心谨慎。”金波默默告诫自己。

四、调查县委孟书记

调查工作连夜展开。

李芬芳的母亲和姐姐被请到市公安局刑侦支队。她母亲叫黄彩芸，今年52岁，从宁山县灯泡厂退休，身高163厘米，虽已年过半百，但风韵犹存，年轻时一定也是个美人胚子。姐姐叫李芬建，今年35岁，比李芬芳大两岁，两姐妹身高、体态、容颜，甚至连气质几乎都一模一样，活脱脱一对双胞胎。李芬建在宁山县气象台工作，两姐妹感情一直很好。

谈话分别进行。余恒成和范华景负责与黄彩芸谈话。范华景给她倒了一杯水。

“李芬芳妈妈，李芬芳虽然联系不上已经有几天了，但目前情况不明，你不要着急。将你知道的她的情况，特别是近来的一些情况与我们说说，便于我们寻找。”余恒成不愧干刑侦工作时间长了，在谈话时他先安慰当事人家属，打消她的顾虑，拉近与谈话人的距离。他在问话时尽量避免“失踪、下落不明”等字眼，而用了“暂时联系不上”，以免刺激当事人家属。这一切无不透示余恒成的用心良苦。

“我们家芬芳从小就是一个懂事的姑娘。”黄彩芸说话的声音很轻，一脸忧愁和焦虑。她断断续续地回忆道，“芬芳从师范大学毕业后，考上了宁山县横滨街道公务员，当了一名街道干部，起初在街道办公室做秘书。由于她生性活泼，喜欢唱歌跳舞，爱好文艺体育，尤其擅长打乒乓球和网球，深得领导和同事的喜欢。不到三年，她就被提拔为街道团委书记。她工作认真、勤奋，与大家打成一片，每天生活得很快乐。她自己高兴，我们也乐意。又过了两年，她被提拔为宁山县团委副书记。”说到这儿，黄彩芸的脸上渐渐露出笑容。

“虽然她的事业蒸蒸日上，她的恋爱和婚姻却很不顺利。”黄彩芸的脸上重新布上了阴沉的乌云。

“她的恋爱对象，是她的初中和高中同学，名叫吴国胜。他除了人长得非常帅以外，其他一无是处，连大学也没有考上，后来去部队当兵，退伍后回家做点小买卖，家庭经济情况也很差，与我们根本不门当户对，完全配不上我家芬芳。我和她父亲全力反对，但李芬芳不知搭错了哪根筋，吃错了哪付药，就看上了他的帅，非吴国胜不嫁，大学毕业第三年两人就结了婚。果真，不听大人言，吃亏在眼前。婚后，由于两人知识层次不同，素质有差距，共同语言少，经常吵架，不到一年就离了婚。”黄彩芸叹了一口气，停止了说话。

“两人离婚后，吴国胜还来纠缠李芬芳吗?”余恒成问道。

“没有。吴国胜这一点很男人，离婚财产的分割也很大气，没有斤斤计较。离婚后，没有听说他说过芬芳的坏话。”黄彩芸实事求是地说。

“李芬芳后来有没有重新谈恋爱和结婚?”余恒成又问道。

“离婚两年后，在我和她父亲以及她姐的劝说下，她又谈了一个，是县统计局一个干部，研究生毕业，名叫詹占圣，长得英俊潇洒，一表人才。他父母都是公务员。我们家里都认为他挺好的，但李芬芳对他不冷不热、不温不火。两人已经谈了有三年多了，一直这样挂着。”黄彩芸无可奈何地说。

“李芬芳和谁走得比较近？与谁有矛盾?”余恒成继续问。

“和谁走得近？走得特别近的人倒没有听说，她经常陪县领导打网球，算不算走得近？”黄彩芸不解地反问道。

“她经常陪哪些领导？”余恒成接着问。

“县委书记孟宽劲，县长陈幸桐，有时市里、省里来的领导她也去陪。”黄彩芸把知道的都说了。

“至于与谁有矛盾，有一次听她说有一个团委副书记嫉妒她，经常对她说一些阴阳怪气的话。那个副书记是个男的，但我不知道他的名字。”黄彩芸想了想说。

“那你认为李芬芳会去哪里？”余恒成望着她平静地问。

“不知道。她不会不打招呼的，她可能被人害了。呜呜。”说到这里，她突然哭出声来。

“她可能被谁害了？”余恒成越问越紧。

“我不知道，我真不知道。”她哭着说。

隔壁办公室。分局刑侦大队大队长魏志武和支队陈艺爽一起询问李芬建。

“你妹妹李芬芳目前不知去向，你认为她可能会去哪里？”魏志武直截了当地问。

“我想不出来，真不知道。”李芬建眨了眨漂亮的眼睛，轻轻地摇了摇头。

“那么她与谁有仇？谁会害她？”魏志武抓住要害问道。

“我妹妹为人善良，一般人不会害她。”李芬建肯定地说。

“那么特殊的人呢？与你妹妹有特殊关系的有哪些人？”魏志武毫不违避地问。

“特殊关系？”李芬建翻了一个白眼，她反感这个用词。

“请你不要误解。我说的特殊关系是指与你妹妹关系亲近，平时走得近的人。当然你们直系亲属除外。同时也包括与你妹妹有矛盾，关系不好的人。”魏志武急忙解释。

“这个，这个……”李芬建欲言又止，似乎难以启齿。

李芬建想起有一次妹妹回家，时间是她当上团县委副书记半年左右，晚饭后走进她俩的卧室，妹妹关上房门，忸忸怩怩地告诉她说，县委书记孟宽劲对她很好，很关心她，双休日多次叫她一起打网球，接待重要的宾客时也几次叫她作陪，还专门单独给她过了一次生日，送了她一个 LV 的包，并抱了她。说心里话，孟宽劲温文尔雅，有学识，有水平，有威望，长得也帅，她喜欢他。可孟宽劲是一个有家室的人，她心里很乱，既希望看到他，与他在一起，又觉得这是不道德的，不应该，是在玩火。因此，她很矛盾，很忐忑，很纠结。那次，她告诉妹妹，感情不是儿戏，如果她继续陷进去，受伤的一定是她，要渐渐减少与孟宽劲单独相处的时间，把握好分寸，也不能使他感到她在故意疏远他，引起他的不满。

“李芬建，要尽快找到你妹妹，你最好把知道的都告诉我们，不要隐瞒。”魏志武提醒她说。

李芬建发现自己想事走神了。

她回过神来说：“我妹妹与县委孟宽劲书记比较谈得来，他们由于工作和兴趣爱好等原因关系不错。”

李芬建提到了县委书记孟宽劲，但她把李芬芳与孟宽劲的真实关系隐瞒了。后来，她发现妹妹不但没与孟宽劲渐行渐远，而且越走越近，以致在县委机关对他俩的事传得风言风语，说他俩关系暧昧，很不正常。为了减少影响，避免嫌疑，李芬芳不得已从宁山县团县委调到厦海市团市委，从副书记变成部长。

"你妹妹有仇人吗？"魏志武问道。

"我妹妹心地善良，参加工作时间不是很长，应该说她没有仇人。至于说关系不融洽的，在生活上也就是她的前夫吴国胜，在工作上是她的原同事、宁山县团县委副书记骆卫东。不过远不到你死我活的地步。"李芬建想了想说。

第二天，余恒成和范华景驱车来到宁山县。

他们先来到团县委，34岁的团县委书记郁先进接待了他们。在他的办公室，余恒成向他说明了来意。他告诉余恒成和范华景，李芬芳是一个非常不错的年轻女同志，工作努力，积极上进，朝气蓬勃，充满青春的力量，团县委机关及县级机关许多同志都喜欢她。不过也有个别同志因性格等原因，对她有意见，如团县委副书记骆卫东，这个人做事特别认真，他就不大认同李芬芳的行事风格，认为她办事轻飘，卖弄风骚，但也仅此而已。至于大家流传的她与县委主要领导的事，没有事实与证据，只是传言。

走出团县委，余恒成拿出手机给李芬芳前夫吴国胜打电话，电话立即接通。余恒成自我介绍后，商请他现在如有空请到长街派出所来一趟。他答应了。

长街派出所询问室，吴国胜匆匆赶来，余恒成和范华景已在等候。

"吴国胜，李芬芳是你前妻吧？"余恒成面无表情地问。

"是的。我们离婚有三年了。"吴国胜平静地回答。

"最近你们有联系吗？"

"没有，因为我们俩没有小孩，所以离婚后就基本没有来往了。"

"你们结婚时间不长，为什么离婚？"

“主要是我们俩有差距。在事业上，她是公务员，而且很快当上了街道团委书记；我自谋职业，做点小生意。在经济上，她旱涝保收，我很不稳定，总体收入是她略高。在家庭背景上，他们是居民，我们是农民。在学历上，她是大学生，我是高中生。所以，我们俩的结合是错误的选择。离婚是必然的。”吴国胜到底在部队待过，说起话来一套一套的。

“你说得很坦诚。你后来又结婚了吗？”余恒成露出一丝丝微笑。

“没有。结婚没多大意思。”他淡淡地说。

“好的，谢谢你。”余恒成送走了吴国胜。

余恒成又给李芬芳男朋友詹占圣打电话，电话很快接通。

余恒成作了自我介绍后问：“你看是你来派出所，还是我们去你单位？”

余恒成是为对方着想，因为不少人是不希望民警到其单位或家里的。

“还是我来派出所吧。”詹占圣迟疑了一会儿说。

十分钟后，詹占圣来到了派出所。他身高约一米八，身材匀称，五官端正，戴一副眼镜，长得斯斯文文。

余恒成招呼他坐下，问道：“詹占圣，你与李芬芳在谈恋爱吧？”

“是的。”詹占圣肯定地点点头。

“你们恋爱多长时间了？”余恒成笑眯眯地问。

“三四年了吧。”詹占圣眼睛朝上看想了想说。

“李芬芳不见了，你听说了吗？”余恒成缓缓地说。

“李芬芳不见了？我不知道。”詹占圣吃惊地说。

“最近你们有联系吗?”余恒成接着问。

“近来联系越来越少了。”詹占圣神情黯然地说。

“为什么?”余恒成不解。

“我们在宁山时，一般是一个星期见一次面，大都是我主动约她。后来她调到团市委，我们身处两地，有时一个月也见不了一次面。”詹占圣苦笑着说。

“你们这是在谈恋爱吗?”余恒成调侃道。

“谁说不是呢，我们是柏拉图式恋爱。”詹占圣自嘲地说。

“你有婚房吗?”余恒成不动声色地问。

“有。去年买的，今年年底交房。”

“你买房子的事，她知道吗?”

“我告诉过她，她当时听了蛮高兴的。”

“你分析李芬芳可能会去哪儿?”余恒成一脸诚恳地问。

“我分析不出来。”他不假思索道。

“她与谁关系比较好?”余恒成又问。

“除了她的亲人，其余我还真不知道。”他不好意思地说。

“有你这样当男朋友的吗？对女朋友的事一问三不知。”余恒成忍不住奚落他。

“我可能确实不合格吧。”他低下头说。

“好吧，今天的谈话到此结束。你如有李芬芳的消息，请及时通知我们。”余恒成说。

詹占圣应声后走了。

与此同时，魏志武和陈艺爽来到团市委，分别找了团市委副书记汤源平和青工部副部长江潜。他们两人对李芬芳的评价比较一致，认为她综合素质高，工作认真，办事低调，与人和善。没有见到她与谁特别好，也没有发现谁与她有仇。对她的突然失踪，大家都感到纳闷儿。

虽然谈话是单独进行的，谈话的时间也不长，但公安机关在调查李芬芳失踪的事，迅速在团市委甚至市级机关传开了。

当天晚上，市局会议室。金波、蔡尚庆和严新听取相关人员汇报。

余恒成和魏志武分别汇报了走访李芬芳亲属、前夫、男朋友以及她在宁山团县委和厦海团市委同事的情况。从初步走访情况看，李芬芳长相甜美，性格外向，生活圈子不大，交往人员不复杂。与她走得比较近的人，除了亲友，就是领导，没有仇人和利益冲突较大的人。

毛国平汇报了李芬芳近期活动轨迹和视频查看情况。在李芬芳的住处发现了两部手机，号码分别是135××××1677和137××××6678。这两部手机的号码是李芬芳的姐姐李芬建提供的。她说她妹妹有两部手机。135××××1677机主登记的是李芬芳，137××××6678没有用户登记。从李芬芳失踪前轨迹来看，她的活动比较正常，住处、单位、偶尔上街或到体育活动场所。137××××6678这部手机的用户，只与139××××9779这个号码有通话记录，而139××××9779的用户登记是宁山县委书记孟宽劲。近三个月，137××××6678这部手机的用户多次去了滨江区沿丰路尚富小区三幢一单元102室。尚富小区是一个高档小区，102室的住户是市石油公司总经理高大成。经了解，高大成在一年前将102室借给宁山县委书记孟宽劲使用。遗留在李芬芳住处的两部手机均是苹果手机，不知开机密码，都无法打开。从李芬芳住处四周视频情况看，近三个月没人到过她住处。

听取汇报后，严新首先发言："鉴于李芬芳活动范围不大，接触人员较少，给我们下一步调查工作提供了条件。我想先从她的亲友和熟人查起。不过在调查时，要紧紧抓住一个环节，这就是场所。因为无论李芬芳是死是活，都离不开场所。如果李芬芳还活着，那么她被人控制着，要有关押、控制的场所。如果她已遇害，同样要有掩藏、埋葬的场所。所以，我们分析嫌疑人，认定嫌疑人首先要考虑场所条件，单门独户是起码条件。”

“我同意严支的意见。”蔡尚庆接过话头说，“在现有的这几个对象中，根据场所条件，将他们排排队，先查谁，再查谁，逐个过。同时，我们要组织力量对辖区内废弃厂房、废弃房屋、防空洞等场所进行一次地毯式巡查，以发现可疑人员和可疑线索。这项工作由我们分局负责。金局，你看这样行吗?”蔡尚庆说完，将头转向金波，等待他的答复。

“很好。大家这几天工作抓得紧，有成效。蔡局和严支说得到位，我都同意。”金波先肯定了前期工作和蔡尚庆、严新的讲话。

他接着强调：“下一步，我看要在四个方面下功夫。第一，根据先期走访调查情况看，有场所条件的一个是李芬芳的前夫吴国胜，他有单独居住的条件。另一个是县委书记孟宽劲，虽然现在尚不知他在宁山的具体居住条件，但他在厦海市已经有一套住房。对一个县委书记来说，弄一套房子根本不成问题。对孟宽劲的调查，从外围开始。具体等我请示华局长后再定。对象先从这两人查起。第二，将李芬芳留在现场的手机送到公安部，上次我在省公安厅开会，听省厅领导说，公安部最近从某地专门调来了一个专家，猜苹果手机、电脑的开机密码十分厉害，已猜中了不少。如果能打开李芬芳的手机对我们的调查非常有利。第三，派员继续到团市委和宁山团县委走访了解，以获取更多的情况和线索。

第四，搜集李芬芳办公室和住处的笔记本，看看她在上面记了些什么。这些工作请严支统一安排。”

散会后，金波径直来到华秋实局长办公室。见华秋实正与人谈话，他便说：“华局长，等一下您有空时请告诉我。”

华秋实朝他点了一下头。金波回到自己的办公室。

一刻钟后，华秋实打电话告诉金波可以过去了。

金波走进华秋实办公室，在他办公桌前坐下，拿出笔记本，向他汇报了李芬芳失踪情况的初步调查，以及下步打算。

“你们准备调查宁山县委书记孟宽劲?”华秋实严肃地问。

“是的，孟宽劲与李芬芳关系不一般。”金波看着华秋实的眼睛说。

“你们准备怎么调查孟宽劲?”华秋实不放心地问。

“先秘密查看孟宽劲的住房情况，再公开找他谈话了解。”金波说。

“调查县委书记不是不可以，但县委书记是敏感人物，调查他，如果他没有问题，会带来后遗症。所以，第一，你们调查时一定要慎之又慎，不要搞得满城风雨。第二，我要向市委市政府主要领导汇报。”华秋实谨慎地说。

“是，我们会注意的。进展情况随时向您汇报。”金波表态说。

次日一早，严新带领支队技术大队大队长赵玉江、大数据实战中心主任毛国平以及余恒成、范华景、陈艺爽，还有行动支队两名同志赶到宁山县。

李芬芳前夫吴国胜住在义桥街道锡山小区 16 幢三单元 202 室。

严新他们装扮成煤气公司员工，由范华景在楼下放风，一旦发现突发情况进行掩护和干预，陈艺爽在不远处接应范华景。

上午 10 时许，严新等人来到 202 室，两名侦查人员不到五分钟就打开了吴国胜家的防盗门。一行人快速进入吴国胜家，并关上房门。

这是一个二室一厅的房子，装修普通。严新、赵玉江、毛国平、余恒成两人一组对房间、客厅、卫生间、厨房进行仔细勘查。经过近两小时的反复勘查，四人没有发现任何可疑地方和物品。

县委书记孟宽劲的家在厦海市。宁山县委、县政府班子成员绝大多数都是外地交流干部，因此宁山县给县委、县政府领导专门在县委招待所腾出一幢房子，每人一个套房，吃住都在招待所，房子卫生由招待所负责，解决了领导们的后顾之忧。

这个场所不用看了。不要说四周住的都是领导，招待所服务员每天清扫卫生，也没有什么可看了。严新果断否定了这个地方。

严新一行当天返回厦海市，准备查看滨江区沿丰路尚富小区三幢一单元 102 室。

金波、严新对这个地方比较感兴趣。这套房子不是孟宽劲的家，准确地说是他临时借用的房子，李芬芳近两个月去过四次。

老套路，由范华景在外面放风，陈艺爽在不远处接应，行动支队两名同志负责开门，一切顺利。严新、赵玉江、毛国平以及余恒成鱼贯而入。这是一个三室一厅的房子，面积约 110 平方米，装饰考究，用具高档，红木家具，古色古香，仅这套红木家具若没有百十来万是拿不下来的，有钱人的奢侈让严新等人惊叹不已。

勘查工作认真而细致，对地面、墙壁一寸寸检查，家具物品一件件过滤，特别是卫生间、卧室、厨房勘了又勘，然而四个小时过去了，勘查工作没有任何发现，搏斗、血迹、掩藏的痕迹等一无所获。

又一次无功而返。

严新回到局里，向金波汇报了两处场所的检查情况，外围工作已基本结束。

调查工作进展缓慢，金波决定亲自找孟宽劲谈谈。

谈话前，金波向华秋实请示，华秋实表示同意。

金波与孟宽劲的谈话，在宁山县委招待所一个房间内进行。鉴于孟宽劲县委书记的特殊身份，金波对谈话地点做了一番思考，如果放在市公安局和宁山县公安局显然不合适。如果放在宁山县委也不妥当，想来想去他最后觉得还是放在宁山县委招待所比较稳妥，孟宽劲进出方便，范围可控，影响较小。

孟宽劲走进县委招待所305房间时，金波和严新起身相迎。

“孟书记，你好。”金波主动伸出手与他握手。

“金局长好。”孟宽劲握着金波的手满脸含笑地说。

金波与孟宽劲认识，他们在一起吃过饭。按职别来说，金波是正处职，孟宽劲县委书记也是正处职，不过县委书记职务更加重要，是省管干部，而金波是市管干部。同时，因为厦海市是计划单列市，行政级别是副省级，它所属的县（市、区）书记、县长都享受副厅级。这是厦福省唯一的一个副省级城市，连它的省会银州市也还不是副省级城市。

“孟书记，今天把你请来，主要是想了解一下李芬芳的情况。”金波客气地说。

“有什么要问的，你只管问。”孟宽劲态度诚恳地说，表现出相当的配合。

“李芬芳你认识吧？”金波语气平和。

“认识，可以说相当认识，她原来是我们团县委副书记嘛。”孟宽劲呵呵一笑说。

“她已失联十来天了，你知道吗？”金波不紧不慢地问。

“这我不知道，她失踪了？”孟宽劲略显吃惊地说，他的表情不像是装出来的。

“你不知道？真不知道？”金波好像不信地问。

“我真不知道。我为什么要知道？”孟宽劲的脸色阴沉下来。

“孟书记，你与李芬芳的关系不仅仅是认识吧？”金波的语气也开始变得不友好起来，一副公事公办的样子。毕竟大家都是体制内的人，都有自己的工作职责，在其位谋其政嘛。

“我们是很熟。除了工作上的关系，她的网球水平很高，我们业余时间也经常在一起打球。”孟宽劲毫不避讳地说。

“没有这么简单吧？”金波冷冷地说。

“怎么的？”孟宽劲的态度明显强硬起来。

“137××××6678，这个手机号码你不可能不熟悉吧？”金波居高临下地说。

“这……”孟宽劲一时愣在那里。

“宝贝，亲爱的……这个手机里的短信用语，你不可能很陌生吧？”金波嘴角露出一丝轻蔑的笑容。

“你……”孟宽劲面露怒色，又无可奈何。

“滨江区沿丰路尚富小区三幢一单元102室。这个地方你不可能不知道吧？”金波淡淡地说。

金波接连说出的三个“你不可能……”将孟宽劲击倒了。

豆大的汗珠从他的头上冒了出来，人像漏了气的皮球，瘪了。

“说说吧。”金波见好就收。

“我们是有不正常的男女关系。”孟宽劲终于低声说，“而且已保持了三年时间，基本上每个月都要见上一到两次。”

“我没有问你们男女关系的事，我也不想听你们那点破事。”金波很不满意地说。

金波既失望又感到不解：现在的领导干部都是怎么啦，往往先交代的全是男女关系的事。他曾经听在纪委工作的朋友感叹过，因腐败落马的领导干部最先承认的多是生活作风的事。难道他们认为生活作风是小事？生活作风问题是领导干部普遍的事？难道不是不光彩的事？

“那你要听什么？”孟宽劲疑惑地问。

“李芬芳去哪儿了？她在哪里？”金波的眼神寒气逼人。

“她去哪儿了，她在哪里，我真不知道。”孟宽劲垂头丧气地说。

“一人做事一人当，你既然做了，就要敢于担当。”金波冷冷地哼了一声。

“我们除了做那事，我没对她做其他事。”孟宽劲着急地说。

“你不是说你们每月要见上一两次吗？这个月见面情况如何？”金波抓住孟宽劲的话问道。

“一个半月前我们见过了，她好好的，也没有说要去哪里呀。”孟宽劲解释。

“孟书记，你如说实话，你的生活作风问题我暂时不会对任何人说，因为我不关心这事。”金波迂回地说。

“金局长，你都这么说了，我如再不说实话，我傻啊。我确实不知道李芬芳的下落。近一个多月来，她没有联系过我。”他郁闷地说。

“她调团市委的事，是你操作的吧?”金波问道。

“是我通过关系操作的。”他坦承道。

“为什么要把李芬芳调离宁山？李芬芳调到厦海后，你们岂不见面难了?”金波不解。

“我们见面确实是难了，但我听到风言风语了。如果我们再在同一个单位上班，对我、对她影响都不好，所以我想把她调到厦海，李芬芳很痛快地同意了。大概她也听到大家的议论了。”他没有回避。

“你是通过谁把李芬芳调团市委的?”金波沉着脸问。

“这……”孟宽劲欲言又止。

“不方便说吗?”金波步步紧逼。

“我是对市委常委、市委宣传部部长徐宏斌说的。在徐部长的亲自关心下，李芬芳才调进团市委的。”孟宽劲在金波阴冷的眼神逼视下，不得不说了实话。

两人的谈话至此结束。

金波感到很失望。

在已有的几名对象中，从各方面条件分析，金波感到孟宽劲的嫌疑最大。但从与他的谈话看，他确实不知道李芬芳的下落。有些东西是装不出来的，像眼神呀，面部表情呀，在问话的瞬间是很难装到位的，除非他是演技很高的演员。他虽然从政多年，老谋深算，但他的临场应变能力应该还没有到炉火纯青的地步，而且他说的话也没有明显漏洞。

孟宽劲从招待所回到他自己的办公室，心情十分郁闷。

其实他心里有鬼。他是喜欢李芬芳的，她的美丽，她的活力，她飞扬的青春，使他不可抗拒。自从她调任团县委副书记后，他们在一个大院的同一幢房子内上班，每天抬头不见低头见，每次在路上或者在电梯里碰到，她总会向他莞尔一笑，给他留下无限遐想。

他清楚地记得，他们的交往是从那次到省城出差开始的。

那是三年前的一个冬天，孟宽劲带领县委办公室主任和团县委书记及李芬芳到省城参加一个大型青年活动。到达省城银州市的头天晚上，由省委宣传部的一个朋友作东在喜尔登饭店请他们吃饭。餐桌上除了省委宣传部的两个处长，还有省委组织部的两个处长，席间觥筹交错，推杯把盏，气氛热烈，大家喝了不少酒。

约晚9时许，他们回到住的酒店，孟宽劲和李芬芳先上的电梯，在走向房间长长的过道上，可能是由于酒精的作用，他边走边自然地牵了她的手，她不仅没有将小手伸回，反而温顺地依偎在他的身上。

“把你的房门钥匙给我，我给你开，等一下去看一个老领导，我来叫你。”孟宽劲边走边说。

“等一下你要来叫我哦。”李芬芳一边从包里拿出房间钥匙交给孟宽劲，一边带着一丝丝哭腔说。那分明是撒娇的声音，好像又不是，但这声音孟宽劲是第一次听到，这声音给了他鼓励和力量，这声音表明她是喜欢他的。他深深地陶醉了。

他给她打开房门，就回到了自己的房间。后来他们一起去看了一位在银州的老乡领导。

当夜无事，但喜欢已烙在他们各自的心上。

从银州回到宁山后，孟宽劲寻找着与李芬芳在一起的机会。他发现过几天1月17日是李芬芳的生日，便开始精心准备。

他发短信告诉她，1月17日请她吃饭，要她下班后在附近的天马大酒店等，他开车接她。

她很快回复：好。

那天下班后，孟宽劲亲自开车。他把驾驶员支开了，平时都是驾驶员开的。全国车改后，国家规定副省级以上领导干部才能配专职驾驶员和专车，但到下面就乱了，连书记、县长都有专车和专职驾驶员。

孟宽劲把车开到天马大酒店，李芬芳已等候在门口。孟宽劲那天开的是一辆皇冠车，是向朋友借的。因为书记的车不扎眼，但车牌扎眼。

孟宽劲按下车窗，李芬芳一眼看到，飞快地上了车。

李芬芳那天穿一件黑色呢子大衣，配一双棕色皮靴，气质高贵而又典雅。

孟宽劲将车开上高速，径直来到邻近的滨南县皇都生态大酒店。

宁山县人多眼杂，孟宽劲几乎人人都认识，所以他早就订好了邻县这个店内到处都是绿色树荫和各色鲜花而又僻静的酒店。

李芬芳是第一次来皇都生态大酒店。姑娘对鲜花有独特的喜爱，她一来就喜欢上了这个酒店。

他俩来到506包厢，这是一个小包厢。他们脱下外套，挂在衣架上，面对面坐下，沉浸在二人世界的喜悦里。

他们点了清蒸长江刀鱼、飞龙汤、三丝鱼翅、太史五蛇羹、清汤燕菜、酒酿大青蟹、红烤大虾、东坡肉等，要了一瓶法国小拉菲红酒。他们边吃边谈，边喝边聊，各自谈了求学经历、专业爱好和工作履历，并谈了一些工作中遇到的有趣的事。他们似乎有说不完的话，不知不觉中他们的心更贴近了。一瓶小拉菲很快喝完了，他们又开了一瓶。愉悦的时候，时间总是过得特别快。转眼三个小时过去了，冬天晚上 9 点刚过，夜已经深了，餐厅的客人不多了。

“你在包厢里等一下，我去开房，等一下叫你。”孟宽劲殷勤地说。

李芬芳微红着脸点点头。不知她是喝酒后红的脸，还是听到开房后红的脸。

孟宽劲从车上拿了一些东西后，到服务台办理入住手续。从服务员手上拿过房间钥匙后，孟宽劲来到 802 房间。

“802，你上来吧。”孟宽劲给李芬芳发了一条短信。

李芬芳很快上楼来到 802 房间，见房门虚掩着，就走进房间，随手将房门关上。

“这是给你的生日礼物。生日快乐。”孟宽劲将一束鲜花、一只包和一套衣服递给李芬芳。

“是 LV 呀。太好看了，太贵重了。”李芬芳一看是 LV 包，不禁欢呼起来。她顺手接过了三件礼物。

“你喜欢就好。”孟宽劲被她的情绪感染了，十分高兴地说。

“那套衣服你试一下，如果不合身可以去换的。”孟宽劲提议说。

她脱下外套，穿上了那套藏青色的职业装，十分合身得体，仿佛定做一般。

“谢谢。”她由衷地说，“可惜没有酒了，不然我一定要再敬您一杯。”

“下次补吧。”孟宽劲开玩笑地说。

说着，他向她张开了双臂。这时，她离他有三四米远。她见状，紧走两步后，飞身向他扑过来，扑进他的怀里。他们紧紧地抱在一起。

他低下头亲吻她的额头。她闭上了眼睛，他们热烈地接吻。

突然，他将她抱起，向床上走去。

次日清晨，两人先后醒来。他们对视后深情一笑，从各自的眼神中透露出，对昨晚的情景十分满足。

起床洗漱后，孟宽劲从包里拿出一部苹果手机，送给李芬芳说：“这部手机给你，记住它是你我专用的，不能用作其他。”

她接过手机，乖乖地点点头：“记住了。”

然后他去开车。她迟两分钟离开房间。他们不想让人看到，也不敢在酒店吃早饭。

在酒店地下室停车场会合后，他们开车在路边店买了包子、油条、豆浆，在车上吃。虽然有些偷偷摸摸，却别有一番情趣。

离宁山县委大院还有一公里时，孟宽劲将李芬芳在路边放下。他自己开车到县委大院。

因上班时间尚早，大院里人不多，孟宽劲就在大院里走路。偶尔碰到几个早起的干部，那些人一边让路，一边很恭敬地喊：“孟书记早。”孟宽劲微笑着与他们打招呼。

走了约半小时，孟宽劲回到办公室。

这时，他收到一条短信，是李芬芳发来的，只有三个字：“很温暖。”

孟宽劲看了，心里美美的：“这小丫头。”

在以后的交往中，两人相处得很融洽，从来没有发生过争吵。李芬芳偶尔也会耍些小性子，但是孟宽劲只要稍微哄哄她、抱抱她，她也就不会再计较什么了。

时间长了，有时李芬芳甚至会说："今天看到你的弟弟，感到很亲切。"

这话说到孟宽劲心里去了，因为他也有同感，他也想对李芬芳的亲人好。

自从有了李芬芳，孟宽劲好像回到了青年时代，重新找到了谈恋爱的感觉。他工作充满了激情，他感到天是蓝的，风是甜的，生活是美好的。

孟宽劲认为李芬芳不但美丽大方，为人大气，而且非常聪明，最难得的是她善解人意。两人在一起有几年时间了，他也曾为了她与妻子提出过离婚。但是因为妻子有抑郁症，又曾得过乳腺癌，处于恢复期，李芬芳便主动劝他先不要急于离婚，待他妻子情况有所好转时再说。这让他很感动。

在他眼里，她也是个非常有个性的人，偶尔会试探他对她的情意，在她心情不好的时候，会提出与他分手，但是过后还是会和他继续交往。

三个月前，李芬芳因为竞聘团市委副书记失败，心情有些波动，再次提出与他分手，还将他留在她住处的衣服收拾好，对他说自己要重新交往男朋友了，让男朋友看到他的东西不是很好，让他尽早过去拿走自己的东西。

一个半月前，星期五晚上，孟宽劲来到她在厦海市的住处。星期天早上，李芬芳因为他要回宁山而与他发生了口角。她虽然表面上对孟宽劲态度冷淡，但是内心还是希望他能够留下来陪自己。可是他当时已经与宁山的朋友约好一起吃饭，考虑到不能爽约，便准备拿着她整理好的衣服先离开，他认为过段时间她的情绪稳定了，自然就好了。

但是这次她并没有轻易罢休，而是与他激烈争吵。在此过程中，他怕两人争吵的声音被邻居听到影响不好，便与她产生了肢体上的冲突，误伤了她的下巴。他知道，她曾经就是因为她前夫打了她，她便与其离了婚，并从此在心中留下了阴影。她对男人打女人的做法非常痛恨。

他知道这些，就对她稍微哄劝，但是她却更加歇斯底里地尖叫。

孟宽劲见房间的窗门都开着，害怕被邻居听见，就走进卧室。李芬芳跟进来，非要他道歉。他一时火起，失去了理智，将她按在床上，并骑在她身上，一边用左手捂住她的嘴，并用右手按住她的双腿，一边求饶：“不要闹了！”但是她仍然不肯罢休，虽然她渐渐没有了声音，却还是不停地踢着双腿。

等他清醒过来，放开捂住她嘴的左手，她已休克。

这下孟宽劲慌了神。他在大学学的是医科，连忙对她做人工呼吸。经过几分钟的努力，她终于苏醒。他已是大汗淋漓，不知是做人工呼吸累的，还是被她休克吓的。

“对不起，对不起，都是我的错，我以后再也不敢了，请你原谅。”孟宽劲不停地道歉。

虽然被抢救过来，但李芬芳感到浑身没有力气。她冷冷地对他说：“你走吧，永远不要回来，我不想再看到你。”

“我不走了，我陪你。”出了这档子事，孟宽劲不敢走了，也不能走了，想起刚才的情形，他还在后怕。

他拿出手机，拨通朋友电话，告诉他临时有事不能参加聚会了。

经过他不断地自我批评和自我寒碜，她的情绪终于稳定下来，并原谅了他。

想起与李芬芳的往事，他既感到甜蜜，又觉得费心，但总归是甜蜜多过费心。

可是，她怎么突然不见了呢？她去哪儿了？

他有一种不好的预感。

那边，孟宽劲在办公室心事重重。这边，金波在办公室也是眉头紧锁。

接到李芬芳失联的报警已过了五天，加上她一个星期没有到单位上班，这样她失联有十二天了。她失联时间越长，出事的可能性越大。如果她被害，那么是谁干的？或者说谁的嫌疑最大？

从这几天的调查情况看，从作案条件、作案时间、作案动机分析，她的前夫吴国胜、她的恋人詹占圣、她的情人孟宽劲、她的同事骆卫东，这四个人基本都可以排除。

侦查陷入了僵局。

五、破解手机密码

这时，金波办公室的电话响了起来。他一看是省公安厅来的内线电话，连忙拿起话筒，是省厅刑侦总队副总队长冯刚强打来的。

“金局，好消息，到公安部送检的两部手机的开机密码被公安部专家破解了。省厅送检的同志今晚到银州，你们派人来拿吧。”冯刚强在电话中兴奋地说。

“谢谢冯总！我马上派人过去。”金波掩不住兴奋。同时，他十分佩服公安部专家在这么短的时间内就破译了手机密码，公安部的水平就是不一样。

挂了冯总的电话，金波立即拨通严新的手机。

“严新，在李芬芳家里发现的两部手机开机密码被公安部专家破解了。你马上派人到省厅刑侦总队，找冯副总队长，晚上把手机拿回来。”金波吩咐道。

“好的，我立即安排。”听到手机被打开了，严新立刻来了精神，说话的声音提高了八度。对一个刑警来说，没有了线索，或者线索断了，比什么都难受。

晚上 11 点，两部手机放在了金波的办公桌上。

“严新，你连夜组织人员对这两部手机的内容开展检查，电话、微信、短信一起查，尽可能多地发现可疑对象和线索。”金波神情严肃地说。

“人我已安排好了，全部在办公室等着。”严新回答。

“我今夜睡在办公室，你们发现什么情况，可以随时来叫我。”金波说着示意严新将手机拿走。

次日凌晨 3 时，严新敲响了金波办公室的门。

“请进。”金波边说，边开了灯。

“金局，经对两部手机的初步检查，其中一部是李芬芳日常用的，在她微信通讯录里，发现有两个对象比较可疑。一个微信名叫船长的，与李芬芳时有联系，用语比较隐晦，也比较暧昧。你看。”随后，他给金波看了李芬芳手机微信中的聊天记录。

7 月 8 日，船长：宝贝，在干什么，想你了。

李芬芳：在开会。

船长：晚上有空吗？

李芬芳：有空。

船长：老地方见。

李芬芳：好。

7 月 19 日，船长：宝贝，今天我刚出差回来，晚上一起吃饭吧。

李芬芳：OK。

船长：老地方，老包厢。

8 月 17 日，船长：小美人，上几天有朋友从欧洲回来，送了我一些化妆品，转送给你，晚上到老地方来拿。

李芬芳：谢谢船长。

“虽然联络时间是半年前的，但说明这两人关系不一般。”严新边说边将另一个微信名为德夫的人与李芬芳的聊天内容给金波看。

金波边看边点头。

10 月 10 日，德夫：今天没看到你。

李芬芳：今天感冒了。

德夫：你一个人在厦，一定要注意身体。

李芬芳：已经吃过药了，应该没事。

德夫：以后有什么事要办的，告诉我好了。

李芬芳：谢谢关心。

11 月 8 日，德夫：谢谢你的葡萄，很甜。

李芬芳：是老家亲戚种的，有机食品，请你尝尝。

德夫：让我拿什么感谢你?

李芬芳：用你的微笑吧。

德夫：不。喜欢。

李芬芳：你敢。

“从他们的微信对话看，这两人的关系也比较亲近。”严新接着介绍。

“你们明天去查一下这两个人的真实身份。”金波布置道。

“明白。”严新退出了金波的办公室。

严新走后，金波睡意全无。他索性不睡了，坐在办公桌前思考起来。

他总觉得，如今刑事技术飞速发展，侦查办案与过去相比，完全不可同日而语。轨迹、视频、信息、大数据、微量元素、DNA等各种技术手段应运而生，破案比过去简单多了，但传统的排查，做群众工作，走群众路线比过去弱了许多。在侦查办案中，一定要做到专门工作与群众路线相结合。

想到这里，金波感到对李芬芳工作单位和住处小区的调查走访工作要进一步加强。

第二天上午，根据金波指示，严新安排五路人马多管齐下：一路调查船长和德夫的真实身份，一路去团市委，一路去住处小区，一路去宁山团县委，一路围绕两部手机继续深挖。

最先反馈的是调查船长和德夫的一路人。

经查，微信名为船长的，真实姓名叫徐宏斌，男，54岁，厦海市委常委、市委宣传部部长。

微信名为德夫的，真实姓名叫厉丰胜，男，43岁，厦海市公安局政治部副主任。

看到这两人的名字，金波感到十分棘手，一个是管意识形态的市领导，一个是管队伍的本局中层负责人。

虽然说刑侦工作是为生者捍卫权利，为逝去生命维护尊严、伸张正义，无论涉及谁，都要一查到底，就是所谓神挡杀神，鬼挡杀鬼，但在具体操作中，还要遵守不少规矩和约定。比如干部审批权限，人际关系和部门利益等。你说巧不巧，市局刑侦支队要进光谱专业和DNA专业两个博士生，作为特殊人才引进，进人报告通过市局政治部正报到市委组织部和市人事局审批呢。

就在金波头疼之时，范华景和陈艺爽回来了，他们带来了一条不一般的线索：一封举报信。

他俩这次一起去团市委走访，上次是陈艺爽跟分局刑大魏志武大队长去的，当时陈艺爽在团市委一个不起眼的过道转角放置了一个小小的举报箱。想不到这次走访结束时，陈艺爽打开举报箱一看，竟然有一封举报信。他俩初一看，吃了一惊，连忙赶回来报告。

金波拿起举报信，只见上写：公安同志，我向你们反映一件事，大约在半年前的一个晚上，9时左右，我在办公室加班，因为累了，走到办公室外的走廊休息，突然看到李芬芳走到15层801室。我在13层，与她差两层，因为我们办公楼是回型结构，每三层可以相互看到。我很好奇这么迟了她去801室干什么，因为我们都知道801室是市委宣传部徐部长办公室。李芬芳走进徐部长办公室不到十分钟，办公室内的电灯忽然灭了。我大吃一惊，呆呆地待在走廊上。过了约一小时，办公室的灯又亮了，我看到李芬芳头发凌乱地走出徐部长的办公室。我之所以向你们举报，一是我是一个有正义感的人，见不得肮脏之事。二是近来市级机关竞聘职位，根本不讲能力和水平，只讲背景和关系，使人十分失望。三是如今李芬芳不见了，是不是与徐部长有关系？

举报信是打印的，信中没有签名。

看来举报者有顾虑，怕被报复，这是正常的。但他是市委工作人员，这是可以肯定的。13楼是统战部和团市委办公的地方，举报者不是统战部的干部，就是团市委的人。

金波的思绪在飞快地运转。宁山县委书记孟宽劲反映，他是通过徐宏斌把李芬芳调到团市委的，微信里徐宏斌与李芬芳谈得火热，再加上如今的举报信，这三点将徐宏斌与李芬芳串成一线。

金波拿出手机拨通了华秋实的电话。

“华局长，您在办公室吗？我有重要情况向您汇报。”金波恭敬地说。

“我十五分钟后到办公室，你过来吧。”华秋实说。

十五分钟后，金波准时来到华秋实办公室。他详细汇报了徐宏斌和厉丰胜的情况。

华秋实听后，也不说话，直接拿起桌上的红机拨了几个数字。

“林书记，我是华秋实，我有重要情况向您汇报，您有时间吗?”华秋实态度恭谦地说。

“是秋实啊，你现在过来吧。”电话那头传来省委常委、市委书记林诚山低沉的声音。

“走，金波，你与我一起去向林书记汇报。”华秋实站起来说。

金波跟在华秋实身后，跳上车。车子向市委开去。

市委大楼11楼林诚山办公室，这是中国省部级官员规格一致的办公室，外间是秘书室。进到林诚山办公室，必须经过秘书办公室。秘书把华秋实和金波领进里间。

林诚山是一个个子高大的山东汉子。他从办公桌前站起来与华秋实和金波握了握手后，示意他俩坐下。

“林书记，具体情况金波比较熟悉，由他来向您汇报吧。”华秋实开口道。

林诚山点了点头。

金波便把徐宏斌与李芬芳的情况一五一十地向林诚山作了汇报。

“林书记，根据举报信、微信记录和孟宽劲反映的情况，我们准备对徐宏斌开展调查，请您批准。”金波请示道。

“我同意你们依法开展调查。”林诚山坚定地说。对一个班子的成员开展调查没有压力是不可能的，但林诚山是一个敢于担当的人。

“谢谢林书记的支持，我们一定依法办事。”华秋实感动地说。

在返回的路上，华秋实说：“金波，对徐宏斌的调查尽量秘密进行，不要搞得满城风雨，给林书记带来压力。至于对厉丰胜的调查你自己把握就行了。”

“华局长，您放心，我会处理好的。”金波庄重地说道。

金波回到公安局，立即把严新、周杰、毛国平、余恒成叫到办公室。

“市委林书记已同意对徐宏斌进行调查，华局长要求对他的调查只做不说，小心谨慎，悄悄进行。严新，对徐宏斌采取技术手段的手续，你们要抓紧报省公安厅审批。同时，对厉丰胜开展工作。对于政治部胡主任，我会与他打招呼的。你们还有什么其他问题吗?”金波干净利索地布置道。

“没有。”严新说。

严新回到办公室，立即将任务明确分工，责任到人。

“毛国平负责调看徐宏斌和厉丰胜的轨迹，余恒成负责对徐宏斌和厉丰胜的外线跟踪，周支负责调查厉丰胜。”

众人领命而去。

从轨迹和大数据系统看，徐宏斌住滨海区市委家属小区 D 幢二单元七至八层，是一个复式结构。他爱人曹文英是市老干部局副局长。

但徐宏斌也不时去滨康区观湖里，那是一个别墅区。可是在观湖里业主登记中，没有徐宏斌和曹文英的名字。

余恒成将跟踪徐宏斌的任务，交给了范华景和陈艺爽，并一再告诫他们，宁可跟丢也不能被跟踪人发现了。

两人一连跟踪了徐宏斌三天，毫无发现。

与此同时，周杰通过调查弄清了厉丰胜与李芬芳的关系。他俩是厦海大学法学院在职研究生同班同学，厉丰胜担任副班长，李芬芳是班里的团支部副书记。他俩在班里互相关心、互相帮助，关系不错，但仅仅是同学关系。

跟踪仍在继续。

第四天傍晚，徐宏斌独自一人驾车来到观湖里 B 区 16 幢 1 号别墅，用钥匙开门进入。他在别墅里大约待了两小时后锁门离开。

范华景和陈艺爽记下房号后悄悄返回。

当晚 8 时，金波、严新、周杰、余恒成、范华景、陈艺爽、痕迹技术员小唐以及行动支队两名技术员来到观湖里别墅小区。他们发现 B 区 16 幢 1 号的灯是黑的，说明里面没人。这符合金波的判断：这幢别墅是徐宏斌的活动场所，平时是不住人的。

今天他们的身份是电力公司检查线路的，一名保安凑上来想看情况，被严新训走了。

晚 10 时，金波下达命令：行动。

别墅门很快被打开了，一群人鱼贯而入。

这是一个三层别墅，面积约 400 平方米，不包括地下室。室内装潢考究，欧式风格。

检查从地下室开始，金波、严新和痕迹技术员小唐蹲在地面上仔细查看，金波和严新在当领导前都是痕迹技术员出身，因此他俩对痕迹勘查非常熟悉。

金波首先发现了一串疑点：

西面靠墙的地方有一些小红点，红点上被刷了一层蜡。这些小红点逃不过金波的眼睛，那是人的血迹。这些血迹，让金波的现场分析马上丰满起来——根据小红点的大小、位置、形状等，可以判定是飞溅的血迹，因为血迹有延长的“小尾巴”，不是垂直滴落溅开的“太阳花”；飞溅的血迹，一般是砍切东西时凶器与血迹碰撞后所致，而这往往是行凶现场，即第一现场。

此外，部分小红点的周边颜色稍淡，一般这种情况是血迹被人用拖把拖过或者清理过。

凶手可能没有想到，他想用拖把擦洗血迹后，再用蜡清理地面，然而正是这一层蜡起到了保护作用，让血迹没有因为暴露在空气中氧化变色，不论经过多久，血迹的颜色依然是鲜红的。

这些血迹被拍照、摄像固定后，少许被提取。

在东面靠墙的地方，有两只硕大的保险柜。金波命令行动支队技术员将其打开。

当技术员将保险柜打开后，现场所有人都傻眼了，保险柜内整整齐齐摆放的是一沓沓人民币，粗略一数有两千多万元。

虽然时间已指向凌晨1时，金波还是用电话向华秋实作了报告。当然，他不忘提醒：“华局长，血迹还要作DNA检验，检验后才能确认是不是李芬芳的。”

“干得好，金波，你们辛苦了。代我向晚上所有参战人员表示慰问。”华秋实到底是大领导，知道在什么时候表扬人，鼓励人。

“是，我一定传达局长的爱护和关心。”金波高兴地说。案件有了重大突破，又被领导肯定，金波真的很开心。

考虑到时间太晚，华秋实没有向市委林书记汇报案件进展情况。

第二天早上7时许，DNA检验结果出来了，现场提取的血迹是李芬芳的。

华秋实向市委书记林诚山作了汇报。

林诚山听后脸色凝重。

“林书记，根据办案要求，我们要提审徐宏斌部长。”华秋实小声请示道。

“你们走司法程序吧。”林诚山铁青着脸说。

“好的。另外，鉴于在徐宏斌部长实际控制的房子里发现大量现金，林书记，我建议报请省委纪委介入。”华秋实补充说。

“我会向省委谭书记报告的。”林诚山淡淡地说。

厦海市新世纪宣传工作会议在市人民大会堂召开。徐宏斌坐在主席台正中间位子，他的左面是副市长张国威，右面是市宣传部常务副部长兼市文明建设办公室主任吴冷。

徐宏斌无精打采地念着稿子，下面的各县（市、区）宣传部部长和文明办主任听得直打瞌睡。近来在徐宏斌身边的人都觉得他明显不在状态，面无表情，心不在焉，常常走神。他们判断，徐部长不是身体有病，就是心中有事。但领导的事，下面的人不便打听和议论。

散会了，当徐宏斌走出会场，身着便装的范华景和陈艺爽便迎了上去。

范华景严肃地说："徐部长，我们是市公安局的，请你跟我们走一趟，配合调查。"

望着不远处停着的一辆警车，徐宏斌一个趔趄，差点儿摔倒。"完了。"他在心中叹道。

在大家惊诧的目光中，徐宏斌走上了警车。

市公安局讯问室。金波和严新威严地坐在审讯桌后。

徐宏斌被带进来后，固定在讯问椅子上。

从被万人捧拥高高在上的领导，瞬间摔下变为阶下囚，这个落差实在太大了。养尊处优惯了的人，其心理素质往往极其脆弱。徐宏斌平时处处受人尊重，甘愿被围猎，前呼后拥，现在却被固定在讯问椅上，他脸如死灰，哪里受得了这种落差和委屈。

面对金波、严新的审问，他毫无抵抗力，像竹筒倒豆子般一股脑儿全作了交代。

两年前，当孟宽劲找他希望把李芬芳调到团市委时，他豪爽地答应了。因为是平调，他不费吹灰之力就将事情办妥了。

然而，当他见到李芬芳时，完全被她的年轻和美貌吸引住了。他打定主意要"潜规则"她。他知道自己要身材没身材，要长相没长相，要体魄没体魄，但自己有的是权力，有的是金钱。他是一个采花老手，略使手腕就将李芬芳搞到了手。李芬芳不但漂亮，且善解人意，在以后交往的日子里，他们一直相处愉快。

他们矛盾的出现，是从半年前开始的。那是市级机关一次规模较大的干部竞聘和调整。李芬芳要竞聘团市委副书记，凭着他市委常委、宣传部部长的职务，本来是没有问题的，只要他一句话。谁知他女人多，几个与他有一腿的都想上位或挪位子，纪委的人又盯得紧。他不得已与李芬芳商量，希望她这次能主动放弃。但这次李芬芳就是不肯，并说自己资历和能力都够了，轮也该轮到自己了，弄得徐宏斌一筹莫展。竞聘结果公布后，李芬芳很失望，也冷落了徐宏斌一段时间，后来经不住徐宏斌的花言巧语，两人又在一起了。

出事前有一天，他俩在一起时，他接到黄城房地产集团董事长黄力德的电话，黄力德只愿给好处费800万元，但徐宏斌硬要1200万元，一番讨价还价后，黄力德同意支付1000万元，钱款打到徐宏斌儿子的公司户头上。

谁知这一切，被躲在卫生间的李芬芳听了个明明白白。

她从卫生间出来后，笑嘻嘻地说见者有份，她要500万元。她说自己的房子太小了，要换一个。

徐宏斌闻言被气坏了，当时就起了杀心。他表面上说我考虑考虑，内心里则非常厌恶她的敲诈。

三天后的一个晚上，徐宏斌将李芬芳约到别墅里，趁她不注意，将一杯掺有安眠药的酸奶递给她喝下。不一会儿，她就睡着了。他将她背到地下室，用电线将她勒死，然后分尸。之后在徐宏斌弟弟和司机的帮助下，他们用编织袋将李芬芳的尸块装上汽车，开到厦海湾大桥从桥上将尸块抛向大海，接着赶回地下室，清理了现场。

除了杀人，徐宏斌还交代他共有情人五人，私生子一人，房屋17套，受贿7000多万元。

徐宏斌和他的弟弟以及司机都被依法刑事拘留。

由于厦海湾大桥海域水流湍急，公安机关几次组织人员打捞尸块，但一无所获。

情人多、房子多、钞票多，“徐三多”的绰号瞬间在市级机关乃至厦海市广而传之。无论是机关干部，还是普通百姓，都对徐宏斌嗤之以鼻，这个典型的“两面人”，台上道貌岸然，台下猪狗不如。

孟宽劲因乱搞男女关系被免去宁山县委书记职务，保留二级巡视员待遇。

破案后，滨海分局举行庆功宴，地点就在分局食堂。事先蔡尚庆分局长与金波商量，金波表示同意。这段时间大家确实辛苦了，但说好费用由蔡尚庆与金波两人出。中央八项规定出来后，市局和分局的领导都比较注意，不能在这方面犯错误，或授人以柄。

酒席摆了四桌，菜是家常菜，参加侦查案件的市局刑侦支队、行动支队和分局相关部门的人员全部出席。这是刑警们高兴的时刻。刑警的辛苦和危险在公安机关内部是公认的，但刑警高兴的时刻却只有刑警自己才能体会到，那就是抓获犯罪嫌疑人，成功破获案件的时候。

这起案件之所以破得漂亮，就是在被害人还没有被发现时，就认定了犯罪嫌疑人，掌握了足够的犯罪证据，挖出了一个隐藏在体制内腐败堕落的大贪官，为民除了害。

世上没有不散的宴席。曲尽人散，参加今天庆功宴的人员得到一个好消息，就是晚上不用到单位值班了。

三个月后，徐宏斌被人民法院判处死刑。这是厦海市历史上第一个没有找到被害人而被依法判处死刑的犯罪嫌疑人。

六、智斗美人计

这几天市局机关民警都在悄悄议论：谁将当选市局常务副局长。

据说市局内部争夺常务副局长位置已经到了白热化的程度。上层的意思很明显希望是蒋能国，基层的意愿则希望最好是金波。对他们两人的推选和测评已过去半个多月了，但至今一点儿消息都没有。

这天上午，金波看到省公安厅一个通知，为了严厉打击“冰恋”犯罪活动，省厅决定次日上午在银州召开全省会议，请银州、厦海分管刑侦、治安的公安局长以及各市公安局刑侦、治安、网安、行动等相关部门负责人参加。

“冰恋”犯罪活动，金波是第一次听说。省厅下发的预备通知里说明，所谓“冰恋”是指被害人邀请犯罪嫌疑人将自己杀死。世界之大，无奇不有。“烧炭”“冰恋”都是新出的名词和新的犯罪形式。

“冰恋”犯罪活动是从北方传过来的，公安部已召开了全国性会议，专题研究打击这类犯罪。显然，省厅是部署落实公安部的会议精神。

厦海离银州二百多公里，如果第二天一早去，万一路上堵车可能赶不上会议，所以参会人员一般都是前一天晚上到银州。金波将订房间的事交给了严新。其实哪怕金波不说，严新也会主动办好的。

这时，严新接到了市局治安支队支队长黄新初的电话，告诉他省厅金盾宾馆住宿已经满了，他已给市局两位局长和几个支队长在离金盾宾馆不远的开元名都宾馆订好了房间。

严新觉得有点儿意外，黄新初支队长从没有这么主动过，给他们去开会的人全订好了房间。不过既然人家主动提供服务，也不能扫了人家的兴，所以严新在电话里笑着说了声谢谢。

因为晚上要去银州，金波和严新就在市局食堂吃了晚饭。饭后，他俩乘一辆车去银州。

途中，严新说：“金局，晚上我们住开元名都宾馆，住宿是治安支队黄新初支队长安排的，他说金盾宾馆住满了。”

“黄新初安排的？是你叫他安排的？”金波疑惑地问。

“我怎么敢叫他安排，是他自己主动给我们市局参加会议的人统一订的。我也觉得意外呢。”严新解释说。

“呵，是这么回事。”金波沉思起来。

到开元名都宾馆已是晚上 9 点半，金波和严新到总台登记拿钥匙。金波是 801 房间，严新是 705 房间。801 房间是豪华大床单人间。金波到省厅开会，有时也住开元名都。

金波洗漱完，打开电视机看体育频道，播的是 CBA 北京对江苏的比赛录像。

这时有人敲门。

“谁呀?”金波问道。

没人回答。

是不是电视机声音太大，刚才没有听清楚？金波站起来走到门边准备开门，但职业的敏感使他从猫眼往外一看，门口站着一位年轻漂亮的姑娘。

“这个姑娘我不认识啊。”金波想。

“你找谁?”金波隔着门问道。

“我找你。”门外的姑娘咯咯一笑。

金波打开房门，只见门外的姑娘亭亭玉立，长相标致，穿戴得体，正笑嘻嘻地看着金波。

“你是……”金波将姑娘挡在门外。

“金局长，不认识啦，真是贵人多忘事。我是厦海日报副刊部的殷亭亭。”姑娘一点儿不害羞，显得比她的年龄老练许多。

“哦，殷记者，不好意思，记不起来了。你有事吗?”金波忽然想起去年年底前，市公安局请一些媒体记者吃饭，华秋实要局党委委员都出席，他因有其他的事，在酒席上敬了大家一杯酒就匆匆离开了，所以对记者们印象不深。

“我在银州培训，听说你们来银州开会，就来看看你们。”殷姑娘大方地说，“难道金局长不请我进去坐坐吗?”

“晚上已经很迟了，我怕引起别人误会。”金波略显尴尬地说。

“难道你怕我会吃了你?”见金波躲躲闪闪的，殷亭亭更来劲了。

“那你进来吧。”金波妥协了。男人最怕女人的激将法，特别是漂亮女人刺激性的话，金波也不例外。

金波没有将房门关上，门开着总比关着好，他怕到时说不清楚。

殷亭亭走进房内，四周打量一番后说：“局长的房间也很一般嘛，就是这张床有点大。”她说完哈哈大笑起来。

“太放肆了。”金波心里叫苦不迭，后悔请她进来，没有坚决将她挡在门外。

“殷记者，请坐。”金波硬着头皮指了指沙发说。

殷亭亭一屁股坐了下去。她的行为、做派以及说话的用词和语气与她的长相、气质和穿着打扮完全是不相称的，仿佛是两个人。

“金局，你看我怎么样?”殷亭亭用挑逗的眼光看着金波说。

“很好呀，年轻漂亮。”金波随口说。他脸上带着笑容，却在心里暗想，有这样问人的吗? 白白浪费了漂亮的外表。但他不动声色，随机应变，这是长年干刑警练出的本领。

“口是心非了吧。”殷亭亭扑哧一笑说。她这个表情纯净自然，倒煞是可爱。

“没有，没有，殷记者确实漂亮。”金波敷衍道。

“金局，我今天是下了很大的决心才来的。我跟你直说吧，我欣赏你，看好你，喜欢你，我想跟你好。”殷亭亭赤裸裸地表白道。

“殷记者你是一个好姑娘，但我是有家室的人，不妥，不妥。”金波连忙摇摇手说。

“金局，我说的是真心话。是我看上你，只要你不嫌弃，我就是你的人。我对你实话实说了吧，我们副刊部四个女的，其余三个都有相好的，有市委宣传部的，有市委办的，有报社内部的，我在她们面前低人一等似的，如果我傍上你，我就能在她们面前扬眉吐气一回。”殷亭亭说得像真的似的。谁知道她说的是真话还是假话。

“殷记者，你真是高看我了。先不说我有没有你说得那样好，也不说道德和公德，单说我们公安的纪律，搞婚外恋，包养情人，是绝对不允许，绝对不行的。请你理解。”金波的头摇得像拨浪鼓。

“不好意思，殷记者，我肚子不舒服，上个厕所，你坐一下。”说完，金波不等殷亭亭反应，自顾自走进卫生间，关上门。

金波迅速打开手机，写下开元名都宾馆 801 房间有警情，发给 12110，接着打开手机相机视频功能，将手机放进口袋，然后走出卫生间。

“现在都什么年代了，看你还像个苦行僧。至于纪律，就你们公安有？比你大的官包养情人的多了去啦。不过话说回来，你越不近女色，我越喜欢。”殷亭亭边说边将身体向金波靠过来。

“殷记者，请你自重。”金波的脸严肃起来。

“来嘛，装什么装?”殷亭亭越发放肆起来，张开双臂向金波扑去。

金波早有防备，一把将她推开。她没有防备，失去平衡的身体向地上倒去。

金波怕她倒地受伤，又敏捷地上前一步将她拉住。

殷亭亭在向下倒去的惊恐之中，忽然被金波一把拉住，她顺势抱住他的头颈，惊喜地说：“你到底还是舍不得。”

“殷记者，快放开，别这样。别人以为我在欺负你呢。”金波皱着眉说。

“你就是在欺负我。不过我愿意被你欺负。”殷亭亭笑嘻嘻地说，她不但不放手，而且把双手抱得更紧了。

“你们在干什么?”突然从门外闯进来四个人，其中三人穿着警服，一人着便衣。

“你们是夫妻吗？在公共场所搂搂抱抱，成什么体统，门也不关，想当众表现吗?”说话的是一个年约 40 岁的男子，看样子是领头的。从警衔看，两条杠两颗星，是二督警官。

“你们是哪个单位的?”金波冷冷地问。

他知道，自己今晚被人设套暗算了。

“我们是横河派出所的，刚刚接到举报，说有人在开元名都宾馆 801 房间卖淫嫖娼。人赃俱获，跟我们走吧。”领头的警官盛气凌人地说。

“警官，我不是卖淫女，我是记者，是他欺负我，我不肯，他霸王硬上弓，想把我抱到床上去。”殷亭亭瞬间变了脸，她拿出记者证，递给为首的警官，一副受害可怜兮兮的样子。

那警官拿过记者证一看，对金波说：“呵，不是卖淫嫖娼，是强奸。罪加一等。跟我们到派出所走一趟。”

“有你们这样办案的吗？不听当事人解释，不问当事人一句话，就要把当事人带走。”金波厉声道。

“明摆着的事，还用问吗？有举报，有人证，我们四个人亲眼看到你们俩人抱在一起。你不是想说话和解释吗？在派出所有的是时间听你说话和解释。”领头的警官轻蔑地说。

“这是我的工作证，厦海市公安局的。”金波将工作证递给那警官。

警官接过一看，看到职务栏里写着副局长，他不由得眉头一皱，疑惑地看了看金波。

“这是从头开始的录音材料。你们看了就什么都明白了。”金波说着，从口袋里拿出手机，打开视频，虽然里面没有画面，但声音十分清楚。

四个人听了录音后，傻眼了。

殷亭亭听后，也傻傻地呆在那里。

在警官听录音的时候，金波用房间电话给严新打了个电话，叫他立刻上来一趟。接着，他又给老同学银州市公安局治安支队李其山支队长打了个电话，说了晚上发生的事。

严新迅速从七楼跑到八楼。

“金局，怎么回事？”严新望着房间里站着的若干人不解地问。

“仙人跳。派出所接到举报来抓现行。”金波不屑地说。

严新什么都明白了。

这时，领头警官的手机响了，他一看是派出所打来的，立马接通，值班的民警告诉他：“有一个电话号码为139××××2166的，向市局110指挥中心报警说开元名都宾馆801房间有警情，指挥中心指令我们派出所出警，你不是前去了吗？所长要你一并了解一下，看看是不是同一个人报的警。”

领头的警官拨通139××××2166号码，金波的手机响了。

“市局指挥中心是你报的警？”领头的警官问。

“对，是我报的警。”金波淡定地说。

“你什么时候报的警？”警官接着问。

“报警有记录的，我是短信报警，你们查看一下就知道了。”金波不想直接回答他。

这时，领头警官的手机又响了，他一看是分局江局长的，急忙走到门口去接电话。

不一会儿，他回到房间，对金波抱歉地说：“金局，不好意思，一场误会。”

“殷记者，走吧。”警官拍了一下殷亭亭的肩膀说。

殷亭亭摆脱了一下身子，很不情愿地跟在警察后面走了。

房间里只留下金波和严新。金波便把晚上发生的事详细地说了一遍。

“幸亏我当时灵机一动，向指挥中心发了一个短信，并将手机的摄像功能打开，藏在口袋里，起到了录音机的作用。不然跳进黄河也洗不清，差点儿让他们的阴谋得逞了。”金波心有余悸地说。

“金局，晚上的事，应该与订房的黄支脱不了干系。他过去从来没有这么主动过，只订了一回，就出了这等事，什么人呀！”严新愤愤不平地说。

“现在还不好说，看派出所审查结果。”金波摆摆手说。

这时，金波的手机响了，他一看是李其山，连忙接通。

“金波，我已与他们分局长打过招呼了，他们会重视的。”李其山说。

“打扰老同学了。我关心的是，她是受谁的指使？躲在她身后的人是谁?”金波直白地说。

“我会关注的。金波，我想说的是社会复杂，人心险恶，害人之心不可有，防人之心不可无啊。”李其山深有体会地说。他几年前因扫黑被人陷害，影响进步，不久前才被提拔为支队长。

“是啊，老同学。时候不早了，该休息了，谢谢了啊，我们到时再聚。”金波挂了电话。

金波随即又打电话向华秋实报告了晚上发生的事。

“金波，别放在心上，我相信你。”华秋实安慰道。

“华局长，真是明枪易躲，暗箭难防啊。我请求华局长将此事一查到底，主持公道。”金波有些激动地说。

“这件事，我会叫市局纪委跟进的，一定查它个水落石出。不论涉及谁，一律严惩不贷。”华秋实语气坚决地说。

“谢谢华局长。”金波感动地说。

第二天的会议，省厅刑侦、治安、网安、行动总队主要负责人对各自的警种布置了工作任务，最后，省厅党委副书记、常务副厅长董志铄做工作部署。他从统一思想认识、认真开展核查、密切合作配合、落实工作责任四个方面提出了工作要求。这是一次全国性行动，各地的主要任务是核实查证公安部下发的人员名单，厦海市有52名对象需要核查。

会议只开了半天。下午，金波和严新就回到了厦海市。

厦海市对省厅下达的工作任务，行动十分迅速。经查证，其中27名对象已返回原籍，来自全国6个省；18名对象是出于好奇，大、中学生居多；6名对象比较活跃，但没有实质性的犯罪行为；1名对象参与了“冰恋”犯罪活动，应邀将一位网民杀害，并拍摄了视频。

厦海市立即将核查情况上报省厅，按照公安部和省厅指示，将27名返回原籍的对象由省厅转到相关省；对18名好奇的对象予以批评教育；将6名活跃对象列入重点人员予以管控，并具结悔过；将1名参与犯罪的犯罪嫌疑人依法刑事拘留。

两天后，金波接到李其山电话，告诉了他对殷亭亭的审查情况。

殷亭亭最初在派出所态度嚣张，避重就轻，负隅顽抗，死不承认是受人指使，坚持说是自己一人所为。

经过连续一天一夜的短兵相接，政策攻心，斗智斗勇，殷亭亭终于交代：她是受厦海市金铜钿集团董事长金海伟所雇，她负责引诱金波，与其发生性关系，其他人负责现场捉奸，目的是搞臭金波。她的报酬是50万元人民币。金波的行踪，入住的房间，也是金海伟告诉她的。

金铜钿集团是一家规模较大的集矿产开发、铜矿石销售、炼铜、铜材进出口贸易等为一体的集团公司，集团资产两千多亿元，在厦海市是一家人人皆知的企业。

市局纪委副书记孙世立具体牵头负责调查这件事。这件事并不复杂，经过调查走访，事情的来龙去脉很快就弄清楚了。

金铜钿集团董事长金海伟长期以来与市局副局长蒋能国关系很铁，是多年的朋友，两家走得很近；而与金波关系紧张。金波三年前曾办过金铜钿集团走私铜矿石案，逮捕了一名进出口分公司经理和两名具体经办人，并罚了金铜钿集团三亿元。

金海伟得知蒋能国和金波竞争市局常务副局长时，他觉得应该帮帮蒋能国，阴金波一把，并出出三年前的那口恶气。他要蒋能国告知金波的行踪，最好是不在本地时。

当蒋能国获悉他与金波要去银州开会时，便要他分管的治安支队支队长黄新初将市局去银州开会人的住宿一起订了，然后将住宿消息告知了金海伟。

虽然金海伟没有告知蒋能国他的具体计划，但蒋能国猜到他是针对金波搞的活动，他不仅没予以劝说和阻止，反而向金海伟提供了金波的行踪。

最后的处理结果是，蒋能国被诫勉谈话；金海伟被治安拘留15天；殷亭亭被报社辞退，并被治安拘留10天。

这件事在全省公安系统，特别是厦海市公安机关内部产生了较大影响。

一个月后，厦海市公安局常务副局长产生，既不是蒋能国，也不是金波，而是省厅治安总队政委谢关生。

第四章 穿云破雾

一、绝密案件

又到了春暖花开的季节，这是厦海市一年中最美的时候。公园里、街道边、湖堤上，放眼望去，到处是五颜六色、千姿百态、争奇斗艳的三角梅，一阵微风袭来，花朵摇曳多姿，飘过阵阵幽香，让人心旷神怡。三角梅是厦海市的市花。

这天刚上班，金波被华秋实叫到办公室。

“坐，金波。”华秋实没有像往常那样叫金波坐在他办公桌对面的椅子上，而是招呼金波在沙发上坐下。他自己也在旁边的沙发上落座，这样显得平等而亲切。

“局长，什么事这么正式?”金波丈二和尚摸不着头脑。

“金波，省厅决定调你到省厅行动总队任总队长，不知你个人有什么想法?”华秋实微笑着说。不知从什么时候起，组织的决定要征求个人的意见了。

“这事太突然了，我没有思想准备。华局长，让我想一想，再说我也要征求我爱人的意见。”金波坦诚地说。

“好的，你先考虑考虑，也听听你爱人的想法，明天告诉我你们的决定。”华秋实很爽快地说。

金波回到自己的办公室。

他陷入了沉思：省厅行动总队总队长与厦海市副局长在职务上是平职的，是平调，既不是提拔，也不是降职。如果从事业发展上说，当然是省厅的平台更大，往上提一提就是副厅长，从省厅总队到地市当局长的可能性也很大；留在厦海市当局长是不可能的，公、检、法等强力部门，本地人不能在当地当“一把手”，必须要异地交流；而且厦海市是副省级城市，公、检、法“一把手”是正厅长级，根本不能越级提拔。如果从生活便利上说，自然是厦海市方便多了，看病就医、孩子上学、买菜购物等各方面；省城银州市人生地疏，生活上肯定不能与在厦海相比，而且调到省厅后，夫妻分居两地也是要考虑的问题。

晚上，金波下班回家，妻子路静已烧好了饭菜等他，儿子金荆还在做作业。路静在厦海市海关检验检疫局工作，这个单位工作不是很忙，能按时上下班。

金波把调省厅的事告诉了妻子，征求她的意见。

妻子想了一会儿，说：“其实你不用征求我的意见。如果非要听我的想法，我当然不想你走，我们一家三口人永远在一起。但我了解你的心思，尊重你的决定。”

妻子的善解人意和善良，是金波对她最满意和最欣慰的地方。

“路静，你应该了解我，我不是一个官迷，我不想当官，我只想做事。上次蒋能国这些人的陷害，以及余恒成被免职的事，确实伤了我的心。这次去省厅，虽说不是提拔，但也是一次机会。你看是不是这样，我一个人先去省厅干干，如果可以，再把你调过去，儿子的转学应该不成问题，银州的好学校比厦海的强。如果不行，我再回来，哪怕不当局长，我就当一个民警。”金波坚定地说。

妻子深情地望着金波，郑重地点了点头，夫妻俩统一了思想。

第二天上班，金波来到华秋实办公室。

“华局长，我愿意去省厅。”金波进门就说。

“金波，我个人认为你应该去。因为你年纪还轻，在省厅的发展余地大，我看好你。不过你到省厅后，对厦海的公安工作可要关心和重视呵。”华秋实打趣道。

“看您说的，厦海是我的老家，您是我的老领导，我出去是代表厦海的，有关厦海的事，我一定上心。华局长，您以后有什么事尽管吩咐。”金波认真地说。

“我相信你。与你开个玩笑。”华秋实哈哈一笑。

金波不好意思地笑了笑。

调动手续办得很快，一个星期后，任命就下来了。

调省厅的事，金波与严新、余恒成等几个人私下透露过。几人虽然从感情上接受不了金波的离开，但为了他的前途，他们只能默默祝福。

严新本想把几个刑侦支队的骨干叫在一起给金波送个行，无奈任命下来后，金波马上要去省厅报到，时间来不及。

“双休日我会回来的，到时再聚吧。”金波安慰严新等人说。

华秋实亲自送金波到省厅报到，金波心里很感动。

到省厅后，在省厅政治部人事训练处处长肖政立的陪同下，华秋实和金波来到了分管副厅长孙文虎办公室。

“孙厅长，我把金波带来了，今天交给您，以后请您多关心。”华秋实谦虚地说。

“感谢华局长的支持。欢迎金波同志来省厅工作，我们以后就在一起干了。”孙文虎爽朗地说。

“孙厅长，我今天正式向您报到。以后您指向哪里，我就打向哪里。”金波的说话保留刑侦的风格，直来直去。

“好，说话痛快，我喜欢。不过话说回来，不是我指向哪里，是组织指向哪里，我们就打向哪里。”孙文虎是部队转业干部，他转业前是78军第3师师长。

华秋实从孙文虎办公室出来后，又到副省长兼公安厅厅长倪源涌的办公室去报了个到，顺便简要向他汇报了一下近期厦海市的公安工作。

中午，孙文虎在金盾宾馆请华秋实和金波吃了个工作餐。午饭后，华秋实就回厦海市了。

下午，行动总队召开欢迎会。行动总队59位民警整齐地坐在总队会议室，欢迎新来的总队长。

会议由行动总队政委毛德捷主持，先由省厅政治部副主任张伟军介绍金波的一些情况。

他说：“金波同志长期在厦海市公安机关工作，历任刑侦中队中队长，刑侦大队副大队长、大队长，公安分局副局长，刑侦支队支队长，市公安局副局长，他参与侦破了一大批影响大、危害广的重大恶性刑事案件，是全省有名的刑事侦破专家，也是公安部特聘刑侦专家。金波同志工作思路清晰，富于创新精神，领导力、执行力强，他为人正直、作风踏实、亲力亲为、与人为善、群众威望高。组织上认为金波同志是一个比较理想的行动总队总队长人选。”

接着，由金波表态发言。

“大家好！我参加工作后一直在基层，这是第一次到省厅机关工作。我的心里有一些忐忑。要做好省厅行动总队工作，我认为要坚持‘三变三不变’。‘三变’，一是由外行向内行转变。我原来一直是干刑侦的，搞行动技术是头一次，是一名新兵，虽然也分管过，那不过是略知皮毛。所以我要尽快熟悉行动业务，向能者学，向大家学，向实践学，边干边学，努力做一个专家型的业务骨干。二是由指导向实战转变。我原来担任副局长是行政机关负责人，大部分工作是组织协调，以决策、指导、指挥为主。而行动总队长是业务部门负责人，更多的是具体组织实施侦办案件，从实际出发，以实战为主，因此我要尽快转变身份，更好地融入新的角色中。三是由微观向宏观转变。原来我在厦海市，所涉及的只是一个市，调到省厅工作，我要面对的是一个省，环境变了，范围大了，所以我应该站在全省行动技术的高度上，想办法，思对策，把对全省行动技术的指导和具体的实战有机结合起来，不负组织和同志们的期望。

“‘三不变’，一是对党忠诚不变。公安机关是党和人民的刀把子，而行动部门是公安机关的撒手锏。行动技术部门要永远听党话，跟党走。二是踏实干事不变。行动技术部门是实战部门，也是隐蔽战线，我们要少说多做，或者是不说只做，争做无名英雄。三是为警清廉不变。要耐得住寂寞，经得起清贫，管住自己的手和嘴，做一个高尚和脱离低级趣味的人。我说到做到，愿意接受大家的监督。”金波非常诚恳地作了表态发言。

大家对金波的发言，报以热烈的掌声。

最后，孙文虎副厅长讲话，他说：“同志们，自从夏建国总队长到地市任公安局长后，三个月来在毛德捷政委主持下，大家出色地完成了总队承担的各项任务。今天在欢迎金波同志任总队长的会议上，我再提三点要求。第一，要搞好团结。团结出凝聚力，团结出战斗力，正职要尊重副职，不能搞一言堂和家长制，副职要服从正职，不能越位。班子成员之间要多沟通、多补台，不能自行其是，甚至互不买账，相互拆台。第二，要做好工作。今年公安中心工作多，任务重，行动部门要充分发挥尖刀和拳头作用，以只争朝夕的精神，埋头苦干，顽强拼搏，争先创优，始终走在全国行动部门的前列。第三，要带好队伍。队伍建设是根本，也是关键。行动队伍不同于一般警种，行动技术民警出事，危害更大，影响更坏。因此，要以建班子带队伍，以队伍促业务为引领，切实加强行动队伍建设。确保行动队伍绝对忠诚、绝对纯洁、绝对可靠。我相信，在以金波同志为班长的总队班子带领下，行动总队的各项工作和队伍建设一定会更上一层楼。”

在行动总队上班的第一个星期，金波白天听取各支队的工作汇报，熟悉了解情况，晚上学习有关行动工作的业务资料，以及政策法律规定。由于金波过去曾分管过行动工作，所以他很快基本掌握了行动技术工作的流程和套路。

然而金波不知道，对他的考验和挑战才刚刚开始。

一天上午快下班时，金波办公桌上的红电话机响了起来，这是全国行动技术部门的保密电话。

金波拿起话筒，里面传来一个严肃的声音。

“是金波总队长吗？我是公安部某局副局长程景西。”

“程局长好，我是金波。”金波小心翼翼地说。

“金波总队长，根据中央 703 专案工作的需要，请你们总队对你省副省长邱勇山实行全天候侦控。他的手机号码是 139××××5366。

注意，这是绝密案件，只有你和参加侦控工作的同志知道，不能向外透露半点信息，包括你们公安厅厅长和分管副厅长，侦控情况由你直接向我汇报，或者与我们局八处谢达辉处长联系。明白吗?”电话里的声音低沉而严肃。

“明白。坚决执行。”金波嘴上说得斩钉截铁，心里则叫苦不迭。这算什么事啊，侦控副省长不说，光是不能向厅长和分管副厅长汇报就够闹心的了。但是，这是行动纪律，必须无条件服从。

实行全天候侦控，需要对邱勇山副省长办公室和家里安装监控设备，但是不能报告领导，意味着不能得到领导的支持。那么，怎么进去省政府大楼副省长的办公室和省级领导家属区啊?视频监控设备是无法安装了。只有对邱副省长的通信设备和电脑设备进行监控，还有就是进行外线跟踪。

金波拿定主意后，叫来了一支队支队长王来秋。

“来秋，这是公安部某局交办的中央专案，你落实专人对这个电话进行 24 小时监控，监控情况只对我负责。除此之外，不能向任何人透露半点消息。”金波脸色庄重地叮咛道。

王来秋不说话，只是面无表情地点点头，这是他的习惯。搞行动技术的人，由于职业原因，大都不苟言笑。王来秋是老行动技术，他知道省级行动监控的分量，何况又是中央的专案。

他拿过监控的电话号码就出去了。

金波又把三支队支队长项斌叫到办公室。

“项斌，部某局要求我们对副省长邱勇山实行全天候侦控，你安排两个人对邱副省长进行外线跟踪。跟踪情况只限于你、我和具体负责跟踪的同志知道，重大紧急情况随时报告，其余一天一报。”金波布置道。

“是，坚决执行。”项斌挺了挺胸膛说。

“金总，跟踪的始终点怎么把握?”项斌接着小心翼翼地问道。

“从家里到家里吧。每天从家里出来开始跟，至晚上到家里结束。当然他进省政府后，跟踪的同志就没必要进去了。”金波想了想说。

“是。边界清晰后，我们就可以操作了。”项斌松了一口气。

“你准备叫哪两人去?”金波问道。

“我打算叫翁成安和丁亚莉去。他俩分别毕业于中国人民公安大学和中国刑事警察学院，来总队已有五年了，都是三级警长，参加过不少案件的侦办，有一定的跟踪经验。他们一男一女，年龄相仿，也有利于配合和掩护。”项斌缓缓道来。

“好，我同意他俩去。但是，项斌，你要告诉他俩，对副省长的跟踪，宜粗不宜细，宜松不宜紧。宁可跟丢，不能暴露。因为，我们还有其他技术手段配合。清楚吗?”金波进一步关照道。

“是，清楚了。”项斌在心中暗暗佩服新来的总队长，布置任务清楚明确，注意事项细致周到。

趁这空当，金波上网查了查邱勇山副省长的分工：负责工业和信息化、生态环境、国有资产监管、地方金融监管等方面工作。分管工业和信息化厅、省生态环境厅、省国资委、省地方金融监管局（省金融办）。协助常务副省长分管省应急管理厅。负责与省总工会、省工商联和省民革的工作联系。联系省通信管理局、厦海储备物资局、省烟草局（中烟厦福省公司）、人行银州中心支行、厦海银保监局、厦海证监局及金融机构、金融资产管理公司、保险公司。

百度百科显示：邱勇山，男，1969 年 5 月出生，山东菏泽人，

1989 年 6 月加入中国共产党，1992 年 3 月参加工作，毕业于国际关系学院，硕士，在职法学博士。历任外交部亚洲司三秘、驻韩国大使馆二秘、外交部礼宾司处长、驻日本大使馆公使级参赞、外交部新闻司司长、厦福省厦海市市长、厦福省副省长。

一天后，侦控情况来了。

外线报告：邱副省长早上 7 时 45 分离开家里到省政府上班，接他的车辆是厦 A×××56 的红旗牌轿车。8 时 15 分进省政府大院。下午 6 时 15 分离开省政府，到建国饭店吃饭，参加聚餐的有省政府副秘书长夏伯凯、省交通厅厅长年青江、省工业和信息化厅厅长欧阳健、人行银州中心支行行长钱生明、宁国集团董事长揭长国、省交投集团董事长胡天有、省新闻办副主任凌修彬、省电视台主持人朱灿灿、省小百花越剧团演员方颖玉。晚 8 时 10 分聚餐结束，邱副省长带朱灿灿到了长城饭店八楼一个房间。9 时 40 分，朱灿灿独自一人离开饭店。10 时 10 分，邱副省长回家，到家时间是 10 时 32 分。

外线报告的人之所以汇报得有名有姓有职务这么详细，是因为公安机关运用了人脸识别系统，只要侦查人员将犯罪嫌疑人的面貌输入计算机系统，这个人的姓名、职业、职务等基本信息就会立马跳出来。

侦听报告：邱副省长与省电视台主持人朱灿灿通了几次电话，无论从通话内容看，还是从通话声音听，两人说话亲昵，打情骂俏，关系非同一般，极不正常。

朱灿灿，女，32 岁，东三省人，曾获厦福省优秀主持人称号，两次获省金话筒奖，系省电视台三大台花之一，是省电视台重点培养的年轻主持人。

侦控在继续，邱副省长的日程安排得满满的。

这天上午一上班，邱勇山在省政府小会议室，听取省工业和信息化厅关于加强工业和信息化领域数字化建设的工作汇报，研究加快这项工作的具体措施。这是今年省政府一项重要工作，省委书记和省长亲自部署、亲自抓，作为分管工业和信息化厅的副省长自然不能落后。

下午，邱副省长和副省长兼公安厅厅长倪源涌一起听取省委政法委、省公安厅、人行银州中心支行、省地方金融监管局（省金融办）等单位关于涉众型 P2P 互联网金融犯罪的情况汇报。

这类犯罪近期在全省多发，涉及人员众多，老百姓经济损失惨重，往往会引发大规模集体上访、请愿和游行示威事件，是当前影响社会稳定的重要因素。会上对这类犯罪的防控、打击和事后处置措施提出了明确意见。

会后，邱勇山主动对倪源涌说：“倪省长，非常感谢您和公安厅对金融工作的大力支持。”

“邱省长，您客气了。这是我们公安机关应尽的职责。以后邱省长有什么事，需要我们公安机关配合的，您只管说。”倪源涌热情地回应道。

倪源涌不知道公安机关已对邱勇山实行了严密的侦控。如果他晓得邱勇山有严重问题，是中央有关部门正在办理的专案对象，他肯定不会对他如此热情的，至多是在场面上应付一下。不过他的热情，倒打消了邱勇山的警觉，他自认为自己没有暴露，组织上没有掌握他的问题。

晚饭，邱勇山是和朱灿灿两人在西山路的别墅吃的。这座别墅是宁国集团的房产，现归邱勇山所用。

那还是下午的时候，朱灿灿给邱勇山打了个电话，说有事找他。

他们下班后在超市买了一些熟菜和海鲜，在别墅里简单加工了一下，就开始吃了。

“灿灿，什么事啊?”邱勇山拿着高脚红酒杯摇晃着说。

“勇山哥，我小姨夫与人合伙搞了个房地产公司，造了一幢写字楼，在中山中路上，一楼面积有近2000平方米。房地产政策收紧后，他们的写字楼生意很不好。我听说工商银行银州支行想要成立一个互联网支行营业部，正在购买写字楼，想请您跟他们行长说说，买我小姨夫的写字楼好了。”朱灿灿娇滴滴地说。

“我以为什么事呢，这事好办，我与工商银行袁长林行长说一下，应该没问题。”邱勇山豪放地说。

“勇山哥对我最好了。你也知道，我妈去世得早，我是小姨养大的，她的事我一定要帮。”朱灿灿说着，坐到邱勇山的大腿上，与邱勇山碰了一下红酒杯，两人抱着喝了一个交杯酒。

有人说，酒后的女人更可爱，这话不无道理。女人本来是矜持的，喝了酒后，胆子大了，放得开了，平时不敢做的此时却敢做了，容易迎合甚至挑逗男人，所以被男人喜欢。

朱灿灿起身拿起红酒瓶，把邱勇山的酒杯和自己的酒杯都倒满，笑眯眯而又郑重其事地对邱勇山说：“勇山哥，我满满敬你一杯。”

这一杯酒大约有四两。邱勇山疑惑地看了朱灿灿一眼，本想劝她不要一下子喝这么多，但见她满脸含笑，态度真诚，又不想驳了她的好意，便顺从地拿起酒杯与她的酒杯轻轻碰了一下，两人一干而尽。

“勇山哥，你知道吗？与你在一起是我最开心的时候，只要见到你，我心里就很安宁，想起你，我就很温暖，有你在身边，我很知足。”朱灿灿喃喃地说。

说完，朱灿灿放下酒杯，用双手勾住邱勇山的脖子，整个人贴了上去。

喝了酒后，朱灿灿脸上红扑扑的，一双眼睛醉意蒙眬，模样越发惹人怜爱。

邱勇山与朱灿灿相差 19 岁。抱着长相出众、身材高挑的朱灿灿，邱勇山实实在在感到自己是人生赢家。

他情不自禁地用双手捧起她的脸，低下头亲吻她的前额、眼睛和嘴唇。

她的身体一阵颤抖，眼里涌出了泪花。

他把她抱起向卧室走去。

金波获悉邱勇山在西山路的别墅平时没人，第二天便派人在别墅里安装了侦控设备。

侦控后第五天上午，邱勇山收到一条短信：晚上 7 时 50 分，在宾江路 72 号两岸咖啡厅见。思思。

负责监听的王来秋立即报告金波。

金波立马将情况通报给项斌，由他告诉翁成安和丁亚莉。

晚饭，邱勇山是在省政府食堂吃的。7 时 15 分，邱勇山乘车离开省政府前往宾江路两岸咖啡厅。

翁成安和丁亚莉一路跟踪。

邱勇山进了 106 包间。

翁成安和丁亚莉没有看到里面是什么人，也不知道他们到底在谈些什么。

他俩在大厅一角找了张桌子坐下，此处从咖啡厅门口到106包间进出的人都能看到。

一个小时后，邱勇山一个人出来走了。几分钟后，出来了一个身穿西装、气质高雅的男子，年近40岁。

丁亚莉悄悄地按下手机快门。

这名男子平静地向店外走去。

这时，在大厅另一角落站起来一男一女两人，像一对情侣，他们跟在中年男人身后约十来米远。中年男子打上一辆出租车走了。那一男一女坐进停在路边的黑色汽车跟了上去。

翁成安和丁亚莉看得有点儿傻了。

这是典型的专业跟踪手法。他俩不认识这一男一女，但可以肯定他们不是公安的，因为省厅和银州市公安局搞行动技术手段的他俩都认识。

丁亚莉隐约感到那个男的好像在哪里见过。

突然，她想起来了，他是她在刑警学院的师兄，比她高两级，他们在学院学生会见过。后来听说他在省国家安全厅工作。

翁成安和丁亚莉迅速坐上汽车跟在黑色轿车后面。三辆车不紧不慢地在马路上行驶着。

在车上，丁亚莉拿出手机，想看看中年男子的身份。然而男子身份信息一片空白。她感到惊奇，但很快她就反应过来，这名男子不是中国国籍，是外国人或者是境外地区人。因为只有外籍的人，身份信息还没有录入人脸识别系统内。这样，师兄在这里出现也就不足为奇了。

出租车停在银州饭店大堂门口。

银州饭店古色古香，环境幽雅，现代化设施齐备，是老外们喜欢住的地方。

中年男子下车后向饭店内走去。黑色轿车停在不远处的停车位。车上的人没有下来。

翁成安和丁亚莉开车返回公安厅，向项斌和金波报告。

金波立即向程景西副局长作了详细汇报。

“程局长，这个案件怎么国安部门也参加进来了?”金波不解地问。

“你说的我也是第一次听说。说明事情有交叉了，邱勇山的事也越来越多了。不过不要去管国安部门，他干他的，我们干我们的。”程景西淡定地说。

“好的。我明白了。”金波心里有了底。

邱勇山回到家中，他的心情十分糟糕。

晚上跟他见面的中年男人，是韩国情报院特工，名叫朴成思。他这次来的任务是，要邱勇山提供关于厦福省稀土年产量和地下储备量。中国的稀土，厦福省占三分之一。稀土在国防和工业上的用途越来越受到世界各国的重视，而稀土资源越来越少。朴成思是他在韩国时认识的，那时他任中华人民共和国驻韩国大使馆二秘。

在一次中国驻韩国大使馆活动中，他认识了一个叫金真喜的姑娘。金真喜 20 岁出头，红扑扑的脸蛋，就像国人熟知的李英爱、金喜善、秋瓷炫一样精致漂亮，而且十分温柔有礼貌。金真喜想到中国留学，请邱勇山帮忙。邱勇山答应了。一来二去，他们熟悉起来。很快在金真喜的强大攻势下，邱勇山被彻底俘虏了。

邱勇山不知，金真喜是韩国情报院刚从大学毕业生中招聘的特工，美人计是韩国情报院惯用的手段，且屡试不爽。

不久，朴成思出面了。在一家韩国咖啡馆，朴成思把邱勇山与金真喜性爱的视频和照片放到邱勇山的眼前。

“两条路由你选择。一条是为我们情报院服务，这些东西你都拿回去。另一条是你拒绝，我们把这些视频和照片送给你们大使馆。”朴成思冷冷地说。

对邱勇山来说，没有路可选择。如果拒绝，这些东西送到大使馆，他将身败名裂。

他无奈地表示，愿意与情报院合作。邱勇山从此走上背叛祖国的间谍道路。

在不久后的朝鲜六方会谈中，朝鲜、韩国、中国、俄罗斯、美国、日本六个国家参加。朴成思威逼利诱邱勇山，迫使他说出了一些中方的底牌，使中国在谈判中处于被动。

往事虽已逝去，但仍历历在目。邱勇山倒吸一口冷气。

他思索：要了解全省稀土的产量，对他这个主管全省工业和信息化的副省长来说并不是难事，稀土的地下储备量，推算预测一下也能应付过去。问题是当前美国和西方国家，联合日本、韩国等，打压中国，把中国当作假想敌。特别是美国，制裁中国的高科技企业、科研单位，甚至是一些大学，将他们列入“实体清单”。全国被美国商务部列入实体清单的共有华为、海康威视、大华科技、科大迅飞、哈尔滨工业大学、西安交通大学等99家高科技企业和科研院校。这些被列入实体清单的机构和单位，未经美国政府特别批准，将禁止使用包含美国技术的产品，不得从美国公司购买零件，剥夺了相关公司在美国的贸易机会，严重影响这些企事业单位的生产和科研。

为了反对、对抗美国、西方国家的恶劣行径，中国对美国、西方国家也搞了相应的实体清单，并禁止一些相应的人员进入中国。同时，在坊间流传，鉴于稀土在国防上大量广泛的应用，而美国和西方国家没有稀土资源，需要向中国进口，我们国家很有可能限制稀土出口，特别是向美国和西方国家出口。

就在这个节骨眼上，韩国要自己向他们提供厦福省的稀土产量和地下储备量，进而了解中国的稀土产量和地下资源。难道他们是未雨绸缪，搞情报给美国和西方国家，有针对性地对付中国？

想到这些，邱勇山坐立不安。

已经做过一次国家和民族的罪人了，还要做第二次不成？他最后决定：能拖则拖，拖不过就提供不实的数字，反正他们一下子发现不了，也证实不了。

三天后，老地方，邱勇山与朴成思又见面了。他们面对面地坐下，喝着咖啡，边喝边聊。

其间，邱勇山从口袋里摸出一块漂亮的巧克力递给朴成思。朴成思仔细地看了看巧克力，随后慢慢地将巧克力送进嘴里吃掉。

一项秘密情报的传递，就这样在大庭广众下完成了。巧克力上面有细小的数字，凭着特工的经验和技能，朴成思早已将巧克力上的一串数字烂记于心。

不远处，翁成安和丁亚莉不时扫过他们的座位。国安部门的两个年轻人警惕的眼睛下面是闲聊的神态。

半个小时后，邱勇山与朴成思握手告别。

送走朴成思后，邱勇山长长地舒了口气，他感到整个人一阵轻松。

这时，他的手机响了。他一看是朱灿灿的，立马接通：“灿灿，什么事？是不是想我了？”他心情不错，话也就随便了。

“勇山哥，我是想你，我无时无刻不在想你。你在哪儿？我要见你。”朱灿灿毫不害羞地说。

“到西山路别墅吧。我二十分钟后到。”邱勇山想了想说。

“好。等下见。”朱灿灿温柔地说。

邱勇山回到西山路别墅，没过十分钟，朱灿灿也到了。

他轻轻地抱了抱她，尔后二人相拥着在沙发上坐下。

“勇山哥，你的话真管用，你给工商银行袁行长打过电话后，他迅速派人与我小姨夫洽谈，买卖很快做成了，近2000平方米的房子，1.2亿元成交。每平方米约6万元，比市场价高出1500元一平方米。我小姨高兴坏了，说要好好谢谢你，给了我800万元。你看，怎么给你，是给你现金还是打到哪一个户头上？总之，不能直接打到你的户头上。”她很为他着想。

“灿灿，帮你是应该的，怎么能要你的钱？你小姨是你最亲的人，你有这份心，我就很满足了。这样吧，既然你小姨已拿出了这笔钱，就都给你吧，你的房子应该改善了，有了大房子，你经常在外面应酬，你老公也不会有意见了。”他体贴地说。

“勇山哥，我前世哪里修来的福分，能遇上你这样的贵人，你对我太好了，我不知怎么来形容我现在的心情。”她情不自禁地说，说着说着，她的眼泪就流了下来。

“小傻瓜，好了，不说了，堂堂的节目主持人，怎么像没见过钱，没见过世面似的，还流泪了，不难为情吗？”他一边给她擦眼泪，一边哄着她说。

“扑哧”，她转涕为笑：“都是你坏，把人家感动了。”她在他怀里撒娇说。

对邱勇山侦控的第十七天，金波接到了程景西副局长的电话。

“金总，对邱勇山等人的侦查基本结束，中央专案组决定立即收网。今天晚上，我跟中纪委的干部长来你们厦福省督战。”程景西的话音永远是冷冷的。

“中纪委的干部长具体分管哪一块？”金波问道。他本来是想问“中纪委里有部长吗”，但又觉得那样问不礼貌。中纪委里是有部长的，如中纪委组织部部长、中纪委宣传部部长等。

“呵，干部长是监察部副部长，他们实行合署办公。”程副局长解释道。

“我们要报告厅领导吗？”金波又问道。这是他的一块心病，老是不报告，他心里不踏实。

“不用报告。中纪委会跟你们厅里联系的。”程景西明确说。

晚上，在省公安厅指挥中心，金波见到了中纪委干部长和公安部程景西副局长，但他也看到了副省长兼公安厅厅长倪源涌朝他扫来的冷冷的目光。

金波暗暗叫苦不迭：典型的吃力不讨好的差事。

一切都在掌控之中，晚上 11 点准时行动。然而，监控的信号突然消失了。抓捕组在邱勇山家中没有找到他，在西山路别墅也没有发现他。

指挥部的气氛瞬间紧张起来。干部长虽然什么也没说，但那是人家高级干部的修养。程景西就没有那么淡定了，他轻轻地问了一句：“怎么回事？”

“刚才信号还是好好的。”金波回答。他回答时眼睛仍然看着自己的手机屏幕。

倪源涌不满的目光投向孙文虎和金波。

倪源涌担心的是，一旦没有及时抓获特定对象，中纪委干部长等人会怀疑是公安机关走漏消息，是公安机关领导向邱勇山报了信。近来，全国接连出现公安厅领导向抓捕对象通风报信的事。这也是全国行动部门采取手段不向分管厅长和厅长报告的一个理由。

“我去看看。”金波说完，快步离开指挥中心，向行动总队走去。

“信号在越都市出现。”半小时后，金波回到指挥中心，向领导们报告。

银州市离越都市五十公里远。银州、越都、厦海、永州在一条线上，是厦福省的重要城市。

金波立即打电话给越都市公安局行动支队长姚永根，指令他配合省厅行动总队机动队做好当地的监控工作。

同时，孙文虎也给越都市公安局主要领导打电话，要求公安局根据行动部门提供的信息，主动出击，捉拿犯罪嫌疑人。

越都市公安机关不敢怠慢，迅速组织力量，冲击了犯罪嫌疑人可能落脚的一个场所。

当公安民警冲入市郊一幢别墅时，依然没有发现既定目标，却意外抓获了在该别墅鬼混的银州海关关长邬加平和他的一个情妇。

时间已转到了次日凌晨1时，邱勇山像在世上蒸发了一样不见人影。

“干部长，时间不早了，您放心，晚上我们一定将他抓获。现在您是不是先到我们的金盾宾馆休息?”孙文虎副厅长向干部长建议。

“对，对。”倪源涌等人附和道。

“好吧。”干部长爽快地答应了。

厅警保部主任陪同干部长去休息。

根据掌握的情况和监控的信号，省公安厅要求全省省际公安卡点和与越都市邻近的公安机关在主要交通要道进行设卡堵截。

凌晨4时许，在越都市与厦海市交界处，邱勇山乘坐的越野车被执勤民警拦下，邱勇山被擒获。

原来，邱勇山得到风信后潜逃。逃跑途中他换了三副车牌。然而法网恢恢，疏而不漏，出来混，总是要还的。

不久，邱勇山被双开。中共中央通报：日前，经中共中央批准，中央纪委国家监委对厦福省原党组成员、副省长邱勇山严重违法违纪问题进行了立案调查。

经查，邱勇山丧失政治原则，毫无“四个意识”，参与在党内搞团团伙伙，热衷政治投机，造成恶劣的政治影响；违反中央八项规定精神，接受可能影响公正执行公务的宴请；利用职务便利在企业经营、职务调整、工程建设、行政执法等方面为他人谋取利益，并非法收受巨额财物。

邱勇山严重违反党的政治纪律、组织纪律、生活纪律和外事纪律，构成严重职务违法并涉嫌受贿、间谍、滥用职权犯罪。邱勇山道德败坏，生活糜烂，包养多名情人，且在党的十八大后不收敛不收手，性质严重，影响恶劣，应予严肃处理。依据《中国共产党纪律处分条例》《中华人民共和国监察法》《中华人民共和国公职人员政务处分法》等有关规定，经中央纪委常委会会议研究并报中共中央批准，决定给予邱勇山开除党籍处分；由国家监委给予开除公职处分；收缴其违纪违法所得；将其涉嫌犯罪问题移送检察机关依法审查起诉，所涉财物一并移送。

在中央给邱勇山的定性中，有两项是其他落马高级官员中少有的，一是违反外事纪律，涉嫌犯有间谍罪；二是搞政治投机，造成恶劣的政治影响。从第二条看，据消息灵通人士分析，邱勇山案件的起因，很可能是从肃清余毒开始的。

金波调到省公安厅行动总队后办理的第一个重大案件无疑是成功的。

但是他却高兴不起来。因为厅“一把手”对他给邱勇山副省长上手段而没有及时报告耿耿于怀，很不满意。但行动工作是有严格纪律的，他必须按规定和纪律办事，任何人不能凌驾于法规和纪律之上。不能为了照顾领导的情绪或者面子而违反纪律和法律，这是金波的底线，宁可被免职，也绝不屈从权贵。有人说，刑警出身的人有血性，金波认同这个观点。

二、倪省长亲自交办

这天上班后，金波来到副厅长孙文虎办公室。

“孙厅长，你有时间吗？我想向您汇报一下当前总队的一些工作，听取您的指示。”金波认真地说。

“我也正想找你谈谈，好的，我们想到一块儿去了。”正在看文件的孙文虎抬起头，把文件夹往桌子上一放说。

“孙厅长，我到总队工作已有一个多月了，通过这段时间的了解，我发现总队的工作氛围非常好，大家工作十分努力，队伍的凝聚力很强，但也发现存在一些问题。下一步我准备在手段专业化、工作规范化、队伍正规化建设方面做些探索和调整。”说到这里，金波停顿了一下。

他看到孙文虎很认真地听着他讲话，又接着说："在手段的建设和使用上，存在厚此薄彼的现象。有的手段广泛使用，应用水平比较高，但有的手段使用得少，会用的人少，应用的效果很不理想。我想，作为省厅机关，我们既要从实际实战出发，也要从大局长远考虑，所以我准备强化一些冷门手段的建设和使用，明确任务，责任到人，树立省厅总队的权威，确保各种手段的均衡发展。

"在工作规范方面，目前来看，各地的工作站建设参差不齐，在力量配备、职责任务、手段使用、人员管理等方面，或多或少存在这样那样的问题，亟须加强和改进。我想对工作站的建设搞一个专项整治，通过整治，大力提高规范化水平。

"在队伍建设上，有三个现象需要引起警惕，一是有的民警在执法中谋私利，在侦听中发现一些涉事单位需要律师或审计师，就介绍自己的亲朋好友去应聘；二是有的民警在工作中掺私货，就是任意监听他感兴趣的人和事，隐患很大；三是有的民警上班时间炒股。因此，我准备严格队伍管理，加强队伍建设，着重开展'三无活动'，就是无违纪、无信访、无投诉。"金波一口气把他要说的都说完了。

"以上我汇报的内容，来之前与政委作过沟通，他都同意。"金波补充道。

"很好。工作思路清晰，工作重点突出，工作措施明确。关键是你要与政委通力合作，充分发挥班子成员的工作积极性，带领总队全体民警，狠抓各项工作措施的落实，力争把总队的业务工作和队伍建设推上一个新台阶。"孙文虎听了汇报后鼓励说，并提出了要求。

“工作中有什么困难吗?”孙文虎说完又关心地问。

“其他困难没有，就是我感到总队的业务骨干少了些。孙厅长，我想把厦海市公安局刑侦支队二级高级警长余恒成同志调到总队来当支队长，他曾是刑侦支队重案大队主持工作的副大队长，是一个办案好手，工作很踏实。恳请厅长批准。”金波满怀希望地说。

“我个人原则同意。但我一个人说了不算，我要与厅政治部张凌豪主任商量一下。他是二级高级警长，就是正处级了，这还好办。如果是处级以下的干部，省人事厅要卡住的，要参加公务员遴选。”孙文虎干脆地说。

“谢谢孙厅长。”金波真诚地说。

“谢什么，都是工作嘛。”孙文虎笑了笑说。

晚上，金波给余恒成打电话。

“金局，回厦海了吗?”余恒成一看是金波的电话抢先说话。

“恒成，我在银州。近来还好吗?”金波问道。

“就那样。自己管自己。”听金波问起自己的近况，余恒成情绪马上低落下来。

“恒成，我想把你调到省厅行动总队，不知你有没有想过，愿不愿意?”金波一字一句地说。

“调到省厅?”显然余恒成没有心理准备，他一时语塞了。

“你在厦海一直这样挂着也不是办法。我想把你调到总队当支队长，我们一起干。我向孙厅长报告过了，他表示同意。我今天打电话给你，就是征求一下你的意见。”金波推心置腹地说。

“金局长，您虽然走了，还始终惦记着我，我很感动。我只是觉得，跟着您干通气、痛快，累点苦点没关系，有没有一官半职无所谓。”余恒成快言快语表态说。

“好。我知道了。你就等调令吧。”金波像放下了一件心事，对余恒成他总觉得亏欠似的。

一个月后，余恒成到省厅报到，他被任命为厅行动总队二支队支队长。

这天上午，金波在办公室看文件，他的手机突然响了，电话是倪副省长的秘书左怀良打来的。

“金总，倪省长找你，他在办公室。”左秘书道。

“我立即就去。”金波回答。

金波的办公室在三号楼九楼，厅领导的办公室在一号楼十八楼至二十楼。机关企事业单位负责人，他们喜欢自己的办公室在七楼或者十七楼，俗话说“七上八下”嘛。

倪源涌对这一套不大相信，他的办公室在十八楼，不过这个办公室是他的前任定下的，他总不能另起炉灶，把大家都搬到十七楼去。

“笃，笃。”金波敲响了1801房间的房门。

“进来。”里面传来倪源涌瓮声瓮气的声音。

金波推开房门，走进办公室。

“倪省长，您找我？”金波态度谦逊地说。

“金波，坐。”倪源涌指了指办公桌前的一把椅子说。

金波不客气地坐了上去。

“金波，这是一个省领导交办的事。你们对这个电话号码监听一下，有情况直接报给我好了。”倪源涌说着，把写有一个电话号码的纸条交给金波。

金波接过纸条，正要问监听手续呢，但他忍住了。因为这毕竟是他到厅里后，倪省长交给他的第一个任务。

行动工作每项手段的使用都是需要手续的，公安部交给的任务，除了电话通知外，必须通过行动内部专门系统下达。其他部门需要行动配合的，也必须有正规的文件，按规定经相关领导审批同意。但对自己直接领导交办的任务，或者是特别紧急的情况，可以变通，就是先上手段，再补办手续。

一句话，上手段，要手续，这是铁律。

“是，倪省长。我及时向您汇报。”虽然金波总感到倪省长的办事风格、行事方式不是他欣赏的，与自己不是一路人，但对领导要服从和尊重，这是规矩。

“如果没有其他事，我就先回去了。”金波请示道。

“你去办吧。”倪源涌面无表情地说。

金波回到总队，把一支队支队长王来秋叫到办公室。

“来秋，这是倪省长交办的，你们落实监听，有情况向我报告。”金波说着，把写有电话号码的纸条递给王来秋。

“是。”王来秋接过纸条就转身离去。

这时，余恒成见金波办公室门开着，就走了进来。

“恒成，坐。怎么样？在厅机关还适应吗？”金波热情地说。

“局长，还真不大适应。每天坐办公室，人快生锈了。”余恒成抱怨说。在私下场合，余恒成习惯叫金波为局长。

“哈哈。恒成，不要急，事情有你做的，案件有你办的。你刚来，我先让你熟悉一下情况。”金波安慰道。

“您快点让我上案吧，局长，不办案我心里发虚，不踏实。”

余恒成央求道。

“恒成，到时案件会让你办不过来的。不过，下半年公安部业务局要组织各省市进行技术比武，我想以你们支队为主，抽调全省尖子，进行集中培训。全国性的比武，你可千万别给我省丢脸，给我丢人呵。”金波嘱咐道。

“请局长放心，我一定保三争一。因为我看过我们支队几个家伙干的活儿，绝对没得说，把我看得一愣一愣的。”余恒成信心十足地说。

“先别说大话，没有前三，我拿你是问。”金波的脸渐渐严肃起来。

“是，保证完成任务。”余恒成说完转身离去。

转眼三天过去了。这天刚上班，王来秋走进金波办公室，汇报他们监听的情况。

“金总，那可是一个美少女。”王来秋上来就嬉皮笑脸地说。

“等等，你们能听出来她是一个美少女？”金波打断王来秋的话，用眼斜瞅着他。

“金总，您说笑了吧。听当然是听不出一个人的形象的，最多只是想象。但对我们来说，只要知道了一个人的电话，她就没有隐私了。这您懂的。”王来秋说到这里打住了。

金波会意地点点头，示意他说下去。

“从获得的情况看，她是厦福大学外语系四年级学生。她每天的学习和生活很有规律，基本是教室、图书馆、食堂、寝室四点一线。她交往的人比较简单，清一色是学校老师和同学。她兴趣广泛，擅长中长跑、打羽毛球和游泳，小提琴拉得很好，还会吹箫，是一个很讨人喜欢的姑娘。”王来秋在他一脸赞扬中结束了汇报。

“嗯，我知道了，我会向倪省长报告的。你们继续对她进行24小时的监听。”金波吩咐道。

“金总，我们需要监听手续，因为监听材料要归档的。”王来秋有点儿不好意思地请求道。

“你们先干着吧，我会请倪省长提供的。”金波摆摆手。

王来秋走后，金波即给左怀良打电话。

“金总，请讲。”左怀良抢先打招呼。

“左秘书，倪省长在办公室吗？我有事向他汇报。”金波说。省领导一般比较忙，大家习惯先给他秘书打电话。

“金总，倪省长正在与人谈话。等一下他有空时，我告诉你。”左怀良解释道。

“好的，辛苦左秘书了。”金波客气地说。

“金总，不客气。”左怀良放下了电话。

一小时后，左怀良告诉金波，倪副省长有空了。

金波立即起身，独自走进倪源涌办公室。

“省长，我向您汇报一下三天的监听情况。”金波不卑不亢地说。

“你说吧。”倪源涌坐着没动。

金波便把情况向倪源涌作了详细汇报。

“好的。你们要继续进行监听，情况及时报告。”倪源涌沉着脸说。

“是，我们坚决落实省长的指示。”金波机械地回答。

“省长，监听的手续您叫谁给我们一下。我们要归档的，公安部年底也要来检查的。”金波婉转地说。

倪源涌的眼里闪过一丝不快，但他很快就恢复了平静。

“可以。我叫人给你们送过去。”倪源涌把“你们”两个字咬得特别重。

金波暗暗感到不妙，似乎又得罪倪副省长了。

他小心翼翼地退出倪副省长办公室。

行动总队长岗位不是一般的重要，这个岗位的人与自己不是一条心，这是十分危险的，也是不能想象的。

倪源涌在心里已经决定更换行动总队长。

他立即拨通了银州市公安局常务副局长许绍精的电话。

“省长，有什么指示?”许绍精一看是倪副省长的电话立马抢先说道。

“绍精，你赶紧办一个委托上手段的手续。姓名，欧阳春玉；职业，学生；案由，涉及组织政治集团；手机号码，136××××7336。加盖你们公安局公章后交给左怀良。”倪源涌不紧不慢地说。

“请省长放心，我马上办理，给怀良送过去。”许绍精恭敬地说。

许绍精是倪源涌到厦福省后配备的第一任秘书，在跟了他近三年后，他将其提拔到银州市公安局任党委副书记、常务副局长，职别是副厅长级。

下班前，金波收到了左怀良送来的手续。

当他看到案由是涉及组织政治集团时，不由得连连苦笑。这样一个清纯女孩是政治精英分子吗？不过手续有了，他可以交差了。至于对她上手段的真实目的，是领导交办的，他无须过问，也没必要知道。

多一事不如少一事。不过他领悟得还是晚了。

三、调任厅扶贫办

厅机关开展副处职岗位竞争。政治部搞了一个竞争方案。这次厅里共有28个副处职位，可以提拔28个副处长。对公务员来说，提拔是头等大事，提拔既是组织对个人的认同，也是个人价值的体现。所以，凡是符合竞争条件的人，心里既充满希望，又无比紧张。谁不想被提拔重用呢？

竞争资格条件比较普通，正科职或者副处级（四级高级警长）三年以上，主任科员（一级警长）四年以上。符合资格条件的人很多，显然人多粥少，竞争激烈。当然竞争条件还有德才兼备，群众公认度高。竞争的原则是群众推荐、组织考察、党委任命。

厅里这次给行动总队两个副处职名额。

这天晚上，金波接到了厅政治部副主任贾为民的电话。

“金总，在哪里潇洒呀？”贾为民开玩笑地说。

“贾主任，我哪有这么好的命，在办公室加班呢。主任有什么吩咐？”金波在电话里苦笑着说。

“金总辛苦，对老总我岂敢吩咐。有一事想与你商量，就是推荐两个副处职位的事，我们政治部想后天星期三下午到你们总队来进行，你看行不行？”贾为民心平气和地说。

“后天下午？没问题。”金波想了想说。

“那好，我们政治部同志后天下午2时准时到你们总队。”贾为民把推荐时间敲定后，又接着说：“金总，这次推荐人选，有一人想与你商榷。”说到这里，贾为民停了下来，好像很难说下去。

“贾主任请说无妨。”金波善解人意道。

“金总，你们四支队支队长田虎各方面表现优秀，年龄又是各支队长和政委中最小的，我们政治部的意思这次是不是把他解决了？”贾为民直白地说。

金波听了心里一惊。

田虎他是了解的。这小伙子从公安大学毕业后就分配在行动总队，专业素养高，工作敬业，表现突出，在四支队干得风生水起。他待人谦虚，为人低调，深得金波喜欢和信任。但问题是他太年轻了，比其他支队长政委要年轻八九岁。如果先把他解决了，会影响其他支队长、政委的工作积极性，不利于干部队伍的稳定，而且公安机关是一个压干部问题很严重的地方，干部年龄普遍偏大。

想到这里，金波问道：“贾主任，这是厅里的意见吗？”金波是一个很讲原则的同志，如果组织上已定了下来，他个人再有想法，也要执行组织的意见。

“这个，这个……”贾为民突然支支吾吾起来。

“贾主任，我的意思是厅党委会有没有开过，有没有定下来？”金波进一步问道。

“厅党委会还没有开。”贾为民坦诚地说。

“呵，是这样啊。”金波如释重负地叹了口气。

在金波看来，这几年公安政工部门大力倡导干部队伍专业化、正规化、年轻化，提拔的干部越年轻越好，无奈公安机关干部队伍老龄化突出，积重难返，往往被组织人事部门所诟病。政工部门和业务部门在选人用人方面，标准是有差异的。

第二天，金波先后与总队政委和三位副总队长进行谈话，总的意思是要他们把总队表现最好，他们最想推的人推出去。除了与政委交换了人员名单，统一思想外，对副总队长，金波没有与他们交流应该提谁，没有说一个人的名字。因为提拔干部是最敏感和复杂的事。

星期三下午1时50分，政治部人事训练处干部一科科长任红君和厅治安总队政工室主任俞世辉提前十分钟来到行动总队。因为这次要推荐的部门和人员多，政治部人手不够，把相关总队的政工室主任临时抽来帮忙。

行动总队会议室，60名干部全体出席，整齐地坐在主席台下。

主席台上坐着金波、政委、政治部任红君科长和俞世辉主任四个人。任红君今年32岁，中等身材，短发，圆脸，有着与她实际年龄不相符的老练和稳重。

任红君首先发言。

“按照厅党委的统一部署，这次由我和治安总队的俞主任两个人来到行动总队进行副处职领导干部的推荐。推荐实行书面推荐和口头推荐相结合的方式，等一下书面推荐后，正科职以上干部再单独进行口头推荐。书面推荐的要求是填写两个人的名字，不要交头接耳，由个人独立完成。可以写一个人的名字，但不能超过两个人的名字，填写了三个人或以上的，这张票就作废了。”任红君的讲话惜字如金，要求明确。

金波的讲话更简短。

他说：“大家要抱着对组织、对同志、对自己负责的精神来填写这张推荐票。把总队符合条件的，各方面最优秀、表现最突出、能力最出众、群众最认同的同志推选出来。”

推荐票分 A、B 两种，A 票是总队班子成员填写的，B 票是总队其他干部填写的。

任红君和俞世辉把推荐票发给大家。绝大多数同志在会议室当场填写，一些人拿着推荐票到旁边的办公室填写。大家很快填好，将推荐票投到红色的票箱内。

接着是口头推荐。金波报了两个人的名字，分别是一支队支队长王来秋和三支队支队长项斌。这两位支队长不仅资格老，工作也十分努力和踏实。而且这两人是现有行动总队支队长和政委中仅有的三级高级警长，是副处级。当然新调来的余恒成不算，他是二级高级警长，是正处级。

推荐活动很快结束，任红君和俞世辉拿着推荐票来向金波告别。

“金总，我们工作结束，准备回去了。”任红君面带微笑地说。

“好，你们辛苦了。”金波与他们握手告别。

三天后，金波接到了左怀良的电话：“金总，倪省长叫你和政委去他的办公室。”

“现在吗?”金波问道。

“是。”左怀良说。

金波拿起工作笔记本和钢笔，叫上政委一起来到倪源涌副省长办公室。

政治部主任张凌豪和副主任贾为民已坐在倪副省长旁边。

待金波和政委落座后，倪源涌副省长先开了口：“这次副处干部推荐，你们四支队支队长田虎为什么没上?”

金波心里没有准备，他不知如何回答。他扭头看政委，政委也是一脸茫然。他俩面面相觑。

“不知道。”金波回答。

“没跟你说吗?”倪源涌将视线从金波身上转到政治部主任张凌豪和贾为民身上，目光最后落在贾为民身上。

“我在电话里告诉过金波总队长。”贾为民冷冷地说。

“贾主任，你在电话里说，是你们政治部的意思。我问过你，厅党委会有没有开过，厅里有没有定下来，你都说没有。”金波据理力争。

张凌豪的脸色很难看。

“噢，是这么回事。那你们先回去吧。”倪源涌淡淡地说。

金波和政委满脸疑惑地离开了倪源涌办公室。不过金波觉得他没有做错什么，也没有将这事放在心上。

第二天上午，副总队长姚怀里来到金波办公室，神色严峻地说：“金总，今天上午，驻厅纪检组在调查我们总队推荐副处职的事，是针对你的。”

“我问心无愧，随他们好了。”金波虽然心里不高兴，但这么多年下来，遇事他淡定多了。

“他们把总队支队长、支队政委和总队班子成员一个个都找去谈了。”姚怀里压低声音说。

“还这么当真。”金波在心里说。

“他们要调查，是他们的事。”金波无可奈何地说。

“他们问得很细，你要当心。”姚怀里担心道。

“天要下雨，娘要嫁人，随他们的便。”多年的刑警生涯使金波养成了坚毅的性格。但他显然还是低估了倪源涌对他的不满。

次日下午，厅党委委员、驻厅纪检组组长孟静玉和驻厅纪检组副组长林如超找金波谈话。

孟静玉50岁出头，五官端正，由于保养得好，看上去比她的实际年龄要小很多。她一直在纪委系统工作，三年前由省市场监督管理局纪委书记调任省公安厅纪委书记。她是厦海市人，与金波是老乡，他们早就认识，虽然不是深交，不过金波往日对她的印象还不错。

“金波同志，你们总队这次推荐副处职干部究竟是怎么回事?”孟静玉语气婉转地问。

你们纪委不是调查了好几天，难道还不清楚?金波在心里一转，缓缓开了口：“孟书记，事情过程其实很简单。”说完，他把经过简要说了一遍。

“政治部贾副主任给你打电话，应该说厅里的意思很明确，你为什么不推荐田虎呢?”孟静玉单刀直入。

“政治部贾副主任确实给我打过电话，他说是政治部的意思。我问过他，厅里是什么意见，他说得模棱两可。”金波针锋相对。

“政治部的意思不就是厅里的意思吗?”孟静玉微微一笑。

“政治部是代表政工部门的意见，就像我们总队是代表业务部门的意见一样。”金波毫不示弱地回答。

公安机关政工部门虽然是管干部的，但它与党政机关的组织部门是不一样的。到底哪里不一样，金波没有研究过，也说不出，但从直觉上他觉得是不一样的。比如，县公安局的政工室主任或者是政治处主任，在县公安局党委中的地位与县委组织部长在县委常委中的地位是完全不一样的。

“政治部的意见就是厅里的意见。”孟静玉强调说。

金波无语了，他不想与孟静玉争吵。

现场陷入沉默。

“金波同志，你回去写一个检查给我。”孟静玉冷冷地说。

金波觉得孟静玉变了，变得不近人情。同时他觉得孟静玉知识结构有问题，特别是对公安机关不是很了解，这与她不是老公安有关系，她是半路出家的。

他这几天也了解过了，在拟提拔人选上，公安厅书记办公会议和厅党委会都没有开过，他们这样做，其实是不应该的。

所以，金波决定检查是不能写的。于是他写了一个《关于行动总队在推荐副处职干部中的情况报告》。第二天一上班，他将该报告交给孟静玉。

倪源涌对金波的情况报告很不满意。于是，他指令孟静玉和分管副厅长孙文虎一起找金波谈话。

“金波同志，你要深刻认识到你的问题和错误。”孟静玉上来就定了调子。

在金波眼里，孟静玉平时不是一个主观性很强的人，也还算正直和公道，现在怎么变成这样了？

“孟书记，我不知道错在哪里。我公事公办，没有一点私心。”金波硬气地回答。

“政治部的意见就是厅里的意见，这还不明白吗？”孟静玉感到不可思议地说。

“政治部只能代表部门的意见。”金波坚持自己的认知。

“你说政治部只代表政工部门的意见，那你事先为什么不请示分管厅长和政治部主任呢？”孟静玉说。

“如果从完美的角度出发，我在工作中有疏忽，我可以请示分管领导和政治部领导，但这不是必选项，推荐干部我可以请示，也可以不请示。”金波辩解道。

“金波，这事也怪我，政治部是与我打过招呼。因为这几日我出差了，加之工作忙，我没有及时跟你说。但既然政治部贾副主任专门给你打电话，作为一个成熟的主管，你应该考虑方方面面，把问题想得周全些。实在拿捏不定，你可以和我沟通呀。你看现在多被动。”孙文虎在一旁苦口婆心道。

孙文虎的话中肯、客观，金波听得进去。

“金波同志，你的检查很不深刻，要加深认识。”孟静玉冷冷地说道。

金波默不作声，无声就表示不认同。

谈话不欢而散。

下午和第二天上午，金波拿着交上去的《情况报告》复印件，分别找了厅党委副书记和其他三个副厅长，向他们汇报了事情经过，以及厅里对此事的调查。四个厅领导听了金波的口头汇报，看了他写的《情况报告》，明确表态金波没有错，对厅里的调查面带讥讽。

金波看得出，他们不是在他面前附和他，他们也不需要附和他，他们是就事论事。

两天后，倪源涌和张凌豪两人找金波谈话。

金波知道，最后的时刻来临了。

倪源涌态度还算平和，张凌豪则面无表情。

“金波，为你的事，我向省委组织部作了汇报，根据你在干部推荐中存在的问题，结合厅里的调查，我们要开党委会，研究对你的处理意见。”倪源涌和颜悦色地说。

金波静静地听着。事先他已听到风声，倪源涌要免去他的行动总队总队长职务。

“把你从厦海市公安局调来，对你的总队长任命时间也不长，现在又要——唉，我们是自己打自己的嘴巴。”倪源涌忽然感叹起来。

“组织上准备免去你的总队长职务，你有什么意见吗?”倪源涌盯着金波的眼睛说。

“我没有错。这样处理我，我不满，也不服。”金波镇定而又不屑地说。

张凌豪阴沉着脸，始终在旁边一言不发。

“你回去吧。”倪源涌低着头说。

金波平静地走出倪源涌的办公室。该来的总是要来的，他有心理准备。

下午的厅党委会议，金波被免去行动总队总队长职务，调任厅扶贫办副主任。据说，在党委会议上，没有人提反对意见。

金波对此完全理解。因为在厅党委会议上，越来越听不到不同的声音和意见。

有一次在餐桌上，金波亲耳听到一个已退休的老厅长对一位正直的副厅长说，不是你分管的事，以后在会上就不要说了。

那位副厅长无可奈何地苦笑着点点头。

金波被免去总队长职务，调任扶贫办副主任的消息，很快在厅机关传开了，引起广泛关注。大家普遍感到不可思议，不少中层干部私下议论，都说觉得莫名其妙。

对金波的处理和免职也不同往常。

处理要有文字材料吧，没有。免职要有依据吧，同样没有。就是免职两字。对金波口头说，调任是因为他在行动总队推荐副处干部时，没有体现组织意图。

金波无话可说，欲哭无泪。

他真正体会到什么是欲加之罪，何患无辞。

四、药瓶上的指纹

金波第二天就到扶贫办报到了。

扶贫办在同一幢楼的五楼。他从十二楼搬了下来。在搬办公室物品时，行动总队几个小伙子十分卖力。

王来秋、项斌、余恒成、田虎也来办公室转了转，问金波有什么需要帮忙的。

金波指着正在搬东西的小伙子说："不用，有他们就够了。"

扶贫办是一个临时机构，只有三个同志，加上金波共四个人。扶贫办主任是王炎炳副厅长兼任的；还有一个副主任是厅警保部主任凌冰时兼任的，他只挂个名，平时不来扶贫办上班，是为了拨钱方便些。

在扶贫办上班的三个同志，分别是从政治部、警察学院和刑侦总队三个部门抽调来的。从政治部来的叫宋伟，51 岁，是部队团级干部转业的；从警察学院来的是位女同志，叫任曼灿，44 岁，是学院干训部副主任；从刑侦总队来的是个硕士毕业不久的小伙子，叫吕桢毅。他们对金波的到来，表示由衷的欢迎。

扶贫办的工作相对轻松，主要是两块工作：一块是负责本省永州市清原县岩头村的扶贫工作，该村是公安厅结对扶贫的对象；另一块是负责对外省贫困地区公安机关干部的培训工作。

金波自从参加工作后，一直处于紧张状态中，突然空下来后，他感到无所事事。开始几天，他还真不太适应，天天看资料、看报，上网看新闻，以此打发时间，等下班。

但他是一个适应能力非常强的人，半个月后，他就基本将心态调整过来了。

他一直认为自己没有错。比起革命战争时期被内部肃反错杀的同志，他已感到非常庆幸了。他就这样用“阿Q精神”自我安慰着。

他自嘲地笑了。

每天中午去厅里食堂吃饭，他淡定自信。大家对他的态度也一如既往，有的对他更加热情。他知道，这是大家在无形地支持他。他心里暖暖的。

转眼在扶贫办工作了一个多月，他决定到对口扶贫的清原县岩头村去看看。

他向王炎炳副厅长报告后，带着任曼灿和吕桢毅驱车驶往永州市清原县岩头村。

省城离永州有三百多公里。永州在厦福省的最南面，靠近东海。清原县在永州市西南面，是一个山区。清原离永州还有八十多公里，而且全是盘山公路，是厦福省唯一不通高速公路的县。

金波一行乘坐的小车在永州下高速后，驶上了去清原的沿山公路。永州到清原虽然是山路，但地势还算平坦，路面也比较宽。不过过了清原，向岩头村进发时，盘山公路越来越险。其中一段五公里的路，路面刚够两辆车交会，一面是山，一面是万丈深渊，一不小心就会连车带人翻下山去。

驾驶员小心翼翼地开着车。任曼灿作为一个女同志，大气不敢出，非常紧张地坐在车里。听驾驶员介绍，从上海来的一个女司机开到这段路时，不敢开了，哭着下车叫其他人来开。

金波一行到达岩头村时，已是下午 1 时，从省城出发总共开了六小时。

永州市公安局政治部副主任王灿刚、清原县公安局政委于时清、黄石乡派出所教导员张还山和岩头村支部书记兼村主任魏营贺早已等候在村口。

金波与他们一一握手。

一群人来到村委会。村委会是两间低矮的平房，房内只有三张桌子和几条长凳子，摆设十分简陋，很像 20 世纪 70 年代的大队部。时空相差四十多年，在厦福省这样经济发达的省份，还有如此简朴的村委会，这让金波料想不到。

待众人坐下，一位 30 多岁、模样还算俊秀的村妇为大家沏上一杯热茶后，魏村长热情地说："我首先代表全村村民，热烈欢迎省公安厅扶贫办金波主任一行和永州市公安局、清原县公安局领导到岩头村指导工作。

"金主任这是第一次来岩头，我先把村里的情况介绍一下，全村 93 户人家，307 人，有山林 1002 亩，没有农田，村民靠种茶叶和种蘑菇为生，平均每户年收入五千多元，生活比较困难。村里的年轻人大多外出打工。

"近年来，当地党委、政府，特别是省公安厅十分重视和关心岩头村的扶贫工作，拨出资金，派出专人到岩头村，先后解决了全村的自来水问题和村小学的危房问题。我们表示由衷的感谢。

"金主任这次专门来岩头村走访，是最好不过的事，肯定对扶贫工作有进一步的想法和说法，我们十分期盼。我们也真挚地邀请金主任一行和永州市公安局及清原县公安局的领导，以后多来岩头村走走看看。"

魏村长发表了热情洋溢的讲话。他50来岁，中等个子，脸黑黑的。他是个部队复员军人，如果不是在部队里一次实弹训练中一条胳膊受伤致残，他也早已外出打工赚钱去了。

轮到金波讲话了。

金波站起来说："我是第一次来岩头村，我到厅扶贫办时间也不长，对各种情况不是很熟悉。但既然到岩头村来了，我想看一看，听一听，与村里领导商量一下村里最迫切想解决什么问题，我们一步步、一件件解决，好不好？"

"好，好。"魏村长连忙叫好道，"金主任说话爽快，是一个实在的人。我先陪金主任和各位领导到村里转转。"也许是部队回来的原因，他喜欢与性格直爽、说话痛快的人打交道。

金波一行人跟着魏村长先在村里转。

三三两两低矮的平房建在山脚下。一条小溪在山谷下流过，溪水清澈，偶尔有几条小鱼在欢乐地游动，整个村子朴素而宁静。

村子里很少见到人，几个老人和妇女聚在一起闲聊着，看到一群人过来，他们停止说话，好奇地打量这些陌生人。

村小学在村东头，七八间老旧的房屋，虽然经过维修，仍显得不像样子。学校里有一位校长，五名老师。村里有大小孩子80多人，除了上初中的要到黄石中学外，其余学生都在小学上混合班。

村子四周都是高山，最高的山峰海拔2300米，是厦福省第一海拔山峰。深山老林之中，古木参天，遮天蔽日，一阵风过后，发出沙沙的声音，听上去阴森可怖，神秘莫测。在靠近村子与小山中间，新增的几座坟头格外引人注目。

金波也注意到了这些新坟，与周围的环境格格不入。他仔细看了看四周，发现山中依稀可见的新坟和比较新的坟头竟有三四十座。

他暗暗吃惊。

这么小的村庄，这么稀少的人口，竟然有这么多新坟，这是怎么了？他在心中打了一个大大的问号，但表面上却不动声色。

一行人回到了村委会。

魏村长待众人落座后，看着金波说："金主任，目前村里最犯难的事，是孩子们读书的事。你刚才也看到了，学校破破烂烂，虽说危房经过维修后，暂时是不会倒塌了，但这么多孩子挤在几间狭小的房子里，确实苦了孩子们。

"按照乡里的政策，黄石乡几个小村的小学生，原则上都要到乡中心小学和大的村小学读书，但岩头村离乡政府所在的黄石村太远了，有十里地，而且都是山路，每天要孩子们走这么远的路，根本不可能。乡里照顾岩头村，在村里建了小学。所以，如果有可能，公安厅能不能帮助村里建一所小学？"

魏村长的眼里饱含着渴望。因为他知道，再苦也不能苦了孩子。

"你说的都是事实。魏村长，就我个人而言，建一所小学是应该，而且是必须的，但这个事我说了不算。不过，你放心，回去后，我会积极向厅领导反映并建议的。"金波真诚地说。

"谢谢金主任。谢谢大家。"魏村长由衷地说。

天色渐渐暗了下来，魏村长想留大家吃饭，他说："村里没有好酒好菜，但绝对绿色环保，菜是自己种的，鸡是自己养的。金主任是第一次来，一定要在村里吃饭。"

金波原准备在村里简单吃一点，农村人实诚，不在村里吃，他们会认为看不起他们。但想到回去的路太过危险，且驾驶员小郑一个劲儿地向他使眼色，他便说：“魏村长，我本打算在你这里吃的，但天色已晚，黑夜里这条路开车危险，为了大家的安全，我们不能在村里吃了，请你谅解，感谢你的热情款待。”

“金主任，那下次你一定要早点来，在村里吃午饭，我要好好敬你一杯。”魏村长想到金波不是客套，也就没有再坚持留他们在村里吃饭。再说他礼数到了，客人不吃饭是情况特殊。

“魏村长，下次一定吃环保食品。”金波笑着说。

这时，他注意到魏村长左手套着一个黑袖套，便关心地问：“魏村长，你家里最近有人去世吗?”

魏村长神情暗淡地回答：“是我二叔去世了。我二叔平时身体蛮好的，不知怎么回事，突然就走了。”

“近来，村子里是不是死了不少人?”金波问道。

“是的，遇到鬼似的，村里接连不断地死人。金主任，你是怎么知道的?”他不解地问。

“刚才你陪我在村里走时，我看到附近山上有不少新坟。”金波如实回答。

“这些人是怎么死的，知道吗?”金波作为刑警的职业病上来了。

“有的是猝死的，有的是病了几天后死的。现在想起来，奇奇怪怪的。”魏村长边回忆边说。

“报过案吗?”金波的脸色很难看了。

“没有。”魏村长回答。

“魏村长，今天已不早了，我们先回了。村里不断死人的事，我会与你再联系的。”金波说完，与他告别。

三辆车缓缓离开了岩头村。

晚上7时多，金波一行到了清原县城，在城里随便找了一个饭店吃了晚饭。

“于政委、张教导员，岩头村接连死人的事，你们听说了吗?”金波在席间问道。

“没有听说。”于时清政委答道。

“我曾经听管区民警说起过，说岩头村近年来时不时地死人。因为没有人报案，大家也没有当回事。”张还山教导员一脸认真地看着金波说。

“这么小的一个村子，接连不断地死人，不正常啊。”金波皱了一下眉头，继续说，“人究竟是怎么死的，是病死、被人弄死，还是其他原因，要查清楚啊。你们说是不是?”

王灿刚点点头，说道：“我今天在岩头村看到这么多新坟，确实感到不正常。”

于时清接着说：“岩头村的情况，如果不是现场亲眼所见，还真不敢相信。”

张还山看着他们三人，没有说话。岩头村在他的派出所辖区内，他不便表态。他不表态的原因有二：一是他不了解详细情况，怕说错；二是他不是行政主管，上面还有所长呢，他只负责政治思想和队伍建设以及法制工作。

“于政委，我有个建议，你与局长是不是商量一下，组织人员对岩头村的死人情况进行专门调查，搞清情况。如果不是我们公安机关管辖的，向党委政府报告，请相关部门负责弄清死亡原因。”金波客气地对于时清说。

如果从职别上说，他比于时清高两级，因为他是正处职，于时清是正科职。从隶属关系看，他是省厅的人，于时清是县局的人，虽然不是直接关系，但县公安局，乃至市公安局，在业务上都归省公安厅领导和指导。在人员任命上，公安机关是下管一级；市公安局长，由省公安厅和省委组织部共同提名，副局长人选必须征得省公安厅同意。同样，县（市、区）公安局长是由市公安局和市委组织部共同提名的，副局长必须征得市公安局同意。而且公安机关是强力部门，业务线的属性比一般行政、司法部门，如工商、税务、检察、法院、安全等部门显然更强一些。

不过金波一贯低调，从不居高临下，气势凌人，所以他用了“建议”两字。

“好的，金主任，我与局长和分管局长商量后向您报告。”于时清头脑活络，思路清晰，连忙说。

说完，于时清拿起手机拨通局长江学冰的电话，向他说了在岩头村看到的情况和金波的意见。

“就按金主任的意见办。你通知虞强副局长，请你和他带队去岩头村调查。”江学冰略一思考说。

江学冰是何等聪敏的人，他今天去市局开会了，不然晚上他是一定会来陪金波和市局王灿刚副主任吃饭的。

于是，于时清又打了个电话给虞强，说了岩头村的事和江学冰要他们两人带队的意思。虞强从刑警大队长提拔为副局长的时间不长，他自然没有意见。

“金主任，根据您的指示，我与江学冰局长商量后，确定由我和虞强副局长带队去岩头村调查。另外我有一个请求，就是如果您同意，想请您一起参加，我知道您是公安部特聘刑侦专家。”于时清笑盈盈地说。

“我也参加?”金波自言自语地说。

他想起目前在厅里没有什么急事，参加对扶贫对象的有关调查也在情理之中，便说：“我向厅领导汇报后再定。”

他立即给王炎炳副厅长打了请示电话，王副厅长表示同意。

第二天一早，金波、于时清、虞强，刑侦大队大队长戚友光、法医徐进峰、侦查员阮良国，黄石乡派出所所长厉明明、教导员张还山等一行人来到了岩头村村委会。

“金主任，欢迎，欢迎。”魏村长握着金波的手使劲儿地摇着。

“魏村长，我们又见面了。”金波笑着说，“这次来，主要是调查村里死人的事。县公安局由政委于时清和分管副局长虞强带队，我是他们邀请来的。”

“嗯，嗯，这事该调查调查。不瞒金主任和各位领导，自从三年前开始死人，村里断断续续先后死了有三十多人。当然，其中一些是年老体弱自然死的，但有一些死前身体应该很好的。村民们虽然心里不说，但我看得出，大家人心惶惶的。有的村民甚至说，要离开岩头村，搬到外地去住。”魏村长心事重重地说。

“村里最近死的是谁，是怎么死的，请你具体说说。”虞副局长插话。

“最近死的是我二叔，叫来年生，今年 73 岁。他的身体一直不好，时不时吃中药，一副病恹恹的样子。大约十天前，他吃了中饭后，突然不省人事，下午就去世了。”魏村长心情沉重地说。

“他去世时有什么症状吗?”虞副局长启发道。

“他说肚子痛，吐了几口，眼珠子翻白就没有再醒来。”魏村长补充道。

"他家里有什么人吗?"虞副局长继续问。

金波和于时清静静地听着，没有问话。这是办案的一般规律。在问一些普通情况时，旁人是不插话的，尤其是领导干部，不涉及核心问题，以不说话为上策。当然，也不是绝对的，以当时情形以及领导干部的个性而定。

"说起来，我二叔是一个苦命的人。他中年丧妻，好不容易将一个儿子抚养成人，娶妻生子，但他儿子、儿媳在八年前先后生病去世，一个孙子前年因盗窃被判刑五年，还在牢里。生前他只有与小孙子相依为命，一起生活。而且这个小孙子是领养的。"魏村长悲伤地说。

"他在村子里与谁有矛盾，或者过节?"虞副局长接着问。

"我二叔生性忠厚老实，一生与人为善，宁可吃亏，也不与人争斗。他在村里人缘好，与村民没有矛盾，更不要说与谁有仇恨了。"魏村长肯定道。

"那我们到现场看看吧。"虞强看看金波和于时清，似乎在征求意见。

金波和于时清站起来，向外走去。

来年生的家离村委会不远，约八百米。那是一个木结构的二层小楼，看上去有年数了。一楼有一张床、一个灶头、一张桌子、几条木凳子，没有像样的家具，地是泥地，黑乎乎、脏兮兮的。一楼是来年生住的，二楼是他小孙子住的。

家里只有小孙子在。全家除了牢里没有血缘关系的哥哥，只剩他一个人了。他十五六岁的样子，可能由于长期营养不良，个子瘦瘦小小的。他木然地看着来人，看不出悲伤和忧愁。

"你爷爷是怎么死的?"刑侦大队大队长戚友光问。

“不知道。”他回答的声音很轻，不知是吓的，还是不愿意回答。

“你爷爷去世前，你在他身边吗?”戚大问语很平和。

“在。”仍是怯怯的声音。

“你爷爷平时身体怎么样?”戚大问话像拉家常。

“不太好，他有胃病，经常要吃药的。”他的话多起来。

“你爷爷去世那天，家里有其他人来过吗?”

“没有，我家很少有人来的。”他肯定地回答。

“你爷爷去世前有什么异常，或者反常吗?”

“没有。”他想了一想说。

“你爷爷与谁有矛盾?”

“没有。”这回他回答得很快。

“你爷爷对你好吗?”

“对我——”他迟疑了一下，“对我不大好。”

“怎么不好?”

“他经常打我骂我。”

“为什么?”

“我读书不好，他就骂我。由于家里经济困难，他老是吃一个素菜和剩菜，我有时受不了，去村里别人家摸一只鸡回来烧着吃，他就打我。”他脸上没有表情，像在说别人的事。

“你爱你爷爷吗?”

他摇摇头，又点点头，不知是爱还是不爱。

在隔壁邻居来波景家，黄石乡派出所所长厉明明和教导员张还山在访问来波景。他今年67岁，老婆来仙花，63岁，他的两个儿子和一个女儿都在外面打工。

“来师傅，隔壁来年生去世后，村民有些什么议论和反应吗?”厉明明态度和蔼地问。

“厉所长，来年生是一个老实人，也是一个苦命人。村子里说得比较多的是，他老婆和儿子、儿媳死得早，两个孙子不争气。”来波景叹了一口气，又摇了摇头。

“他两个孙子怎么不争气?”厉明明递给来波景一支烟，问道。

“大孙子来长河，好吃懒做，与几个酒肉朋友一起，东流西窜，专做偷窃营生；去年被政府抓住后，吃了官司，要吃五年牢饭。小孙子来横河，也不是一个好东西，今年初中刚刚毕业，在村里偷鸡摸狗，手脚同样不干净。”来波景气呼呼地说。

“来年生与他小孙子关系好吗?”厉明明喝了一口茶问道。

“平时关系还可以。由于来横河比较淘气，在村里做了坏事后，村民们向来年生告状。他知道后，就对来横河非打即骂。两人也有些怨气。不瞒厉所长，两个月前，我家里曾被盗两千多元，我怀疑是来横河偷的。由于没有证据，我就告诉了来年生，结果引起来年生对来横河的一顿毒打。半个月前，我和老婆吃中饭，在一碗菜里我闻到了机油味，我和老婆就没有吃，倒进猪食里。谁知我家老母猪吃后就病倒了，请来兽医治疗，到今天才缓过神来。”来波景皱眉说。

“你怀疑是被人投毒了?”厉明明态度严肃起来。

“我是有怀疑。但没有证据啊，所以我没有报案。”来波景愤愤地说。

“你怀疑是来横河?”厉明明追问道。

“他的可能性最大。”来波景毫不掩饰地说。

“有什么理由?”厉明明盯着来波景的眼睛问。

“一个是不久前，我家钞票被偷，我怀疑是来横河偷的，告诉了他爷爷，害得他被来年生狠狠打了一顿，他心里有气。另一个是，他来我家最方便，走几步就到了。更重要的是，我家里养了一只狗，生人来是会叫的。那天我就到自留山里去了一下，路不远，如果家里来了生人，狗会叫的，但狗没有叫，说明来的是熟人，来横河与我家的狗是熟悉的。”来波景一五一十地道来。

“来年生与你们邻居及与村民关系怎么样？他与谁有矛盾？”厉明明问话又回到来年生身上。

“他是一个实诚人。他与人为善，与世无争，与谁都无仇。说实在的，我们村虽然穷，但大家平常关系还挺顺的。而且，我们是少数民族，是畲族，村子里基本上都姓来，说起来，大家都是亲戚。”来波景说着，露出了笑容。

“来师傅，据说这几年你们村里接连死了一些人，是怎么回事？”厉明明话锋一转。

“厉所长，这两年村里确实比前几年死的人要多。虽然死的多数是上了年纪的，但有的人死前身体好好的，也真是奇了怪了。”来波景不解地说。

“大家有什么说法吗？”厉明明又问。

“各种说法都有。有的说村里造房子挖墙脚，挖断了龙脉，整个村子都被诅咒了；有的说村里的前山有锡矿，锡污染了水，老人和小孩吃了容易中毒而死；有的说村里穷，得罪了鬼，村子被鬼缠身了。”来波景认真地介绍着。

“哦，哦，来师傅，谢谢你讲的情况。以后有事我再来找你。”厉明明站起来与他握手告别。

看了看来年生家的现场，走访了解村里几个村民后，金波、于时清、虞强、戚友光、厉明明、张还山等人回到村委会，碰头商量。

魏村长觉得公安开会，他在不合适，就主动回避了。

碰头会上，几个人都谈了看法。

大家比较一致的看法是：第一，岩头村历史悠久，由于交通不便，常年与外界隔绝，在村中找不到半点儿现代化的气息，是一个典型的世外桃源。第二，岩头村三年来死了三十几个人，远远高于前几年的总数，是不正常的。第三，来年生的死不正常，疑点不少。第四，来年生如果是他杀，他孙子来横河嫌疑很大。

会上决定，做来年生家属的工作，开棺验尸，希望能从调查来年生开始，突破岩头村的死人之谜。

开完会，已到中午。

中饭是在魏村长家吃的。高山青菜、萝卜、蘑菇、笨鸡、溪鱼，绿色生态，原汁原味，众人吃得津津有味。

“魏村长，从上午我们的调查情况看，来年生的死，有不少疑点。为了搞清其死因，我们需要开棺验尸，希望得到你们家属的配合。他是你的二叔，你不会不同意吧?”快吃完饭的时候，于时清诚恳地说。

“如果你们公安机关需要，我完全同意。其他家属的工作，我负责去做。”魏村长很干脆地说。

吃完饭，略做休息，大家便前往来年生的坟地挖掘。

半小时后，挖开坟地，提取检材。法医即带回清原县化验。

三小时后，法医从县城打来电话，说在来年生的尸体里检出了钾铵磷农药成分。

得到这个消息，金波与于时清、虞强商量决定，立即兵分两路。一路控制来横河进行突审，一路在来年生家进行细勘，特别注意查找农药。

这时天色已晚，在魏村长的配合下，他们将来横河控制住，在村委会就地开展讯问。

刑侦大队大队长戚友光和派出所教导员张还山担任主审，金波在旁边督战。

“来横河，你爷爷是怎么死的?”戚友光冷冷地问。

来横河感到警方这次的态度与上次完全不一样。能一样吗?上次他的身份是被害人家属，而这次是嫌疑人；上次是询问，而这次是讯问。询问和讯问别看只有一字之差，两者适用的对象完全不同。来横河的心里凉凉的。

“不知道。”他的眼神闪烁不定。

“你应该很清楚吧?”戚友光讥笑着说。

“不知——道。”来横河开始支支吾吾。

“告诉你，你爷爷是被人毒死的。”戚友光突然提高了声音。

来横河闻声，身体明显颤抖了一下。

“被人毒死的? 是谁害死我爷爷的?”他歇斯底里地喊道。

“是你干的吧?”戚友光威严地问。

“我怎么可能做这种事? 做这种事，我还是人吗?”他反问道。

金波、戚友光、张还山三个老公安，在直觉上觉得来横河肯定有问题，但他们不愿也不敢相信这是事实。

与此同时，于时清、虞强、厉明明和侦查员阮良国在来年生家厕所里，发现了不少钾铵磷农药，有五六瓶。

这种农药，村里基本每户人家都有。其中有一瓶打开过，也就是用过的，但这说明不了什么问题。不过奇怪的是，农药旁边有一只白色的小药瓶，药瓶上写着“香莲丸”，是一种治肠胃的药。

阮良国在药瓶和用过的农药瓶上发现有指纹，及时提取固定下来。

虞强将在来年生家发现的情况立即告诉了金波。

金波在戚友光的耳边小声地耳语几句。戚友光点了点头。

“你爷爷胃不好是吧?”戚友光放缓了语调。

“是的，我爷爷有胃病。”来横河不明所以地答道。

“你爷爷平时将药瓶与农药瓶放在一起吗?”戚友光不经意地问道。

“不是的，农药平时放在厕所，药瓶他放在抽屉里。”他回答。

“你爷爷的药瓶，你去动过吗?”戚友光不动声色地问。

“我去动他的药瓶干什么?”他现在的想法是，撇开一切与爷爷有关的事。

“那农药瓶，你有动过吗?”戚友光还是不温不火地问道。

“没有，我又不会治虫。”他继续按照既定的思路回答。

“嗯，很好。”戚友光忽然赞叹道，弄得他一头雾水。

戚友光对张还山小声说了几句。

张还山起身，从随身携带的包里拿出一盒黑色印泥，将来横河拉过来，将他的双手十指涂满黑色的印泥，然后在桌子上铺了一张白纸，将他的双手在白纸上放平用力按下，接着又将其十指一只一只分别在白纸上按下。

不一会儿，阮良国带着现场提取到的指纹，来到讯问地点。

张还山将来横河的指纹交给阮良国。阮良国立即走到隔壁的房子去比对。

一小时后，比对结果出来了，留在农药瓶和药瓶上的指纹，除了来年生的，其余都是来横河的。

什么也不用说了，事实已非常清楚了。

金波、于时清、虞强、戚友光、厉明明、张还山等人都十分惊讶和吃惊。

在证据面前，来横河终于承认是自己投的毒。

他用来投毒的农药，是来年生平时种地用的，放在厕所里。他先是倒出一点儿到药瓶里，半月前，趁隔壁来波景家中无人，悄悄进入，看到菜放在桌上，就把农药倒了进去。

谁知他家一点儿事也没有，这让来横河郁闷了几天。

回到家后，想起爷爷以前经常对自己既打又骂，他不由得怒从胆边生。那一天，他把那瓶剩下的农药全部倒在爷爷的药碗里，把药瓶扔在农药瓶边上。

爷爷年纪大了，肠胃不好，经常要熬中药吃。他每天熬好后，会先盛在大碗里，放在灶头上，每次要吃的时候，就倒一点出来。

究竟有什么深仇大恨，以至于要让他对包括爷爷在内的身边人下毒手呢?

“因为我去他们家偷东西，他们到我家里来辱骂我，我就很生气。投毒前几天，我又听到他们在村里很多人面前骂我，我就准备去害他们。”他说。

为什么不放过一手把自己养大的爷爷呢?

“因为爷爷对我很坏，经常打我骂我。我想害爷爷有五六年了。”他不仅个子小，思维也很幼稚无知。

他与爷爷虽然同住一个屋檐下，但两人却没有什么交流，甚至连吃饭也是分开的。也许是因为家里的劳动力都不在了，爷爷的日子过得很拮据，又很节约，他不想吃爷爷做的难吃的饭，就自己下面条吃。

他最好的玩伴，是他的同学来阳远。哥俩也一块儿去偷东西。

来阳远与他年龄相仿，父亲早年死了，妈妈离家出走，从小跟着奶奶长大。奶奶80多岁了，来阳远无人可以交流倾诉。两个处于失管又孤独状态的孩子，很快就成了惺惺相惜的朋友。

去年7月，来横河初中毕业，想出去打工。他叫来阳远一起出去。出去打工没有钱会饿死的，两人就想去搞点儿钱。来横河觉得，住在他家隔壁的来波景家，偷起来比较方便。每天他们进进出出自己可以看得很清楚，知道他们在不在家。而且他们出去时，也就是把门锁一搭了事。所以，他们两个第一次出手，就得了两千多元。可后来几次，两人再也无大的收获，而来波景夫妇找到来横河爷爷告状，致使他被毒打。

来横河、来阳远都被刑事拘留。

那么，三十几座新坟里的人都是他俩害的吗？

破案需要脚踏实地地工作，但也需要丰富的联想和严谨的逻辑推理，两者缺一不可。

金波与于时清、虞强等人商量后，决定连夜开展工作。

经过一整夜调查，岩头村那些人的死，基本可以排除来横河和来阳远作案的可能。因为他们没有作案时间，他们在黄石乡初中读书，是住校生。

天亮了，忙碌了一夜的金波、于时清等人略显疲态。

“于政委、虞局长，岩头村的事，你们是不是向县委、县政府汇报一下，看看到底是什么原因？”金波提醒道。

“金主任，在您的直接指导下，案件破得很漂亮。谢谢您。岩头村的事，我们会向县里汇报的。有情况，我们再向您报告。”于时清笑着说。

五、纵火案的背后

金波乘车于当天返回省城。

第二天，金波到厅里后，向王炎炳副厅长汇报了到清原县岩头村的工作情况。

“很好。你们在扶贫期间，帮助基层公安机关侦破案件，值得肯定。”王炎炳表扬道。

“王厅长，岩头村魏村长希望省厅在下一步扶贫中，能解决他们村小学的校宿问题，帮助他们建一所小学，费用大致要二百多万。”金波见王炎炳心情大好，乘机提出了岩头村的要求。

“岩头村的情况我了解，孩子们确实苦。扶贫，要解决扶贫对象的实际困难。以前解决了岩头村的村民喝水问题，自来水进村民家里，对村里小学修了修，但我们做得还不够，岩头村的要求不过分，而且，党中央越来越重视扶贫工作。习近平总书记在党的十九大报告中明确提出要打好防范重大风险攻坚战、精准扶贫攻坚战和防治污染攻坚战三大战役，把扶贫工作提到了前所未有的高度。帮助建岩头小学的事，我向倪副省长汇报后，再上厅党委会讨论。”王炎炳严肃认真地说。

“王厅长，魏村长如果知道这个情况，不知有多高兴。”金波十分兴奋。

“现在事情未定，还不能说。”王炎炳嘱咐道。

“是，明白。”金波连忙说。

于时清回到公安局后，向江学冰汇报了岩头村的案件和死人情况。江学冰对短时破获投毒杀人案件比较满意，至于岩头村连续死人的事，江学冰请于时清向县里反映。

接到县公安局的报告后，清原县委、县政府领导比较重视，立即组织县卫生局、县防疫站、县自然资源局等部门专家和人员成立调查组，由县卫生局一位副局长带队到岩头村开展调查。

调查人员提取了村里的井水、水库里的水，以及村边小溪里的水，在不同山里提取泥土、岩石，对一些上了年纪的人进行抽血，然后将这些都拿去化验。但化验的数据没有异样，就是没有结果。

调查组在村里调查了一个星期，查来查去排除了食物中毒，排除了传染性疾病，只给了一个“缺医少药，积劳成疾”的结论。这明显不能说服众人。

因为村里的人都知道，村里死的人，除了头年死的，症状有点儿不一样，有的得病后立即死亡，有的拖了三五天后去世；但后来死亡的人，都是一个样子：突然倒地，口吐白沫，短的几分钟，长则半小时，人就去世了。

金波得知这些消息后，也只能无可奈何地摇了摇头。

这一天，金波在办公室接到王炎炳副厅长的电话，叫他去一下。

他立即起身去王炎炳办公室，边走边想，不知什么事，难道建小学的事这么快有结果了？

“金波，好消息。”一进王炎炳副厅长办公室，王副厅长就笑嘻嘻地说，“建岩头小学的事，厅里同意了，党委会上，大家的意见出奇得一致，没有一个人反对。”

“真的？好事啊。”金波一脸惊喜。

“钱是落实了，但要把事办好。厅里的原则意见是，由岩头村代建，不过你们扶贫办要做好跟进工作，监督专款专用，确保每一分扶贫资金都用在扶贫上。”王炎炳语重心长地说。

“请厅党委和王厅长放心，我们扶贫办一定认真操办，坚决完成援建扶贫小学任务。”金波保证道。

金波回到扶贫办，向大家传达了厅里同意建岩头小学的意见和王炎炳副厅长对扶贫办的要求。宋伟、任曼灿、吕桢毅三人都很兴奋，对金波的佩服之情油然而生。

“下星期二，我们再去岩头村。宋伟和吕桢毅跟我一起去。”金波安排说。

宋伟和吕桢毅面露喜悦之色。

金波知道，扶贫办里的同志因为在厅里事不多，长期无所事事也难受，都想去基层走走，或者去外地出差。本来这种事带一个年纪轻的小吕去就够了，但金波为了照顾同志们的情绪，就多带了一个。扶贫办也不能全体出动，总要留一个人看家。上次带了任曼灿，这次就带宋伟。

至于两次都带小吕，金波的想法是，小吕年轻，住宿、结账、与司机联络等，办事利索；同时也是为了培养他，让他看看基层是怎么办案办事的，省厅下去的同志是怎么指导工作的，使他能更快地成长。

在金波看来，年轻的同志只要自己想上进，作为组织和负责同志就要培养他们。

星期二早上8时许，金波、宋伟、吕桢毅准时从厅里出发，到达岩头村已是午后。清原县公安局政委于时清和黄石乡派出所教导员张还山以及魏村长已在村委会等候。

金波满脸含笑地与众人打过招呼。因为是熟人了，大家见面显得非常亲切和随意。

“金主任，我代表全村老百姓衷心感谢省公安厅为我们岩头村办了一件大实事、大好事。你们是我们岩头村的大恩人啊。”魏村长见到金波就动情地说。

“魏村长，扶贫是党中央号召，组织上要求，是我们扶贫办的本职工作。能为乡亲们办事，是我们应尽的义务，我们高兴还来不及。”金波笑着说。

寒暄过后，大家坐下来商量正事。

“金主任、于政委，我和村干部以及小学校长等几个人协商，全村共有一百来个小学生，我们计划建造一幢三楼三底的房子，有五个大的教室，其余作为老师办公室、器材室、杂物室，在学校内再搞一个小型田径场和一个篮球场，作为孩子们体育活动场所，这样二百万元，建造加装修应该够了。”魏村长汇报说。

“具体怎么造，你们先提出方案，再听听乡中心小学的意见，他们有经验。我建议，你们村成立一个建设小学专门班子，人员由你和其他村干部、村会计、小学校长等人组成，我们扶贫办和县公安局的有关领导也一起参加。我们公安方面只负责监督经费的使用情况，具体请县招标办负责招标。你看这样行不行？”金波道。

“好，好，这样好。”魏村长连忙点头称是。

“我们县公安局听省厅的，坚决服从省厅的安排。”于时清表态。

“省公安厅明天将二百万元扶贫经费直接转到你们村的户头上。”金波补充道。

“谢谢省公安厅，谢谢金主任。”幸福来得太突然，魏村长激动得只会说谢谢了。

安排好这一切，金波等人当天返回清原县住下。

第二天，于时清告诉金波，昨夜岩头村发生了火灾，烧毁了四间房子，所幸没有人员受伤。

火灾在农村是常有的事，金波没有在意。

“于政委，上午我们就回了，岩头村死人的事和援建小学的事，请你留心，有消息请及时告诉我。”金波微笑着说。

“金主任，我会留意的，请您放心。”于时清认真地说。

魏村长的动作很快。三天后，他将经过黄石乡中心小学同意的建校方案发给了金波。金波即向王炎炳副厅长作了汇报。

“我向倪副省长报告一下。”王炎炳很小心。在公安机关，请示报告是少不了的，重大事项必须报告，不会说你没有担当。

下午，王炎炳副厅长告诉金波，说倪副省长同意了。

倪副省长很忙，他不但要管公安厅的事，原来他还分管司法厅、劳改局、法学会，在省政法委还兼了一个副书记，对于维稳、信访的事也有责任；现在分工调整后，虽然司法厅他不分管了，但依然很忙。这种建小学的事，按理他根本没精力来管，不过他还是过问了。在金波看来，倪副省长管事管得很细，面面俱到，事必躬亲。他会把所有的讲话稿，事先送省委主要领导审阅，把公安厅大事小事全部汇报。可他也敢想敢干。他对工作是敬业的，经常看到他在厅里加班。他办公室的灯，晚上是经常亮着的。有的主要领导惯于当甩手掌柜，搞无为而治。而倪副省长是一个劳碌命。

金波接到王炎炳的电话后，马上给于时清和魏村长打了电话，告诉他们公安厅同意了，请他们立即启动招标工作。

一个星期后，于时清突然给金波打电话，说岩头村又发生火灾了。

这下，金波不淡定了。一个小小的村子哪有接二连三发生火灾的?

永州市公安局和清原县公安局也觉得事出有因，不能等闲视之。

“金主任，您有时间吗？如果跑得出，您最好来一下，给我们把把关。”于时清诚恳地说。

“好。我向王副厅长请示后告诉你。”金波心里是想去岩头村的。他总觉得这个村不寻常，一定有不一样的情况。有人说，刑警有第六感觉。破案绝对不能靠感觉，但你不得不服，刑警的感觉有时真的很准。

他向王副厅长请示。破案不是扶贫办的事，但扶贫对象出事了，也在扶贫办的职责之内。王炎炳爽快地答应了。

金波带着任曼灿和吕桢毅快速向岩头村赶去。

等他们赶到岩头村，已是下午2时。永州市局和清原县局的人早已到了。

这次永州市和清原县公安机关派出了足够的人马。永州市局由刑侦支队副支队长郑浩带队，重案大队大队长章铭谕、技术大队副大队长徐春阳、痕迹工程师蒋文山、照相技术员薛魁，以及侦技人员若干悉数到场。清原县公安局局长江学冰、政委于时清、副局长虞强、刑侦大队大队长戚友光、技术中队中队长揭德岗、大案中队中队长宁海初，黄石乡派出所所长厉明明、教导员张还山、岩头村分片民警杜社进个个在目。小小的山村一下子开进六七辆警车，在山村掀起了不小的波澜。村民们个个神色紧张。

见金波到了，郑浩、江学冰、于时清、虞强都围过来，向他汇报火灾和开展的工作情况。

“火是半夜烧起来的，共有 21 户人家受灾，烧毁房屋 43 间。其中包括两间村委会的房子，有六人被烧伤，但伤势不严重，都已送医院救治。”虞强介绍道。

“火灾原因清楚吗?”金波道。

“我们作了初步调查，从调查走访情况看，岩头村村民的防火意识都很强。村里的电线是正品，还是新的，不存在线路老化导致短路起火的情况。”郑浩副支队长回答。

这时，江学冰的手机突然响了。他拿起手机，电话是厉明明打来的。

“局长，我们在走访时，据村民来兰静反映，昨晚他因有事，从附近的古岸村回来，已是 12 点多，在村头远远看到，村子里起了火，有两处火是同时烧起来的，借着火光，他还看到了一个人影在晃动。他连忙加快脚步向村子跑去，边跑边喊，着火了，着火了，大家快起来救火。等他跑进村子，已有村民起来在救火了。”厉明明急切地汇报。

江学冰听到后面，把手机的声音开了免提，让大家都听得很清楚。如果按照村民来兰静的说法，很显然，火灾是有人故意纵火所致。因为稍有常识的人都知道，自然火灾是不会两处同时起火的。

知道了火灾原因是有人纵火，侦查的方向就明确了。但排查的条件还太笼统。

于是，来兰静被请了过来。来兰静 50 多岁，岁月的年轮在他的脸上留下了沧桑，他看上去是一个老实巴交的村民。

“来师傅，你昨晚从古岸村回来，怎么知道是 12 点多?”虞强微笑着问。

“昨天是我表兄 60 岁生日，我去给他祝寿。晚饭是在表兄家吃的，吃完饭，大家高兴，一起打了一会儿麻将，打到 11 点左右结束，我就回家。古岸村离岩头村六里路，我走了个把钟头，我是这样算的。”来兰静回答。

“你在村头看到了什么?”虞强继续问道。

“我在村头，看到村子里着火了，火势不大，好像刚刚着起来。当时我心里唠叨，村子里怎么又着火了，几天前刚刚着过火。我仔细一看，感到很怪，来福根家和来庆祥家怎么同时着起来，他们两家可不是挨着的，之间有一段距离，中间还隔着来长寿家和来祖数家。我就边跑边喊：救火，救火。这时，我看到有人影在着火的地方晃动。过了一会儿，人影不见了，又过了一会儿，有人起来救火了。”来兰静回忆。

“你看清晃动的人影是谁了吗?”虞强问。

“路太远，看不清。”来兰静摇摇头。

“你能看清是男是女吗?”虞强觉得能分清是男是女，排查的范围就会大大缩小。

“看不清。”来兰静还是摇头。

“那人影不是在晃动吗？从晃动的身影看，就是姿势和动作是男是女?”金波插话道。

来兰静想了一会儿，说：“从晃动的身影看，应该是男的，年纪也不是很大。因为晃动的速度蛮快的。”

“来师傅，你慢慢想，不急。”金波安慰道。

来兰静低下头，又想了想，说：“那人在晃动中又跳了一下，不像是女的，对，是男的。”

听到来兰静肯定的语气，金波等人长长地舒了口气。

岩头村本来男人就不多，年纪不是很大的男人更少。这事就好办了。

在场的这几个老公安都清楚：在这个近乎与世隔绝的山村里，传统的排查还是能起到重要作用的。

经过对一个个男性的排查，除去 70 岁以上及 14 岁以下的，有一个人引起了排查民警的注意。

此人叫来福满，40 多岁，是村里最年轻的男劳力。这些年来，落后的村庄及不断的死人，年纪轻的都跑到外面打工去了。作为村里的赤脚医生，村里人一旦有个什么头痛发热、小灾小病的都会去找来福满。做赤脚医生的同时，他也兼卖点儿丧葬用品。

在村民的眼里，来福满是个挺不错的人，逢人笑眯眯的，待人很和善。会是他放的火吗?

来福满被叫到民警前面，由虞强和戚友光主审。

“来福满，你知道今天我们为什么叫你来吗?”戚友光威严地问道。

“不知道。”来福满小声地说。

“不知道？我们会平白无故地叫你来吗？你老实交代。”戚友光厉声喝道。

“要我交代什么?”来福满低下头嘀咕道。

“你为什么要放火?”戚友光明显提高了声音，两眼充满了怒火。

“我没有放火。”来福满的身子颤抖了一下。

“没有放火？你的头发是怎么烧掉的?”戚友光指着他被烧掉的头发问道。

“我，我——我在救火时被烧的。”来福满支支吾吾。

“你在谁家救火时被烧的?”戚友光紧追不舍。

“在，在——可能是在来庆祥家救火时被烧的。”来福满硬着头皮回答。

“来庆祥家的人头发都没有被烧掉，为什么单单你的头发被烧了?”戚友光紧盯着他的眼睛问道。

“我不知道。”来福满不知怎么回答了。

“你家与来福根家近，他家也着了火，你为什么要跑到来庆祥家去救火?”戚友光继续追问。

“我与来庆祥家关系好。”

“你从家里出来就知道来庆祥家着火了吗?”

“没有，我是根据火光判断的。”

“昨晚，你是什么时候离开家的?”

“有人喊着火了，快起来救火，我才离开家的。”

“胡说，你老婆说你早已离开家了。”戚友光斩钉截铁道，“来福满，老实交代吧，有人看到你放火了。”

在岩头村，来福满算是一个有文化的人。他知道放火是大罪。《刑法》中规定，放火、决水、爆炸以及投放毒害性、放射性、传染病病原体等物质或者以其他危险方法危害公共安全，尚未造成严重后果的，处三年以上十年以下有期徒刑。致人重伤、死亡或者使公私财产遭受重大损失的，处十年以上有期徒刑、无期徒刑或者死刑。

面对步步紧逼的公安民警，来福满不能自圆其说，他不得不认罪服法。

“火是我放的。”来福满无力地说。

“你为什么要放火？”戚友光厉声道。

“因为村里有人抢我的生意。我一气之下就点了那户人家的房子。”来福满气呼呼地说。

“上次的火也是你放的？”戚友光问。

“是我放的。”这次他没有抵赖。

尽管放火的理由让警方生疑，但是他放火的证据确凿。他被刑事拘留。

放火凶手找到了，来福满被推到了风口浪尖上。

这时，有细心的村民发现，去年离奇死亡的八个人，有一个共同点——到来福满那里开过药。

村民马上将这一发现报告给了警方。

清原县公安局审讯室。

“来福满，你还有更大的罪行没有交代？”戚友光一上来就给他定了调。虞强坐在旁边。

金波在审讯指挥室观看着审讯的画面。

来福满翻了一个白眼。他还没说话，脸上的冷汗就流了下来。

“人在做，天在看。你做过的事，注定是逃不了的。”戚友光死死地盯着他的双眼，仿佛看穿了他的内心。

他坐立不安，但还是没有开口。

“你看，这是什么?”这时，戚友光拿出一个棕色的玻璃瓶，轻轻地放到审讯桌上。

一看到这个瓶，他似乎被雷电击中一般，倒在椅子上。这个瓶，他认识，是他在家中存放氰化物的。

他知道再也瞒不下去了，不得不招供。

三年前，他看上了村妇来彩花。来彩花 30 多岁，虽然已生过孩子，但她天生丽质，光彩夺目，是村里公认的村花。她老公到外面打工去了，她与公婆一起在家养小孩。她几次病后，到来福满处就医，一来二去他们就勾搭上了。

有一次，他们在偷情时，被来彩花的公公发现，来福满被打了一顿，在村里名声也坏了。这使他怀恨在心，打算伺机报复。

后来他看准时机，趁来彩花公公吃中药时，将毒鼠强放进他的药碗。几天后，来彩花的公公便一命呜呼。

从此，他更是时不时与来彩花偷情约会。由于既要养家，又要见情妇，好吃懒做的他很快在经济上捉襟见肘，便卖起丧葬用品，想靠这个挣点儿外快，补贴家用。

但死人钱难挣，于是他动了歪心思。他将自己用氰化物调配的毒药，投入村民们常喝的井水之中。

由于量比较少，年轻人喝了没什么，但老人和小孩就顶不住了。他靠这个，挣了一笔。

后来，省公安厅来村里扶贫，解决了村民的吃水问题，家家通了自来水，没有人去井里挑水喝了。于是，他便把投毒的目标转移到了自己开的药上。

前段时间，村里发生了投毒案，公安机关很快将案件破了。

投毒案的侦破，对他是一个致命打击，使他惶惶不可终日。他觉得他的事迟早会暴露。

后来他见省公安厅、市公安局和清原县公安局的人接连来到村子，听说是来扶贫的，但实际上不知是不是来查他的，他十分担心。

因此，每当看到公安民警进村，他就心惊肉跳、坐立不安。他认为不能坐以待毙，一定要行动了。所以他想放火烧了村子，特别是村委会，毁灭证据。

根据来福满的交代，公安机关决定开棺验尸。在八名死者体内都发现了氰化物的残留，在一名死者体内发现了毒鼠强成分。

来福满的行为，已经构成了故意杀人罪和放火罪。几年来他投毒致使十三人死亡。他最终被判处死刑。

第五章　重见天日

一、提拔重用

银州是一个四季如画的城市。要说银州哪一个季节最美，大多数人一定会回答是秋天。银州的秋天，阳光已不再像夏天般刚烈，仿佛一双温暖的大手，轻轻地抚摸你的脸。桂树作为银州的市树，在银州的街头随处可见。小小的桂花，颜色金黄，一簇簇拥在一起，躲在树叶中，风一吹便散发出阵阵香气，甜甜的，让人陶醉。如果刮大风，桂花会像雨一般洒下来，落得满地都是。

时间过得飞快，金波从厦海调到银州已一年有余。这一年多光景，从副局长到总队长，又到扶贫办副主任，这一切对他来说简直是五味杂陈。

帮助永州市公安机关破获岩头村投毒杀人放火大案，帮多名死者申冤，使他感到很欣慰。

回到公安厅后，金波又重新关注起援建岩头小学的事情。能为老百姓办点实事，是他喜欢做的事。自从有了一官半职后，他特别在意做好两个方面的工作：一是直接为老百姓服务。当刑警队长、分管侦查的公安局长以及总队长期间，他就想方设法为群众多破案，不论是大案还是小案，狠狠打击违法犯罪分子的气焰，努力追回群众被盗、被抢财物，尽力挽回群众的损失。二是积极为条线的战友们服务。他努力创造条件提高机构高配和战友们个人职级，提高大家的工作积极性，解决后顾之忧。做好这两方面工作，他觉得很有成就感，也是人生的意义所在。

这一天，金波到单位上班，就听到一个消息：倪副省长要离开公安厅了，他被中央任命为省委常委、厦海市委书记。厅机关干部三三两两的都在窃窃私语，议论纷纷。

这消息十分突然，事先没有一点声音和迹象。但这是好消息。由副省长变为省委常委，虽然职别是同级，但这是提拔，是重用。而且按惯例，厦海市委书记是要成为中央候补委员的。

一个星期后，倪副省长离开公安厅机关。厅机关中层正职以上干部在厅大院门口列队欢送他。他与大家一一握手，轮到金波时，他微笑着与金波的手轻轻一握，就与下一个同志握手。他始终保持着笑容，只与大家握手，没有说话交流。在队尾与常务副厅长握手后，两人又紧紧地拥抱，然后他乘车离去。

一个月后，新任副省长兼公安厅厅长到位。公安部科学技术信息化局局长林德宁从京城空降到厦福。

林德宁，高高的个子，国字脸，鼻梁上架着一副金边眼镜，看上去十分儒雅。

金波与林德宁不认识，不过对他的第一印象还不错。金波觉得，这段时间林德宁要走访省领导，会见厅里老领导，熟悉情况，一定很忙，待他稍空时，应该向他反映一下自己的情况。自己是被莫须有的理由调离的，应该平反昭雪。于是金波开始着手准备反映材料。

一个月后，金波将反映材料塞进信封袋密封后，交给林德宁的秘书唐明阳，请他转交给林副省长。

金波没说是什么材料，唐明阳也没问。同时，金波将材料给政治部主任张凌豪和纪检组组长孟静玉分别送了一份。

又一个月后，金波接到秘书唐明阳的电话，告诉他林副省长找他谈话，问他有没有空。

他回答说自己在厅里。他随即跑到十八楼，来到林德宁办公室外。

他先敲了敲门，从里面传来一声很浓的京腔：“请进。”

他打开门走了进去。

林德宁坐在办公桌后面的椅子上，露出一丝笑意，抬手示意金波坐下。

待金波坐下后，他态度和善地说：“金波同志，你反映的材料我看了。这几天，我也找了厅里的几个同志谈了谈，大家对你的评价都不错。你是一个工作认真的同志，对公安业务比较熟悉，我没有听到你负面的东西。你的工作态度和心态都没有受到影响，这不容易。我认为你没有做错。但原来公安厅主要领导做得很聪敏，他没有处理你，只是调整了你的职务，也上了厅党委会。”

林德宁脸上始终挂着微笑。

金波听到林德宁说他没有做错，内心有些感动。

“林省长，我长期以来是个埋头干活的人。扶贫办是一个三无单位，无机构，无编制，无人员，它只是一个临时机构，是安排退下来同志的去处。我没有错，我的年龄没有到点。”金波解释道。

“这样安排确实不妥。”林德宁认同地点了点头。

“对下一步的去处，你有什么考虑？”林德宁突然问。

金波一愣，他没有想到林德宁会征求他的意见。但是他很快反应过来：“我想回去。反正行动总队的总队长位置还空着。”

“回去，这是一个去处，可以考虑。从你的档案看，你一直是搞刑侦的，有没有继续去搞刑侦的想法？”林德宁仍然含笑问道。

“我服从组织安排。”听说去搞刑侦，金波没有意见。做过刑侦工作的人，对刑侦有一种天然的亲近。

“当然，我也在考虑你的另外一个去处。不过，有的需要省委组织部同意，厅党委也要商量。”林德宁正色道。

“省委组织部同意？那就是省管干部。难道要提拔我？”金波不敢往下想了。

“谢谢林省长的关心和帮助。”金波真诚地说。

“那你先回去吧。”林德宁挥挥手说。

“是。”金波站起来双脚立正，举起手向林德宁行了一个标准的警礼。

他回到办公室，心里暖暖的，心想，新来的副省长为人还不错，懂得关心下属，敢于挑担负责。

不知不觉中，两个多月过去了。这天省公安厅在电视电话会议室召开中层以上干部大会，通报中纪委对公安部副部长孙力军的处理通报。

省公安厅在省级机关是一个大单位，副处职以上的干部有三百多人，这其中还不包括三级调研员和三级高级警长。三百多人把电视电话会议室坐得满满的。众人都面无表情，不苟言笑。

十三名厅党委委员在主席台上正襟危坐。副省长兼公安厅厅长林德宁十分严肃地念着稿子：

日前，经中共中央批准，中央纪委、国家监委对公安部副部长孙力军严重违纪违法问题进行了立案审查调查。

经查，孙力军从未真正树立理想信念，背弃“两个维护”，毫无“四个意识”，政治野心极度膨胀，政治品质极为恶劣，权力观、政绩观极度扭曲，妄议党中央大政方针，制造散布政治谣言，阳奉阴违，欺上瞒下，捞取政治资本；为实现个人政治目的，不择手段，操弄权术，在党内大搞团团伙伙、拉帮结派、培植个人势力，形成利益集团，成伙作势控制要害部门，严重破坏党的团结统一，严重危害政治安全；狂妄自大，恣意妄为，大搞特权，在抗击新冠肺炎疫情一线擅离职守，私藏私放大量涉密材料，长期搞迷信活动；使用公安侦查手段对抗组织审查。违背组织原则，在组织函询时不如实说明问题，大肆卖官鬻爵、安插亲信、布局人事、打压正直同志，严重破坏公安政法系统政治生态；无视中央八项规定精神，生活腐化堕落，长期收受大量贵重物品，长期接受可能影响公正执行公务的宴请，参加高档消费娱乐活动，长期安排私营企业主租用高档寓所供其使用，长期沉溺于各种奢靡服务；毫无道德底线，大搞权色、钱色交易；极度贪婪，大肆进行权钱交易，非法收受巨额财物。孙力军严重违反党的政治纪律、组织纪律和廉洁纪律，构成严重职务违法并涉嫌犯罪，且在党的十八大后不收敛不收手，甚至变本加厉，情节特别严重，性质特别恶劣，影响极坏，应予严肃处理。依据《中国共产党纪律处分条例》《中华人民共和国监察法》《中华人民共和国公职人员政务处分法》等有关规定，经中央纪委常委会会议研究并报中共中央批准，决定给予孙力军开除党籍处分；由国家监委给予其开除公职处分；终止其党的十九大代表资格；将其涉嫌犯罪问题移送检察机关依法审查起诉，所涉财物一并移送。

中央纪委和国家监委对孙力军的通报用词是史无前例、前所未有的，说明他的问题不是一般的严重。

读完中纪委通报后，林德宁强调，全厅干部特别是领导干部，要认真学习中央有关文件精神，以孙力军严重违法违纪问题为鉴戒，深刻吸取教训，切实增强“四个意识”、坚定“四个自信”、做到“两个维护”，不断提高政治判断力、政治领悟力、政治执行力，坚决把党中央关于全面从严管党治警的部署要求落到实处，努力锻造忠诚干净担当的“四个铁一般”过硬公安铁军。

会后，在过道上，金波等中层干部自觉站在两旁，让厅领导先走。

王炎炳副厅长走过时，朝金波使了一个眼色。

金波会意地点点头。他知道，王炎炳是叫他去他的办公室。

随后，他来到王炎炳的办公室。王炎炳示意他在沙发上坐下。他自己则坐在另一只沙发上，与金波平起平坐，以示尊重。一般下属来，就坐在办公桌前面的椅子上，王炎炳隔桌听取汇报，或者布置工作。

“金波，从现在看，孙力军就是一个典型的两面人，而且五毒俱全。你知道吗？他的私生活十分混乱。据他交代，与其保持不正当两性关系的女人有多位。”王炎炳压低声音道。

“真的吗？”金波简直不敢相信。

“善有善报，恶有恶报，不是不报，而是时候未到，时候一到，必定来报。”王炎炳笑哈哈地说。

“不说他了。金波，你以后可要多承担责任啊。”王炎炳冷不丁话锋一转。

“王厅长，你以后有什么事，尽管吩咐好了。”金波循规蹈矩地说。

见王炎炳不说话了，金波即告辞。

一个星期后，金波接到通知：下午，省委组织部来厅里推荐一个副厅长人选，参加人员是副处职以上干部，包括二级调研员和二级高级警长，不能参加会议的人要向厅政治部请假。

下午2时，推荐会在厅机关大会堂举行。来公安厅考察组由省委组织部三处副处长杨力军带队，考察组人员还有省委政法委干部。

主席台上，只有林德宁和杨力军。

会议由林德宁主持。他首先说：“同志们，今天带队来厅里考察的是省委组织部三处副处长杨力军，让我们以热烈的掌声欢迎考察组一行。”说完，他带头鼓起掌来。全场随之掌声响起。

“下面请杨处长讲话。”林德宁带着笑容说。

“公安厅的各位领导，大家好，根据省委组织部的统一安排，今天我们来公安厅推荐一位副厅长人选。这个人的条件是，政治可靠，德才兼备，清正廉洁，群众公认度高，大学以上学历，正处职五年以上。”杨力军客气地说。他把自己的位置放得很低，说到这里，他抬起头看了一眼台下。

台下的人都知道，他以上说的条件是“大路货”，下面说的才是“干货”。

“有副省城市公安机关领导经历，熟悉侦查业务。”杨力军说到这里，又抬起头说，“大家填好表后，统一投到一号楼信箱里。处长以上的干部，还要口头推荐，地点就在一号楼八楼会议室。”

杨力军说完后，林德宁接着说：“这次公安厅推荐一个副厅长，是省委和省委组织部、省委政法委对公安厅的重视和关心。

大家要把思想统一到省委的决策部署上来，以积极的姿态参与这次推荐工作。当前公安工作任务繁重，责任重大，我们要认真履职，公正执法，奋发有为，打击犯罪，服务群众，维护稳定，以实际行动报答省委省政府对我们的信任和厚爱，以优良的安全环境喜迎党的十九大三中全会的召开。”

开完会，一些中层干部的眼睛齐刷刷地看向金波。大家知道，这个副厅长人选条件是为他量身定制的。因为具有副省城市公安机关领导经历，熟悉侦查业务的厅机关中层干部，只有金波一人。

书面推荐和口头推荐结束后，当天晚上，就在公安厅大院贴出了考察预告：副厅长考察人选，金波。

接下来两天是考察期。

三天后，省委组织部副部长赵伯雄找金波谈话，说省委常委会已通过对金波的公安厅副厅长任命。

金波说了感谢组织信任之类的话，又作了努力工作、不负使命的简短表态。

次日，省委组织部在相关网站和媒体上发布了省委组织部关于省管干部的任前公示。长长的一串名单，金波名列其中。

公示期一过，林德宁把金波叫了过去。

“金波，你的副厅长公示期已过，省委的文件这两天就会到厅里。我准备叫你分管刑侦总队和行动总队，你有什么想法?”林德宁关心地问。

“林省长，我一切听您的安排。”金波由衷地说。

说心里话，当上了副厅长，随便分管什么都可以。对金波来说，他只要回来继续当总队长就是胜利，就证明他原来没有错。更不要说现在反而提拔了，还叫他分管刑侦和行动，这变化也太快太大了。

“那好，你回去等文件吧。”林德宁爽快地挥挥手，表达了关切。

“谢谢林省长。”金波给林德宁鞠了一躬。

从林德宁办公室出来，金波觉得从来没有如此扬眉吐气过，这真比破了一起大案还爽气。任命文件很快就下来了。金波的办公室搬到了厅领导所在的十八楼1807室。

上任后，金波在机要秘书的陪同下，分别到其分管的刑侦总队和行动总队走了走，召集总队班子成员，听取工作汇报，对工作提出了原则要求。

二、信访奇案

没过几天，这天上午上班不久，林德宁副省长把金波叫到办公室。

“金波，这么急把你叫来，是因为刚刚在省政府门口，发生了一个信访老户跪拦钱立新省长专车事件。钱省长乘车从家里出来，在省府大院门口，突然一位农村妇女从人行道上横穿马路，跪倒在他的车子前面，一手抱一个小孩，一手举着一个信访件。司机冷不防，一个急刹车，钱省长的头碰到前座椅子上，起了一个大包。你可能不知道，近来因为两三起省长关注的事情，省市公安机关都没有处理好，省长对公安厅很不满意。如今遇到这个事，他更是气不打一处来，十分恼火，要求公安机关彻查此事，给他一个交代。这是那个信访人员的信访件，你拿回去看一看，组织人员尽快查一查，给省长一个交代。”林德宁对金波细细说道。

“是，我明白了。”金波一边回答，一边接过信访件。

金波回到自己的办公室，拿起信访件一看，只见上书：冤，冤，冤，青天大老爷，我老公郁有才是三江市石田县南塔乡下盒村农民，2013 年 10 月，他平白无故被石田县公安局抓去，说他抢劫强奸，被判了十三年，现在他已坐了八年监牢，他是无辜的，救救我们吧。三江市石田县南塔乡下盒村妇女顾春香跪谢。

他随即把刑侦总队总队长孟守疆、副总队长姜大宇、信访处处长杜思思、法制总队总队长熊益炼叫到办公室，对他们说了上午顾春香在省政府门口跪拦钱立新省长专车的事，问他们是否了解顾春香上访的情况。

他觉得，顾春香既然是信访老户，属于公安信访口，厅里的相关职能部门应该了解此事。他想把基本情况搞清楚，再作下一步打算。

听说是顾春香的事，刑侦、信访、法制三个部门的主要领导都知道这件事。因为顾春香近年来多次到厅里上访，厅长信访接待日也接待过她。

“金厅长，顾春香上访的事，我先把情况介绍一下吧。”信访处处长杜思思等金波话音刚落，就开口说。

接着，他把顾春香上访的起因和经过作了详细说明。

事情发生在 2010 年，当年 7 月 17 日上午，在三江市石田县南塔乡派出所，南塔乡下盒村村民钟耿忠前来报案，称其母亲阮老太两天前在独自居住的小屋里遭人抢劫。

接到报警后，南塔乡派出所立即派员前往调查。时年 73 岁的阮老太向警方叙述了案发经过：7 月 15 日晚上大约 9 点来钟，她就上床睡觉了。因为天热，没有关门。她的裤头上缝有一个小口袋，里面有三千元钱。当晚大约 11 点钟，进来一个人，掐住她的脖子，叫她别吱声，否则就掐死她。后来她就被掐昏过去了。等她醒来，发现自己躺在床上，脸被指甲抓烂，裤头放在床上，里面的三千块钱没了。这时她感觉小肚子疼，下身出血。她起来摸到邻居郁有西家，对他两口子说有人掐她，并且把钱抢走了。

警察问她有什么线索可以提供，阮老太说：“我听那人的声音，像俺西院的郁有才。”郁有才是郁有西的弟弟。郁有才的家，就在老人住处后面不到二十米。

当天，警察把郁有才传到派出所接受调查。

从上午到晚上，郁有才一连接受三次问话。对自己当晚的活动，郁有才记得格外清楚，那天晚上 9 点多钟他在家睡觉，开始是和家人在院子里睡的，到半夜感觉冷了，又回到屋里睡，一直睡到天亮。夜里没有听到什么动静，天亮时隐约听见对面大娘的哭声，好像说钱少了。由于白天干活太累，他接着又睡着了。

接受警方的问话后，郁有才被放回了家。

出事后，派出所找了郁有才四次。郁有才对妻子说绝对没有干对不起她的事。妻子说她当然相信他，而且当晚半夜后，他们睡在一个屋，她可以证明郁有才的清白。

经过调查，南塔乡派出所认定他与案件不相干，以后再也没有找过他。

钟家人认为已报警，公安机关几次把郁有才叫去问话，也查过了，就没有继续告。

时间一晃过去三年。

2013 年 8 月 26 日，三江市第一看守所在押嫌疑人许志其写了一份检举材料。不知出于什么原因，看守所把检举材料转给了与郁有才辖区八竿子打不着的中北派出所。当天下午，中北派出所的人来到三江市第一看守所，对许志其的检举材料进行核实。

许志其检举的对象，正是郁有才。

他在检举材料中称，2012 年 10 月，他和郁有才一起干泥瓦活。郁有才说起他们村一起强奸抢劫案，称派出所查过了，没查着那事是他干的。

为了能够检举立功，获得从轻甚至减轻处罚，许志其在接受中北派出所调查时，一口气检举了包括郁有才在内的三起他人的犯罪行为。

2013 年 10 月 21 日夜里，郁有才被中北派出所民警抓获归案。

22 日凌晨，中北派出所给郁有才做了第一份问话笔录，在这份简短的问话中，郁有才承认因为阮老太的事，南塔派出所怀疑并曾找过他。

接下来，中北派出所的民警在 10 月 23 日又给郁有才形成了三份问话笔录。在这三份笔录中，郁有才均供认了自己抢劫阮老太。

三份笔录的内容基本是一样的，由同一个人记录。郁有才不识字，全是侦查人员代签，郁有才按指印。

郁有才是这样供认的：

那天晚上 10 时许，我摸黑进了隔壁姓阮的老妇女家。她在门口床上躺着，我在她床边的衣服底下翻出一千元钱。那个老妇女醒了，问："谁?"我没吭声，她又大喊："来人，来人。"我要跑，她用腿拦住我，不让我走。我急了，就用手去按老妇女胸脯，把她按倒在床上。接着，我又用右手拳头朝她裤裆里捣一拳。她被我按得不能动了，我就拿着钱跑回家了。

得知郁有才归案后，阮老太的二儿子钟耿忠赶到南塔乡派出所反映情况。

钟耿忠说：“我母亲对我讲，那个人是一个老憨腔，像郁有才的声音。我估计也是郁有才。第一，郁有才说话是老憨腔；第二，郁有才离我母亲近；第三，我母亲出事，他没起床，也没到现场；第四，郁有才当晚是在外边睡觉的；第五，郁有才嫂子家的狗没叫。我想一定是熟人，所以我才怀疑是郁有才。”

可在以后的司法程序中，郁有才一路喊冤。

“我从来没有承认自己做了那事，但派出所就是不听。虽然没有人打我，但在做好笔录后，没有念给我听，而是由一男一女两名民警硬掰着我的手指按的指印。在法庭上我也喊冤，但还是判了。”郁有才被不是本辖区的中北派出所抓走后，从没承认过自己强奸、抢劫邻居。他曾经对律师这样说。

在郁有才抢劫案的卷宗里，除了中北派出所形成的三份有罪供述外，在其余问话材料里，他一直喊冤。

虽然一路喊冤，有关办案部门也对郁有才的辩解进行了调查核实，但基于他曾经有三份有罪供述，结合被害人的指控，2014 年 1 月 27 日，三江市石田县人民检察院以抢劫罪、强奸罪对他提起公诉。

起诉书指控：2010 年 7 月 15 日晚 11 时许，被告人郁有才窜入同村村民阮老太家，在盗窃阮老太钱时被阮发现。被告人郁有才遂用手按住阮的胸口，并掐其脖子，致阮昏迷后郁抢走被害人阮老太现金三千元，并对阮实施奸淫。

法庭上，郁有才大声喊冤。

他辩解，自己没有做过有罪供述。因为自己不识字，不了解公安机关所做的笔录内容，自己是被冤枉的。

喊冤归喊冤，2014年3月23日，三江市石田县人民法院作出刑事判决：

2010年7月15日晚11时许，被告人郁有才到本村邻居阮老太住处，实施行窃，阮被惊醒后喊人，被告人郁有才即用手掐阮的脖子且对阮进行殴打，将阮装在短裤内的人民币三千元抢走并挥霍。

法院认为，公诉机关指控强奸，因被害人阮老太未陈述过被强奸的情节，且郁有才也从未供述对阮老太实施强奸，仅是证人许志其一人的间接证言，不能形成证据链。郁有才犯强奸罪，属事实不清，证据不足。最后，以抢劫罪判处郁有才有期徒刑十三年，并处罚金人民币二千元。

郁有才不服，坚持以“未实施抢劫行为，要求宣告无罪”为由提出上诉。

三江市中级人民法院审理后认为，被害人阮老太陈述与郁有才原在侦查机关多次供述能相互印证，且有许志其等证言的补充证明，证据确定充分，可以认定。郁有才上诉理由不能成立。2014年5月21日，三江市中级人民法院裁定驳回上诉，维持原判。判决生效后，郁有才被交付长湖监狱服刑。

从2014年下半年起，郁有才老婆顾春香、父亲郁老三、母亲郑新梅，接连到三石市政府、省公安厅和公安部上访。

2015年，在省市县公安机关大接访专项活动中，也组织过三石市公安机关对郁有才的案件进行复查。

据办案单位介绍，郁有才的案件是一起普通的刑事案件，没有受到上层和其他因素的干扰，对郁有才的审讯，既没有打骂，也没有诱供，完全符合法定程序，证据链是完整的。加之检察、法院都认可，公、检、法三家的执法思想是统一的。所以三石市公安机关认为该案没有问题。复查就此而止。

杜思思一口气把郁有才案件和顾春香上访的情况说完。不得不说，他对该案的了解是细致的。

听完杜思思对该案的介绍，金波基本弄清了这起案件的来龙去脉。

他说：“请刑侦总队守疆总队长把郁有才案的案卷调过来送给我，信访处杜思思处长把郁有才案的相关上访材料整理好送给我，法制总队熊总将有关郁有才案的材料也送到我办公室，我要仔细看看。”

“是。”三个部门的负责人答应后就回去了。

三、狗的眼睛

第二天，案卷、上访件和相关材料都被送到了金波的办公室。金波把自己关在办公室里，一门心思地看案卷和材料，累了就在休息室眯一会儿，醒了后接着看，整整两天两夜，他才把案卷和材料看完。

他长长地舒了口气，伸了伸懒腰。

看案卷是他的长项，能够在厚厚的案卷里发现蛛丝马迹，找出疑端和矛盾。这是他过去在会诊指导未破疑难案件时养成的习惯。

看了郁有才案件的案卷，他发现了四个疑点，或者说是矛盾：

第一，部分犯罪事实的矛盾。被害人阮老太指控犯罪嫌疑人抢劫强奸，郁有才除了三次承认抢劫外，大多数都在喊冤枉，在公安、检察、法院环节从来没有承认过强奸，石田县公安局和县检察院都指控其犯抢劫强奸罪，但县人民法院最后以证据不足为由，只认定了他的抢劫罪，而否认了他的强奸罪。

第二，犯罪细节的矛盾。郁有才承认的作案经过，与被害人阮老太诉说的被害经过不大一致。阮老太说那人掐她的脖子，后又脱她的裤子，强奸她；郁有才说用手把她按倒在床上，用拳头击打她的下身，牛头不对马嘴。

第三，作案时间的矛盾。郁有才说当晚 9 点后，先在院子里睡，半夜天凉后走到家里睡，他的老婆孩子证明了这一点。他当天在田里劳作，也确实很累。阮老太说那人是晚上 10 点多进来的。似乎在时间上对不上。

第四，承认犯罪事实的矛盾。在郁有才仅有三次承认的三份材料中，办案民警说是他自己供认的，没有搞刑讯逼供；而郁有才说是他没有文化，公安民警记录后，他看不懂，也没有读给他听。他不知道他承认是他干的。

摘出这些矛盾和问题后，金波又把孟守疆叫来，商量下一步工作对策。

当孟守疆看到金波从案卷中摘出的多个疑问时，禁不住为新任副厅长对工作如此敬业而感动，并为自己对工作应付而羞愧。他暗暗告诫自己，要集中精力和注意力，配合金厅长查清这起不同寻常的上访案件。

“金厅长，您的分析和判断很有道理。您说吧，下一步怎么做，我听您的。”孟守疆表态道。

“守疆总队长，下一步我想有这么几个工作可以做。一个是省市县三级公安机关成立专案组，由你任专案组组长，对案件重新开展侦查。案件虽然已过去很多年，现场也早已被破坏，可以说不复存在，但当事人都在。突破口，我看可以从并案侦查入手，对石田县2010年先后在农村地区发生的入室盗窃、入室抢劫、流氓、强奸案件进行全面排查梳理，从中发现线索。另一个是到监狱重新提审郁有才，着重弄清作案细节，并注意了解他这几年在监狱的表现。还有就是询问检举揭发的重要证人许志其。他因当年检举有功被减刑三年，已提早出狱。”金波胸有成竹地说。

“是，金厅长，我会与三江市和石田县公安机关具体商量，抽调精兵强将全面复查这起案件。”孟守疆神情庄重。

第二天，孟守疆带领副总队长姜大宇、物证鉴定中心副主任郝奇伟、二支队支队长郑达标、信息支队支队长陈东华、办公室主任孙一剑等人驱车到达石田县公安局，与先期赶来的三江市公安局副局长俞精跃、刑侦支队副支队长姚华来、信息实战中心主任张辉东、有组织犯罪和系列性犯罪侦查大队大队长潘之江等人会合。石田县公安局副局长胡云勇、刑侦大队大队长蒋科铭、副大队长兼刑科所所长曲成平以及几个中队长早已等候在局里。

县公安局会议室，孟守疆传达了副省长兼公安厅厅长林德宁对这起案件的指示，就是要彻底查清这起案件，给省政府主要领导一个满意的交代；表述了复查这起案件的意义和决心，转述了金波副厅长对复查这起案件的侦查思路，并征求大家对此有无意见和建议。

众人表示认同金副厅长的下一步工作意见和侦查措施。

于是，孟守疆总队长与俞精跃副局长和胡云勇副局长商量后，决定兵分三路。

第一路由石田县公安局副局长胡云勇牵头，负责串并案侦查和对当地相关人员的走访和调查；第二路由省厅刑侦总队副总队长姜大宇牵头，负责对郁有才的谈话和走访；第三路由三江市公安局刑侦支队副支队长姚华来牵头，负责对证人许志其的询问和查证。

第一路工作量最大。胡云勇副局长与省厅刑侦总队二支队支队长郑达标、信息支队支队长陈东华、三江市公安局刑侦支队信息实战中心主任张辉东、有组织犯罪和系列性犯罪侦查大队大队长潘之江、石田县公安局刑侦大队副大队长兼刑科所所长曲成平等人碰头协商后，决定对石田县农村地区 2008 年到 2018 年十年间的夜晚入室盗窃、入室抢劫、强奸、流氓案件已破和未破案件进行全面排查，以发现串并案线索。围绕几个关键词：

作案时间：晚上；

侵害对象：中老年妇女；

作案手段：既偷又奸；

作案范围：农村地区；

作案对象：本地男性。

串并案工作需要时日。

阮老太的旧房已经改造，现场一去不复返了。阮老太虽然已经 83 岁了，但身子骨还硬朗，思维也清晰。对民警的到来，她不是很欢迎，不过也并不反感。这件事在村里早已人人皆知，上了岁数且过去了这么多年，她也无所谓。

“阮老婆婆，我们又来打扰您了。郁有才坐监牢已有七年，他的老婆和父母一直在上访，您能不能将当时的情况再给我讲一讲？”石田县公安局刑侦大队女民警袁芬芹一脸诚恳地说。

南塔乡派出所女民警周晓虹站在旁边。

“姑娘啊，时间过去十来年了，有的事情我已记不清了，但有的我还记得。那天晚上 10 点多，我在睡梦中，有人翻找我的裤腿，我被惊醒后，那人就打我，抢走了我的钱，这个畜生还糟蹋了我。”阮老太愤愤地说。

“阮老婆婆，那个坏蛋说话了吗？他的口音是本地的还是外地的？”袁芬芹拉起了阮老太的手，轻轻地摸了摸。这一摸，拉近了两人的距离。

“姑娘，他没有说过话，在打我的时候，发出呖呖的声音，很凶的。听那声是本地的。”阮老太回答的声音有些发颤，她一定想起了那晚可怕的情景。

“那声音很像郁有才吗？”袁芬芹拉着阮老太的手没有放下，就像祖孙俩在拉家常。

“是有点像。”阮老太点了点头。

“谢谢老婆婆。”袁芬芹起身与阮老太辞别。

下盒村两委会。

县公安局刑大民警分别与郁有才的老婆顾春香和郁有才的儿子郁泰远谈话。

顾春香说来说去，就是她丈夫是被冤枉的，有三条理由：

第一，郁有才没有作案时间，他前半夜睡在自家院子里，后半夜就进屋与她和儿子睡在一屋。

第二，郁有才没有反常的行为，他在家睡得死死的，不像一个抢劫强奸的人，而且案发后郁有才向她保证过，这事不是他干的，他们夫妻这么多年了，她相信他说的话。

第三，她没有见过那三千元钱，如果他抢了那三千元钱，放在什么地方了？警察在她家搜过，也没有找到。她可以对天发誓，绝对没有见过那三千元钱。后来交给公安局的三千元钱，还是她拿存折到乡信用社去取的。

郁有才的儿子郁泰远当年 11 岁，如今已长成 21 岁的小伙子，他反复强调，当晚他父亲与他们睡在一个屋子。

郁泰远的话，可信可不信，因为他当年毕竟只有 11 岁，且当晚他早早入睡了。

第二路，比较单一，省厅刑侦总队副总队长姜大宇和石田县刑侦大队副大队长江一凡直扑长湖农场，这是省第五监狱，郁有才在此已整整服刑七年。

通过监狱管教科，郁有才被带了出来。被判刑时他 42 岁，现在都是奔五的人了，他短短的头发已露出花白，弯着腰，偻着身子，初一眼看上去像一个 60 多岁的老头儿。

“郁有才，我们是石田县警方的，听说你一直在喊冤，有什么冤，对我们说吧。”姜大宇开口道。

“警官，那事不是我干的，天地良心，我没有做过违法犯罪的事。”郁有才喃喃地说。他说这话时，身子一起一伏的，似乎很激动。

“郁有才，我们不会冤枉一个好人，也不会放过一个坏人。”江一凡打断他的话说。

“警官，我确实是被冤枉的。我没有抢过阮老太的钱，也没有强奸过她，你们说，我一个 40 来岁的人怎么会去强奸一个 70 多岁的老太婆？而且我的老婆就在我的身边，我会干这种事吗？”郁有才哭丧着脸说。

仔细想想，他说得也不无道理。

“那你怎么自己在派出所承认了呢?”江一凡反问道。

“我没有承认过。我没有看过他们写的，他们也没有读给我听过。”郁有才一脸无辜。

“那你有不是你干的证据吗?或者你认为是谁干的?”江一凡又问。

“我没有。我也不知道是谁做的孽。”郁有才垂头丧气地说。

这是意料之中的。姜大宇叫郁有才先回去。

从监狱管教部门得知，郁有才能服从管教民警的管教，遵守监规，认真劳动，不爱说话，与同监犯人很少交流，但不时会请人写诉状，说他是被冤枉的。管教民警与他谈话做他思想工作时，他都会喊冤，几年来都是如此。

七年来，郁有才已被减刑一年一个月，还有五年多刑期。

第三路，由三江市公安局刑侦支队副支队长姚华来率领两名刑警，找证人许志其了解情况。

许志其原来也是下盒村人，由于家里穷，后来到邻村的近山村做了上门女婿，在农村也就是入赘，生了小孩随女方姓，被人看不起。

许志其检举郁有才时，是在省第三监狱服刑。通过电话联系，得知许志其已在三年前从监狱释放回家。

一天后，公安民警在石田县城的一个工地上找到许志其，他在工地上做泥工。

面对突然出现的民警，许志其没有慌张，大方地承认是他检举揭发的郁有才，并说他一共检举了三个人，郁有才是其中之一。

“你是怎么知道郁有才是强奸抢劫犯的?”姚华来不动声色地问。

“是他自己说的。”许志其不假思索地回答。

“郁有才当时是怎么对你说的?”姚华来淡淡地看着他。

“他说派出所曾调查过他们村的那起强奸抢劫案，民警把他叫去谈了话，后来就放了他，没查着是他干的。”

“他说那起案件是他干的?”姚华来紧逼一句。

“那倒没说。他说没查着是他干的。我的理解就是他干的。不是吗?”许志其眼睛转了转，反问道。

“你跟郁有才很熟吗？你俩关系如何?”姚华来换了一个话题。

“我俩只是认识，是在干活中认识的，说到关系并不怎地。”许志其实话实说。

“他是在哪里对你说的?”

“在干活的时候。”

“当时还有其他人吗?”

“没有。”

“这么隐秘的事，他为什么要告诉你？这可要判刑坐牢的。”

“这——我也不知道。”许志其说到最后，似乎也不能自圆其说。

“许志其，老实交代吧。这些是不是你为了立功而故意编造的?”姚华来的官威立马显现出来。

“不，不。我没有编造。”许志其大声否定。

“许志其，你是从监狱里出来的，你应该知道，故意陷害别人是要坐牢的，你想重新进去吗?”姚华来的眼神像刀一样锋利。

“不，不，我不敢。我发誓，他是这样说的。我没有说谎。”许志其求饶道，他就差下跪了。

姚华来见问不出什么了，就叫许志其先回去。

姚华来三人驱车来到省第三监狱。姚华来心想，许志其不是说他检举了三个人吗？那么除了郁有才，知道另外两个人的核查情况如何，从中可分析他是真实举报还是胡编乱造。

第三监狱管教科的同志非常配合，尽管时间已过去多年，他们还是从档案中找到了许志其检举揭发的核查情况。

他检举的其他两人，一个叫费伯通。有一次许志其在劳动休息时，听同室犯人毕建华发牢骚说，他有个同学叫费伯通，日子过得非常滋润，借着家里有钱有势，天天召集一帮青年男女，喝酒打牌，吸毒鬼混，一点没事；而他强奸了一个中年妇女一次，就被判了五年，这是什么法律，简直天理难容。

说者无意，听者有心。许志其将费伯通举报了。经调查核实，情况属实。费伯通被抓获强制戒毒两年。

他举报的另一个人叫蔡立伟，也是听同室犯人钱山省说的。他说他有一个好朋友叫蔡立伟，很可怜，从小父母双亡，与一个妹妹相依为命，有一次他妹妹生病了，没钱看病，他们两人一起偷了几次，偷到六千元。除了给他妹妹看病，蔡立伟把钱都给了他。后来钱山省偷上瘾，直至被公安机关查获。于是许志其把蔡立伟也举报了。

许志其因检举揭发有功，提前三年释放回家。

看来他检举的，并不是凭空捏造。

串并案件在紧锣密鼓地进行着。

经过连续几天几夜工作，根据串并案条件，专案组列出了一串数字：2010年6月11日晚，南塔乡上盒村54岁村妇冯某被强奸；同年10月28日晚，南塔乡中盒村63岁村妇陆某某被强奸；2011年4月22日晚，南塔乡马岙村72岁村妇朱某某被强奸；2013年7月

14日晚，北湖镇里市村69岁村妇郑某某被强奸；2014年9月13日晚，北湖镇北山村74岁村妇薛某某被强奸；2015年10月17日晚，北湖镇下毕村61岁村妇严某被强奸。

南塔乡与北湖镇交界，从地形看，这些村子分布在一个圆圈内，其中心点就是南塔乡下盒村。

这些案件都未破。由于发生在农村，被害人大都事发后第二天报案，也没有保留相关物证，破案条件很差。对刑警来说，缺少痕迹物证是办案中最怕遇到的事。不怕案件复杂，也不怕压力大，就怕没有痕迹物证；照刑警的话说，即使罪犯站在你面前，你也难以认定他。

排查工作并没有因为条件差而放慢。

排查重点地区：以下盒村为中心，向案发村扩散。

排查重点对象：（1）男性；（2）50岁以上；（3）游手好闲；（4）流里流气；（5）特别是单身汉和有盗窃、流氓、强奸犯罪前科的人。

侦查工作有序展开，各种线索汇总上来，但又一个个被否定了。

十多天过去了，没有发现有价值的线索。

就在这节骨眼上，10月19日晚，南塔乡中盒村发生一起强奸杀人案。

当日晚11时许，外来务工人员林姣美在下班回家路上，被尾随的犯罪分子拖到田里强奸后杀害。次日晨，林姣美的尸体被上班员工发现而报案。

中盒村离下盒村只有五里路。

金波接到孟守疆的报告后，立即带领刑侦总队主任法医程道雄和视频专家沈东凯赶到案发现场。

胡云勇副局长向金波简要汇报了现场勘查和调查情况。

死者，林姣美，女，28 岁，云南省人，在南塔乡美丽衬衫厂工作。该厂位于中盒村，林姣美租住在下盒村。当晚 10 时 30 分她下班回家，途中被犯罪分子强奸后杀死，被抢华为手机一部，现金若干。

石田县公安局陈俊后法医介绍，死者系被扼脖子窒息而死，处女膜新鲜破裂，在阴道里提取到部分精液。根据胃内容分析，死于晚饭后六小时，厂里是下午 5 时吃饭，死亡时间在当晚 11 时左右。

在现场提取到 40 码旅游鞋印，推断犯罪嫌疑人身高在一米七至一米七五之间。

侦查工作在下盒村、中盒村和美丽衬衫厂中间展开。

晚上 11 时许，金波、孟守疆、俞精跃、胡云勇和视频专家沈东凯等人来到现场查看。现场四周一片漆黑，没有监控摄像头。

他们向中盒村美丽衬衫厂走去。

走了约一里路，看到一户人家。这户人家养了一条狗，看到人叫个不停，眼露凶光。

沈东凯对这条狗印象深刻。在这户人家附近有一个摄像头。

金波请胡云勇将附近的监控图像搜集后，都交给沈东凯。

虽然案发现场没有摄像头，但沈东凯推断，犯罪嫌疑人一定会经过一个摄像头。

他一个人仔细查看视频。

由于路灯较远，四周较暗，没有看到人影。他不死心，经反复查看后，他惊喜地发现视频上有两个很小的点，是什么东西?

他一频一频地观看，终于确定那是狗的眼睛。

他心中一阵狂喜：这条狗，会不会带来不一样的线索？

沈东凯将这个发现，迅速报告了金波。

金波听后，也是心头一震。

他想，如果狗还没睡着的话，当陌生人经过时，狗的眼睛会跟随着人的移动而转动。

“沈东凯，你是不是从案发时空以及被害人、犯罪嫌疑人分别出现的时间定位来查找监控，以缩小精确查找范围？”金波建议道。

因为沈东凯是省内外著名的视频专家，所以金波用了商量的口吻。

“金厅长，您和我想到一块儿去了。”沈东凯佩服金波是内行。

这一招果真有效，发现了新线索：两只狗眼睛动了几次，以11分钟间隔为标准。其中，第二次，狗眼睛往反方向动了动。

这双狗眼睛在黑暗中的这些变化，让金波和沈东凯兴奋不已。

他们推断，先是受害人经过，再是尾随男子经过，这时候狗开始注意到身边的动静。案发后，犯罪嫌疑人往回走，所以狗的眼睛朝反方向看。往回走，是朝东，是厂区。

在厂区附近有监控，可厂区附近的监控没有发现嫌疑人。

会不会犯罪嫌疑人为了避开厂区附近的监控而先向南或向北走？

很快，沈东凯在北面的视频里看到了一个骑电动车的男子。

经查，骑电动车男子名叫肖武贵，今年69岁，中盒村人，老婆早年因病而死，有一儿一女，已各自成家。

接下来的事，就顺畅多了。经提取肖武贵毛发，通过DNA比对，证实死者阴道内的精液是肖武贵所留。肖武贵对强奸杀人供认不讳。

四、沉冤昭雪

不过，他交代的其中一段，还是有必要说一说：

肖武贵说：离现在有十来年的时间了，是 8 月的一天晚上，大约 9 点多钟，我到阮老太家。当时她睡在床上，穿着裤头。我就扒她的裤头，她醒了，问是谁个，我没理她。我在床上强奸了她。当时我拽她的裤头，发现口袋里有三千元钱，就拿走了。第二天阮老太就报案了，南塔乡派出所来了几个民警，把郁有才带走了，到中午郁有才就回来了。后来中北派出所又把郁有才带走了，判了十三年。其实阮老太这个事是我干的，郁有才是被冤枉的。

在随后的供述中，肖武贵陆续供认自己先后强奸五位老年妇女的犯罪事实。

侦查人员发现，肖武贵被拘留后，在公安机关的有罪供述和被害人阮老太第一次的陈述，在情节上有诸多一致之处。肖武贵供述的强奸、抢劫的细节较为具体，与阮老太陈述内容一致。由此分析认为，肖武贵作案的可能性较大，从而确定郁有才抢劫案的判决是错案。

三江市公安局遂向市政法委报告。在市政法委的协调下，市中级人民法院依照审判监督程序对郁有才抢劫一案再审。

2020 年 11 月 22 日，郁有才被从省第五监狱押回三江市看守所。12 月 27 日晚上，法院通知郁有西，说他弟弟郁有才的案子重新开庭。

“我弟弟不是判过刑了吗？怎么还要开庭？”郁有西有些疑惑。

12 月 30 日，三江市中级人民法院再次开庭审理郁有才抢劫一案。

三江市人民检察院派员出庭。检方认为，原审认定郁有才抢劫事实的依据，主要是郁有才的有罪供述、阮老太的陈述及间接证人许志其的证明。在有罪证据中，郁有才的供述与阮老太的陈述之间均有矛盾，一审判决没有采纳郁有才在公安机关、当庭、上诉时的辩解，及在案发时与其妻子、孩子在家中睡觉的无罪辩解，没有采纳郁有才之妻证明的郁有才当晚在家睡觉的证言，也没有采纳被害人陈述的同时也被强奸的事实，而只认定郁有才抢劫的事实，原一、二审认定郁有才构成抢劫罪，证据缺乏充分性。另案犯罪嫌疑人肖武雄的供述也能排除郁有才抢劫、强奸的事实，郁有才犯抢劫罪的事实不能成立，原审认定事实错误，适用法律不当。为维护法律尊严，在打击犯罪的同时，也应以事实为依据，实事求是，有错必纠。检察官当庭建议撤销原一审判决、二审裁定，宣告郁有才无罪。

庭审结束后，郁有才没有被送往看守所，法院为其办理了取保候审手续。

至此，含冤入狱近七年后，郁有才重新获得了自由。

郁有才拿到无罪判决书后，面对重见天日的命运，他既欣慰，又沉重地感叹道：人的一生能有几个七年？等拿到国家赔偿后，他将依法追究相关人员滥用职权的责任。

这次他的神情不再显得木讷，而是充满了愤懑和坚毅。

望着郁有才充满愤慨的脸，金波的心中略显惆怅。

他不知道，这样的结局能向省长交代了吗？

附录

2022 年“新时代中国法治文学精选”丛书入选作品名单

长篇小说

《血案寻踪》 作者：易买生

《刑警一中队》 作者：李　阳

《刑警的诺言》 作者：赵　迅

《越过陷阱》 作者：裘永进

《虚拟诱惑》 作者：李双其

《刑侦女警》 作者：郭秀景

中篇小说

《诡异现场》 作者：洪顺利

《小镇警察》 作者：颜永江

《软肋》　　作者：刘　兢

《唤醒者》　　作者：穆继文

《搭档》　　作者：贺建华

短篇小说

《又见梨花开》　　作者：薛景川

《阳光法槌》　　作者：黄卓童

《运气》　　作者：魏世仪

《青梅青青》　　作者：奚同发

《报案人》　　作者：胡　广

《偷梁换柱》　　作者：郭秀景

《水平》　　作者：丁钟文

报告文学

《千万里我追寻着你》　　作者：程　华

《责任在肩》　　作者：邢根民

《户籍室女警手记》　　作者：胡　杰

《塞北雄鹰》　　作者：韩金凯

《预审“工匠”》　　作者：张　明

《阿坝警察》　　作者：罗瑜权

《难忘的那个夏夜》　　作者：宋瑞让